WINDTALKERS

Max Allan Collins

WINDTALKERS

*Un roman inspiré du scénario
du film écrit par*

John Rice et Joe Batteer

Fleuve Noir

Titre original :
Windtalkers
Publié pour la première fois par
HarperCollins Publishers Inc.

Traduit de l'américain par
Patricia Delcourt

© 2001 by MGM Studios. All rights reserved.
All photography © 2001 MGM.
© 2002 Fleuve Noir, département d'Havas Poche,
pour la traduction en langue française
ISBN : 2-265-07356-3

A Tom Weisser, qui a permis
à tant de personnes de découvrir
les chefs-d'œuvre de John Woo.

Et quand il arrivera au Ciel
A saint Pierre il dira
Un marine de plus à rallier, mon Commandant,
J'ai servi en enfer.

Epitaphe dans un cimetière de Lunga Point.

Dans la maison faite d'aube,
Dans la maison faite de crépuscule…
Avec tes mocassins de nuage noir, viens à nous.

Prière au dieu du Tonnerre
Légendes navajos
(traduit du navajo par Washington Matthew)

CHAPITRE PREMIER

Guadalcanal n'avait rien d'une page de dépliant touristique. Pourtant, avec sa chaîne montagneuse bleuvert, le vert plus sombre de sa jungle luxuriante et les tons verts et brun pâle de ses plaines herbeuses, de ses crêtes et de ses plantations de cocotiers, il est vrai que l'Ile – ainsi que les marines en vinrent à l'appeler au cours de l'été et de l'automne 1943 – pouvait à juste titre être décrite comme un paradis tropical.

Mais pour les marines, Guadalcanal se réduisait à une abominable enclave d'environ huit kilomètres de long et cinq de large. Situées à quelques degrés de latitude au sud de l'Equateur, les îles Salomon offraient à leurs hôtes américains un climat chaud et humide. Des pluies fréquentes et une chaleur implacable faisaient de ce paradis un enfer embué et pestilentiel, tapissé d'herbe *kunai* aussi haute qu'un marine et aussi affilée qu'un *K-bar* – le poignard de combat du G.I., principalement utilisé pour d'âpres corps à corps et pour l'ouverture des boîtes de conserve.

Guadalcanal était, au sens propre, un piège à touristes avec ses marécages infects et nauséabonds, ses forêts tropicales humides grouillant d'insectes aussi gros que des lézards et des serpents, et des lézards et des serpents plus gros encore. Des crocodiles guettaient à l'embouchure des rivières, et des nuées de moustiques assaillaient les envahisseurs – tant américains que japonais, sans distinction. Peu de soldats sur l'île échappaient au paludisme transmis par les piqûres de ces moustiques, et presque tous les marines combattaient aussi bien les mycoses que les Japonais.

Les hommes qui se battirent à Guadalcanal et survécurent aux combats sur l'Ile (dont le nombre ne peut qu'être estimé) emporteraient ces blessures et ces maladies tropicales dans d'autres batailles et, pour les chanceux, dans la vie civile après la guerre. Ils reviviraient sans fin ces affrontements dans des accès de délire fiévreux.

Certains les revivent encore.

Le matin du 8 septembre 1943, le Premier Bataillon de commandos, sous le commandement du colonel « Red » Mike Edson, débarqua à Tasimboka. Persuadé qu'il s'agissait d'un débarquement d'envergure, l'ennemi prit la fuite, abandonnant des provisions que les Américains (qui sauraient en faire bon usage) confisquèrent. Les marines rembarquèrent rapidement et reprirent la mer, les poches pleines de conserves de viande jap et de bouteilles de saké. A leur arrivée à Lunga Point, on les avisa que l'ennemi approchait, se frayant un chemin dans la jungle, avec la ferme intention de reconquérir le terrain d'aviation qui leur avait été ravi.

Les effectifs américains étaient trop réduits pour maintenir un périmètre continu sur l'Ile, et les troupes pouvaient seulement surveiller les accès à l'aérodrome les plus dégagés (aérodrome rebaptisé *Henderson Field*, en l'honneur d'un pilote des marines tué à Midway). Le caporal Joseph F. Enders faisait partie d'un groupe de renforts débarqué sur les plages de Lunga Point, lorsque au cours de la nuit du 12 septembre, une horde de Japonais donna l'assaut.

Le lieutenant de l'unité d'Enders avait été tué au combat la nuit précédente. Aucun des sergents n'étant sorti vivant de la péniche de débarquement, Enders avait par conséquent dû assurer son premier commandement : une tête de pont paumée dans le trou du cul du monde, noyée dans un épais brouillard, comme si toute la fumée des combats de la guerre avait été condensée en une grosse boule et lâchée sur cette étendue de sable désolée.

Grand brun maigre aux traits anguleux et au regard triste, Enders souffrait d'une crise de paludisme au cours de cette nuit épouvantable – tout comme bon nombre des hommes sous ses ordres. Il traverserait la bataille sanglante dans un brouillard épais seulement perméable aux balles. Mais le souvenir de cette bataille serait également nimbé de brouillard et lui reviendrait sans cesse dans les mois qui suivraient, où il serait incapable de faire la différence entre rêve et souvenir, souvenir et rêve…

Le brouillard flottait, si épais qu'on aurait pu s'y agripper. L'espace était une masse grise indistincte, une mystérieuse et insondable absence de paysage, dans laquelle filtraient uniquement les sons. Et encore des sons mornes et sourds : le bruit lourd des bottes de combat traînant sur le sable, le cliquetis du matériel, les halètements des hommes.

Seuls les coups de feu étaient entendus distinctement dans cet univers barbouillé, les balles traçantes incandescentes fusant dans cette purée grise, tels d'effrayants et minuscules feux d'artifice du quatre

Juillet[1]. Enders les percevait comme au ralenti, une à sa droite, une autre à sa gauche. Il n'avait ni le temps, ni le besoin, de plonger pour les esquiver… pas de nom sur ces balles –, pas son nom, en tout cas. Pas encore…

Ses hommes se trouvaient derrière lui – de ça, il était sûr… mais de pas grand-chose d'autre… Il leva sa mitraillette Thompson et fit feu dans le brouillard, répondant au tir ennemi en balayant la zone d'où fusaient des balles traçantes, et priant Dieu (ou le diable, s'il le fallait) que ce plomb brûlant touche l'adversaire invisible, et non pas un pauvre marine qui se serait égaré dans le brouillard.

Enders eut l'impression de tirer indéfiniment, et que le recul de son arme était ralenti et que les balles jaillissaient lentement de son canon chauffé à blanc. Etait-il en plein rêve ? Ou seulement dans ce cauchemar du combattant qui menace, à tout moment, non pas de vous réveiller en hurlant, mais plutôt de vous plonger dans un sommeil éternel ?

Un cri aigu déchira le brouillard, aussi perçant – plus perçant – que le sifflement des balles, dont certaines s'étaient logées dans la poitrine d'un soldat japonais qui était sorti du brouillard, comme s'il souhaitait que sa mort ne passe pas inaperçue.

Le hurlement du soldat touché suspendit l'impression de ralenti du caporal, aiguisant les sens d'Enders, qui vit alors apparaître d'autres Japs – fantômes émergeant du brouillard dans des uniformes couleur papier kraft, portant des képis munis d'un morceau de tissu blanc les protégeant du soleil et voletant sur leurs nuques comme des drapeaux blancs, sauf que ces

---

1: Le 4-Juillet, ou *Independence Day*, est la fête nationale des Etats-Unis. *(N.d.T.)*

salauds étaient loin de se rendre. Ils hurlaient « *Banzaï !* » et « *Meurs, marine !* », et l'éclat glacial des lames scintillantes de leurs baïonnettes dansait comme l'éclair dans la brume mouvante.

La Thompson d'Enders en tailla certains comme du petit bois, mais un diable qui n'était pas dans son champ de vision s'élança vers lui. Enders entrevit le reflet de sa baïonnette trop tard pour réagir à temps…

… mais la lame ne l'atteignit pas. Le Jap avait dardé la pointe d'acier dans l'épaule du soldat Kittring, qui s'était avancé à côté du caporal. Kittring (originaire d'Atlanta en Géorgie) fronça les sourcils, comme s'il avait été piqué par un de ces fichus moustiques porteurs de paludisme, et son visage émacié et juvénile… si près d'Enders… n'exprima aucune souffrance. Pas immédiatement.

Puis il poussa un hurlement et tomba à genoux, tandis qu'Enders tirait au-dessus de lui et que le crépitement assourdissant de sa Thompson réduisait l'assaillant de Kittring à un nuage de brume rouge sur fond gris.

Un autre cri déchira l'étoffe du brouillard, mais ce n'était pas l'homme qu'Enders avait réduit en charpie. Le soldat Hasby – Al Hasby de Milwaukee – se tenait le coude. Son avant-bras était déchiqueté et parcouru d'un ruban écarlate qui s'écoulait sur son poignet. Le gamin (c'était vraiment un gamin, bon nombre des hommes n'avaient pas plus de dix-sept ou dix-huit ans) regarda Enders, comme un enfant qui s'est blessé se tournant vers l'un de ses parents pour comprendre. Pourquoi Dieu avait-il fait les choses ainsi ? Pourquoi la souffrance ? Pourquoi une telle horreur ?

Le soldat Mertens – Bill Mertens de Denver – déchargeait son fusil M-1 en direction des fantômes. Les Japs avaient reculé, s'évanouissant à nouveau dans le brouillard. Momentanément ? Le déclic de sa détente lui révéla soudain que sa chambre était vide et, le regard fou, le marine trapu cria à son chef :

— On n'a plus de munitions, Joe ! Faut se replier !

Espérant qu'aucun des petits salopards jaunes tapis dans le brouillard ne parlait anglais, Enders cribla le rideau gris d'une autre pluie meurtrière de Thompson. Il donnait l'impression de ne pas entendre Mertens à cause du crépitement de sa mitraillette… Mais en réalité, il ignorait le pauvre bougre. Les ordres étaient les ordres, non ?

Tenir la plage. Il n'y avait aucune équivoque possible.

Le petit Kittring cria d'une voix stridente, presque efféminée :

— Nom de Dieu, caporal ! Regardez autour de nous !

Enders rechargea son arme et, suivant le conseil de Kittring, il promena son regard autour d'eux. En dépit du brouillard, il découvrit la réalité démoralisante et accablante de ce qui était advenu de son unité : sur le sable détrempé de flaques de sang éparses, se tenait une demi-douzaine d'hommes exténués, la peur au ventre, au milieu de leurs camarades morts ou agonisants, parmi quelques Japs morts également. Les traînées de brouillard semblables à des volutes de fumée rendaient le tableau moins réel, mais non moins horrible.

Mertens tira Enders par la manche :

— Laisse tomber, Joe – faut qu'on se tire d'ici. Il y a assez de morts comme ça.

Enders lança un regard dur à Mertens et jeta un coup d'œil aux autres, à sa poignée d'hommes restants. Leurs regards insistants le faisaient hésiter. Il s'efforça de ne pas leur montrer qu'il flanchait et garda un visage de marbre.

A genoux dans le sable, comme s'il invoquait un miracle, Hasby tenait son coude ensanglanté d'une main entièrement rougie à présent. Des larmes roulaient sur ses joues maculées de poussière, et il dit d'une voix implorante :

— Joe… Je veux rentrer chez moi…

Sentant ses mâchoires se contracter, Enders pivota et tira à nouveau dans le brouillard. Le vacarme de sa Thompson fit tressaillir les hommes démoralisés autour de lui. Bon Dieu, mais qui donc ne voulait pas rentrer chez lui ? Foutus gamins… des gosses… ils n'étaient que des gosses…

Regrettant amèrement d'être à la tête de l'unité et souhaitant que cette maudite décision incombât à quelqu'un d'autre, Enders répondit :

— Nous avons des ordres. On nous a dit de tenir la plage – et c'est ce que nous allons faire.

Il se dirigea vers Hasby. Le gamin écarquilla les yeux et leva sa main couverte de sang comme s'il craignait qu'Enders s'apprête à le gifler ; au lieu de cela, le caporal colla brusquement son colt 45 dans sa main ensanglantée.

— Debout, soldat. Tu as une mission à remplir, lui dit-il.

Mitraillette à la main, il se tourna vers les autres marines et cria :

— Nous avons tous une mission à remplir !

Mertens et Kittring reculèrent d'un bond, redoutant peut-être qu'Enders ne déchaîne le feu de sa Thompson sur eux.

— Tenez cette foutue plage ! beugla-t-il, les veines

battant sur son front et les cordes vocales saillant de sa gorge.

Enders se retourna et vit alors une meute de spectres vêtus de brun émerger du brouillard, comme si l'ennemi (et non ses propres hommes) avait obéi à ses ordres. Les assaillants chargèrent, armés de fusils, de pistolets et de machettes – qu'ils avaient sans aucun doute utilisées pour se frayer un chemin dans la jungle jusqu'à cette tête de pont. Les baïonnettes et les crosses de fusils étincelaient dans l'absence de lumière surnaturelle, tandis que le caporal Enders et ses hommes combattaient les fantômes en uniforme brun. Rapidement à court de munitions, armés de leurs *K-bars*, les marines poignardaient leurs adversaires et quand leur couteau leur était arraché, ils tapaient, utilisant leurs poings contre les pistolets et les lames.

Quelque part dans le nuage de brouillard, Mertens cria :

— Va te faire foutre, Enders !

Ce furent ses dernières paroles. Une salve de balles lui déchiqueta les entrailles et il tomba à terre, ses viscères entre les mains, dans le crépitement sec et vaguement ridicule des petites mitrailleuses japonaises qui l'insultaient en plus de l'avoir tué.

Le bras pendant et dégoulinant, le jeune Hasby fit sauvagement feu dans la marée brune qui se déversait sur eux avec le 45 d'Enders, vidant rapidement le chargeur. Puis le jeune homme lança le pistolet sur l'un de ses assaillants, mais un autre soldat nippon lui asséna un violent coup de machette, fauchant ainsi une autre mauvaise herbe américaine.

Enders assista à la scène et n'eut pas le temps d'éprouver le moindre regret ou remords, mais il disposait de suffisamment de munitions pour abattre le meurtrier du jeune Hasby. Un meurtrier qui n'était lui-même qu'un gamin, et qui bascula en arrière et disparut, comme englouti par le brouillard, tandis que les deux parties du corps littéralement tronçonné d'Hasby s'effondraient sur le cadavre de Mertens, qui formait ainsi avec son compatriote un monstrueux mémorial de guerre. Le genre de statue qui ne serait jamais érigée, si juste et appropriée fût-elle…

Rendu ivre par la violence et le surréalisme du champ de bataille sur cette plage nimbée de brouillard, Enders faillit ne pas remarquer la grenade qui rebondit à côté de Kittring. Le caporal se jeta sur le sable inondé de sang, s'empara du projectile et le lança, espérant sauver la peau de Kittring et peut-être la sienne…

Mais Enders n'avait jamais été très doué pour le base-ball et c'était un piètre lanceur. La fichue grenade prit son temps, paraissant être suspendue dans les airs comme si elle s'y trouvait immobilisée, et quand elle explosa, ce qui sauva Enders fut la présence de Kittring entre lui et l'éclair blanc aveuglant qui répandit le contenu du shrapnel en fendant l'air.

Le caporal Joe Enders n'entendit même pas la déflagration. Il fut comme avalé par elle avant d'être projeté, comme un pépin craché avec un mépris insouciant, dans un trou d'obus – un cratère empli d'eau de mer, dans lequel il s'affaissa en retombant sur le ventre dans une gerbe d'éclaboussures. Son sang s'écoulait en d'étranges motifs ondulants dans la beauté abstraite desquels Enders aurait pu relever une des ironies de la guerre s'il n'avait pas perdu connaissance – comme tous ceux qui l'entouraient mais qui, contrairement à lui, étaient morts.

Et quand le vent se leva et dissipa le brouillard, révélant un enchevêtrement d'uniformes verts et bruns,

cadavres mêlés d'hommes blancs et jaunes, Enders ne
voyait toujours pas le spectacle du carnage sur le territoire qu'il s'était battu pour tenir. Il était allongé immobile, avachi et désarticulé, mais sa tête reposait sur le
bord du cratère, le nez et la bouche hors de l'eau, le
maintenant en vie.

Il avait les yeux ouverts mais ne voyait rien, du moins
pas dans un premier temps. Puis, bougeant impercep-
tiblement, à peine vivant, du sang s'écoulant de son
oreille gauche, il promena son regard sur la plage, observant la brise qui, tel un balai, dispersait doucement le
voile gris, révélant les corps, tant de corps, trop de corps,
les corps de ses hommes et les corps ennemis – marines
américains et des soldats de l'empire du Soleil-Levant,
dont certains étaient agrippés les uns aux autres en
d'étranges étreintes.

Sa dernière pensée avant de perdre à nouveau
connaissance fut une réflexion détachée : il lui sembla
que, dans la mort, sur le champ de bataille, les cadavres
n'avaient pas de pays.

Joe Enders revécut tout cela – plus d'une fois, en
d'innombrables occasions – dans des accès de fièvre
sous la grande tente de l'horreur qui tenait lieu d'antenne chirurgicale et sous laquelle tant – trop – de morts
et de blessés étaient entassés. Les militaires faisaient de
leur mieux pour étancher le sang et réconforter les blessés. Des hommes courageux pleuraient, gémissaient,
hurlaient. Personne ne les jugeait pour cela.

Enders n'était qu'un marine estropié parmi les autres,
s'accrochant à la vie comme à un bois flotté dans un
océan de requins, marchandise militaire gravement bles-
sée avec plus de bandages apparents que de peau, le

côté gauche de son crâne bombé par son pansement le plus épais.

Il n'éprouvait aucune douleur, pas à ce stade-là, et il avait l'esprit si engourdi qu'il savait que les médecins n'avaient pas lésiné sur la morphine. L'un d'eux, un homme blond vénitien d'une trentaine d'années au sourire gentil et au regard bleu plein de douceur s'occupait de changer ses pansements, et le caporal devinait la détresse de l'homme derrière la compassion émanant du regard. Il aurait voulu tendre la main pour toucher le bras du médecin et lui dire : « *Ne vous inquiétez pas. Je ne sens rien du tout.* »

Mais Enders ne trouvait pas l'énergie pour le faire ; il ne savait même pas s'il pouvait parler et, quoi qu'il en soit, il ne parvenait pas à trouver la volonté d'essayer.

C'est alors qu'un colonel – paraissant étrangement déplacé dans cet asile de douleur, tout en rigidité militaire au beau milieu d'une telle tourmente désordonnée – apparut aux côtés du médecin. L'officier mince et sérieux attendit patiemment que le docteur eût fini, son visage impassible ne trahissant aucune émotion devant ce qu'Enders savait être ses blessures profondes et horribles. Le colonel fit alors un signe de tête au médecin, qui gratifia Enders d'un petit sourire rassurant avant de s'éloigner.

Le colonel pencha sur lui un visage pâle et belliqueux et dit d'une voix morne :

— D'après ce qu'on m'a rapporté, vous vous êtes surpassé et vous avez dépassé l'appel du devoir, caporal.

Enders se contenta de le dévisager. Dépassé ?

Le colonel sortit quelque chose de la poche de sa veste. Il tendit sa paume ouverte pour qu'Enders puisse voir : Un *Purple Heart*[1]. L'officier prit alors la main droite du caporal et y plaça la petite médaille. Enders parvint à refermer le poing sur la décoration.

Un pauvre type fini, voilà ce que je suis pour eux, se dit Enders.

Merde ! Ce truc était décerné à des soldats qui avaient simplement attrapé la syphilis.

Comme s'il lisait dans les pensées du marine, le colonel ajouta :

— C'est juste un acompte, mon garçon. Je fais une recommandation en votre faveur pour la *Silver Star*[2]… Vous l'avez méritée – et vous méritez plus encore à mon avis.

— Je… je suis le seul à m'en être sorti, dit Enders d'une petite voix éraillée, comme un vieux disque de phonographe.

Il était un peu surpris de s'apercevoir qu'il pouvait parler. Bien qu'il eût été conscient depuis quelque temps, c'étaient ses premiers mots depuis qu'il avait été hospitalisé.

Le colonel acquiesça d'un signe de tête.

Enders garda les yeux braqués sur l'officier, qui parut légèrement mal à l'aise.

Ce dernier finit par s'éclaircir la gorge et dit :

— Dieu vous bénisse, mon garçon.

Puis, il lui adressa un signe de tête et s'éloigna, se frayant rapidement un chemin dans une allée bordée de part et d'autre de souffrances.

---

1. Décoration militaire décernée aux blessés de guerre américains. *(N.d.T.)*
2. Médaille militaire décernée à un soldat américain qui s'est distingué au combat. *(N.d.T.)*

Et le caporal Joe Enders, serrant la médaille froide dans son poing, resta allongé à fixer le toit de toile de la tente en se demandant si c'était ainsi qu'on obtenait la *Silver Star* dans cette guerre : en menant tous ses hommes à la mort et en sauvant sa propre peau.

CHAPITRE II

Le Peuple vivait sur une terre sacrée battue par les vents. Créée spécialement par les Etres Sacrés pour les Navajos (ainsi les hommes blancs appelaient-ils le Peuple), la Terre de la Lumière Blanche faisait partie de ce qu'on appelait l'Arizona et le Nouveau-Mexique, et mordait un peu sur l'Utah et le Colorado. Pour le Peuple (dans leur langue, les Navajos étaient les Dinehs), ce territoire appartenait moins au Sud-Ouest des Etats-Unis d'Amérique qu'au Cinquième Monde du Rayonnement Blanc, délimité par quatre montagnes sacrées à chacun de ses coins – réminiscences que les hommes et les animaux avaient dû traverser quatre autres mondes avant celui-là... et que le Peuple était enjoint de vivre en harmonie avec la terre et ses cours d'eau, ses plantes et ses bêtes.

En 1943, soixante-quinze ans seulement après que le génocide du « héros » blanc américain Kit Carson eut traîtreusement réduit le nombre des Navajos à moins de huit mille, les Dinehs constituaient la plus grande tribu indienne d'Amérique, avec vingt-cinq mille membres dans les seules réserves d'Arizona. Mais, proportionnellement à l'immensité de leur territoire, leur nombre était infime, et leurs vies étaient éclipsées par le cadre impressionnant dans lequel ils vivaient, constitué de formations rocheuses tortueuses, de mesas exotiques, de désert aride et de montagnes majestueuses.

Vaste étendue parsemée de tertres, de mesas, de gorges, de goulets volcaniques et de gorges, le territoire navajo en Arizona offrait un tel spectacle de beauté sauvage et austère, avec une altitude variant de 1 700 à 2 700 mètres au-dessus du niveau de la mer. Sur les saillies sculptées des canyons se dessinaient les vestiges d'habitations troglodytiques vieilles de mille ans. Du sable balayé par le vent recouvrait la région en couches irrégulières, et les yuccas, l'armoise, les buissons de sauge blanche et les herbes s'y mêlaient à des forêts de pins et à des bosquets de pignons et de genévriers, formant un paysage que le Peuple partageait avec les chiens de prairie, les coyotes, les lapins, les rats, les serpents et les lézards, ainsi qu'avec quelques rares porcs-épics, loups, renards et ours.

Un bus décrépit vieux de dix ans, peint d'un brun clair neutre mais vaguement militaire, descendait avec fracas le sol de schiste argileux nivelé de Klethla Valley Road, à destination du comptoir de Kayenta. Il faisait chaud dans le véhicule bondé dont les passagers étaient assis, aussi silencieux que les statues en bois d'Indiens que l'on trouvait dans le passé à l'entrée des bureaux de tabac. Il s'agissait toutefois d'authentiques hommes Dinehs, vêtus de chemises de flanelle colorées mais délavées, de pantalons de denim et de bottes sales, et qui arboraient des ceintures cloutées d'argent. Ils avaient la peau cuivrée – et presque noire pour certains –, et des cheveux longs et coiffés soit d'un bandeau de couleur vive, soit d'un Stetson dans le ruban duquel une plume était enfoncée. Assis près de la fenêtre, gardant la place à côté de lui, l'un de ces hommes, Charlie Whitehorse, laissait ses cheveux flotter. C'était l'homme le plus costaud du bus et il était enfoncé dans son siège, les bras croisés et les yeux clos dans son visage rond.

Les paysages le long de la route étaient familiers pour Charlie et les autres Indiens, mais certains d'entre eux les contemplaient par la fenêtre à travers les tourbillons de poussière rougeâtre que le bus soulevait, imprimant ces images dans leur mémoire – souvenirs de leur terre pour ces hommes qui, en dépit de leurs expressions impassibles, appréhendaient de découvrir les territoires inconnus qui les attendaient.

Ils laissaient derrière eux des scènes traditionnelles d'hommes Dinehs chevauchant des poneys malingres le long de la route, de squaws tissant des couvertures colorées à côté de *hogans*[1] en forme d'igloos et de garçons (pas tout à fait des hommes) gardant moutons et chèvres. Le bus traversait Monument Valley – région longtemps isolée, secret préservé par les Indiens jusqu'à ce que le réalisateur hollywoodien John Ford ne vende la mèche avec son film *La Chevauchée fantastique*. C'était une vallée qui s'étendait au nord jusqu'au fleuve San Juan et à l'ouest jusqu'aux Mesas de Sega. Elle était parsemée de reliefs de grès rouge, dont un grand nombre atteignait plusieurs centaines de mètres de haut, saillies façonnées en flèches, en piliers et en statues par le vent et par les dieux, œuvres d'art naturelles, roses aux ombres bleues, s'élevant au-dessus des sables, telles des ruines grecques.

Charlie Whitehorse n'avait nul besoin d'ouvrir les yeux pour voir ces « monuments ». Ils étaient depuis longtemps imprimés dans sa mémoire, dans son être, et

---

1. Huttes navajos traditionnelles faites de terre et de branchages. (*N.d.T.*)

il porterait en lui cette immense terre et cet immense ciel partout où l'homme blanc l'enverrait.

Whitehorse suivait le mode de vie Dineh conforme à la tradition. Lui et sa dernière femme (il en était à sa troisième) vivaient dans différents *hogans* et abris de broussailles selon l'époque de l'année. Ils élevaient des moutons, et ils déplaçaient leurs troupeaux en fonction des besoins de pâturages et d'eau, mais aussi, bien sûr, quand quelqu'un mourait dans un *hogan* – puisque celui-ci devait immédiatement être abandonné ou brûlé, car les cadavres, même ceux des personnes aimées, attiraient le malheur sur ceux qui s'en approchaient. Par ailleurs, Whitehorse portait bien son nom, puisqu'il était un cavalier assez réputé – les courses de chevaux étant un sport populaire chez les Navajos.

Ben Yahzee, l'homme pour lequel Charlie gardait une place dans le bus, ne suivait pas le mode de vie Dineh traditionnel. Yahzee était un Navajo moderne : il travaillait dans l'une des deux usines d'artillerie construites à côté de la réserve, il suivait des cours du soir au centre universitaire et il avait adopté des habitudes de vie que son vieil ami Whitehorse n'enviait pas. Charlie considérait que Ben essayait d'être à la fois un Indien et un Blanc. D'après Whitehorse, c'était une intention vouée à l'échec car il estimait que, d'une part, un homme comme Ben n'était jamais accepté par les Blancs et que, d'autre part, il se détachait des coutumes du Peuple, risquant même d'oublier jusqu'à sa propre langue.

Tout comme Ben, Whitehorse s'était engagé comme volontaire, mais il savait que tout Indien apte au service militaire était de toute façon appelé. Il avait choisi cette option parce que Ben l'avait convaincu qu'un séjour chez les marines serait préférable à une conscription dans l'armée de terre. En outre, si le pays dans lequel il vivait était en guerre, il suffisait de lui montrer – comme à presque tous les hommes navajos – où se trouvait l'ennemi et Whitehorse se battrait.

Les yeux toujours clos, Charlie esquissa un sourire presque imperceptible. Il savait que Ben Yahzee attendrait au comptoir avec sa jolie épouse et leur adorable petit garçon. Pour autant que Whitehorse admirât et aimât cette petite famille, elle représentait à ses yeux l'abîme dans lequel son ami avait sombré.

Ben avait en effet épousé la jeune femme à l'église de l'homme blanc – il y avait à présent trente églises de ce type dans la réserve ! La coutume navajo autorisait les mariages et les divorces fréquents sans aucune formalité légale. Tout comme la langue du Peuple, qui n'avait jamais été écrite, les mariages étaient également inscrits sur le vent.

L'union de Ben et de sa femme était couchée par écrit, selon l'usage de l'homme blanc, avec toutes les complications légales que cela impliquait. Pour Whitehorse, c'était une pure folie qui dépassait la plus insensée des divagations hallucinatoires sous peyotl. Ben commettait même le plus impardonnable des péchés culturels : il parlait avec sa propre belle-mère !

Tandis que Whitehorse réfléchissait à tout cela, à quelques kilomètres de là, au comptoir délabré dans le style mission de Kayenta, son ami Ben Yahzee essuyait délicatement de l'index une larme sur la joue de sa femme.

— J'écrirai, lui dit-il.

— J'écrirai tous les jours, répondit-elle.

Yahzee était un jeune homme à la peau cuivrée d'une petite vingtaine d'années, mince, bien bâti mais à la taille fine, avec les traits anguleux de ses ancêtres guerriers et les mêmes yeux d'enfant noirs que ceux de son fils de trois ans. Il effaça une autre larme sur la joue de sa femme, mais elle regardait à présent derrière lui.

— Le voilà, dit-elle tandis que, dans ses bras, leur petit George bondissait, riait et montrait le bus du doigt.

Yahzee, qui portait sa plus belle chemise de flanelle et un nouveau blue-jean, jeta un coup d'œil dans son dos. Le nuage de poussière rouge sur la route au loin se rapprochait, intensifiant les derniers instants qui lui restaient avec les siens.

A une distance respectueuse derrière la petite famille, se tenait une douzaine ou une quinzaine de membres de l'autre famille de Ben : les hommes et les femmes, les jeunes et les vieux, Indiens du Peuple de l'Eau Amère, une tribu du Clan de la Maison Imposante. Leur tenue, parfaite pour vendre leur artisanat au comptoir ou pour participer à des conseils tribaux (l'équivalent de l'habit du dimanche de l'homme blanc) reflétait l'importance de l'événement : les hommes portaient des bottes pointues propres, des blue-jeans et des chapeaux de cow-boy avec l'éternelle plume dans le ruban, symbole de leur fierté d'être indiens ; vêtues de jupes indiennes et d'amples chemisiers de velours, les femmes étaient chaussées de mocassins de veau retourné montant jusqu'au genou et coiffées de fichus aux couleurs vives sur leurs cheveux nattés.

La femme de Yahzee ne portait pas de fichu et ses beaux cheveux noirs étaient noués sur sa nuque. Son ravissant visage en forme de cœur n'était pas maquillé et sa beauté semblait aussi naturelle que le paysage qui les entourait. Elle affichait une expression assez calme mais dans ses yeux se lisait la panique. Elle étudiait le visage de Ben, comme si elle cherchait à graver son portrait dans sa mémoire.

Le bus gronda, grinça et toussa en s'immobilisant. A l'intérieur, les hommes observaient par la fenêtre le spectacle qu'ils avaient vu de nombreuses fois au cours de cette longue journée : celui d'un homme faisant ses adieux à sa famille. Charlie Whitehorse ne regardait pas. Ses yeux restèrent clos pendant que Ben enlaçait sa femme, puis son fils.

La porte du véhicule s'ouvrit poussivement en sifflant et, son sac à la main, Yahzee monta les quelques marches. Mais avant d'être happé à l'intérieur du bus bondé et surchauffé et de devenir un visage cuivré parmi les autres, il s'arrêta net et revint sur ses pas en courant pour les étreindre une dernière fois.

Sa femme pleurait. Son fils riait.

Le conducteur ne le somma pas de se dépêcher. Pas de sifflets moqueurs à l'intérieur du bus non plus ; ce n'était pas dans les habitudes de ces hommes, qui détournèrent les yeux, laissant à la petite famille un dernier moment d'intimité.

Puis Yahzee embarqua à bord du véhicule. Personne ne le salua, pas de signes de tête, pas de regards. Il s'écroula à côté de Whitehorse, fourra son sac sous le siège devant lui et, sans prêter attention à son ami apparemment endormi, il regarda par la fenêtre ouverte sa femme, son fils et le reste de sa famille qui lui faisaient des signes de la main et qui s'estompèrent peu à peu dans la poussière soulevée par le bus qui s'éloignait du comptoir en pétaradant.

Les reverrait-il jamais ? Cette pensée, cette terrible pensée, le déchira. Il s'enfonça dans son siège et sentit un vide le gagner, comme si on avait creusé en lui…

Alors, sans rien montrer de ce qu'il éprouvait, il se tourna vers Whitehorse et dit dans la langue du Peuple :

— Je suis presque surpris de te voir dans ce bus.

Sans ouvrir les yeux, Whitehorse répondit également dans leur langue :

— Pouvais-je laisser croire à nos frères blancs que tu étais le meilleur d'entre nous ?

Cela fit sourire Yahzee – légèrement. Son regard dépassa son ami et erra par la fenêtre sur Monument Valley, sur le pays qu'il laissait derrière lui – le pays auquel il offrait sa vie pour le défendre.

C'est alors qu'il remarqua quelque chose qui lui avait échappé : des garçons chevauchant des poneys à cru suivaient le bus, fondant sur le véhicule pour saluer le départ de leurs guerriers en poussant des cris et en braillant, comme des Indiens de cinéma attaquant une diligence. Cela le fit également sourire – légèrement – puis le bus distança les garçons, les laissant derrière lui, tandis que Ben Yahzee, Charlie Whitehorse et deux douzaines d'autres Navajos partaient se battre à la guerre de l'homme blanc.

Yahzee et ses frères Dinehs se retrouveraient sous peu debout, la main droite tendue, fixant solennellement le drapeau américain, pendant qu'un officier recruteur de Fort Defiance leur ferait prêter serment à la nation qui avait vaincu et si souvent trahi leurs ancêtres.

Ben Yahzee, Charlie Whitehorse et les passagers du bus rejoignirent bientôt d'autres recrues navajos – qui, pour un grand nombre, étaient venues à cheval et en chariot –, et embarquèrent à Flagstaff à bord de trains à destination du camp d'instruction de marines du Dépôt des Conscrits des Fusiliers Marins de San Diego.

L'instruction, qui pour l'Américain moyen représentait une initiation infernale à la vie militaire, ne déboussola pas les Dinehs, qui firent preuve d'une agilité, d'une endurance et d'une adresse au tir supérieures. Les Indiens se soumirent aux longues journées pénibles, acceptant les séances de gymnastique suédoise et la marche, excellant dans les manœuvres à distance serrée, l'entraînement à la baïonnette et les cours de judo, ne se laissant pas démonter par les excursions interminables en terrain accidenté et ne se souciant pas de ce qu'en condition de combat réelle de vrais projectiles siffleraient au-dessus de leurs têtes.

Ces Navajos trouvaient sensées et même agréables des choses que l'Américain moyen vivait comme un changement choquant d'habitudes de vie et d'état d'esprit. La nourriture douteuse, les heures variables et le sacré manque d'intimité ne constituaient pas des épreuves particulières pour un homme aux coutumes traditionnelles comme Charlie Whitehorse – ni même pour un Navajo moderne comme Ben Yahzee. Parvenir à se forger l'esprit d'un guerrier concordait avec le mode de pensée que les Dinehs se transmettaient depuis des générations.

Quant à Yahzee, il découvrit en la vie militaire une opportunité, un moyen de se distinguer et de montrer que ses frères et lui pouvaient s'acquitter des devoirs d'un marine aussi bien que n'importe quel homme blanc – peut-être mieux.

L'instruction militaire et les défis physiques étaient une chose, mais la mission pour laquelle les deux amis avaient été choisis en était une autre, qui impliquait une formation théorique intensive. Leurs tests d'aptitude s'étant avérés bons, Yahzee et Whitehorse faisaient partie d'une poignée d'hommes choisis pour intégrer le cercle d'élite connu sous le nom de *radio-codeurs*.

Au début de l'année 1942, Philip Johnson, fils de missionnaires affectés à la réserve navajo, présenta au général de division Clayton Vogel, commandant du Corps amphibie de la flotte du Pacifique une nouvelle idée de code pour les communications. Les Japonais, qui avaient cassé tous les codes précédents, interceptaient des liaisons radio cruciales et anticipaient tous les mouvements militaires américains dans le Pacifique. Mais Johnson, un des rares non-Navajos qui parlaient leur langue couramment, croyait qu'un code basé sur l'idiome oral et complexe des Dinehs à la syntaxe et à la tonalité uniques serait inintelligible pour les Japonais et que ce serait LE code que les Japs ne pourraient pas casser.

Johnson avait raison : les meilleurs spécialistes nippons échouèrent à déchiffrer le Code Navajo et virent en cet apparent charabia un mélange s'approchant du tibétain ou du mongol.

Il y avait moins de trente personnes au monde parlant la langue des Dinehs et Johnson en faisait partie mais, bien évidemment, il ne mit pas lui-même le code au point. Au cours de l'été 42, vingt-neuf recrues navajos furent transférées du camp d'instruction de San Diego au centre d'entraînement des bataillons de transmissions de campagne de Camp Pendleton, à Oceanside en Californie. Ces hommes, qui formaient la première section de radio-codeurs, élaborèrent le code ainsi qu'un dictionnaire, incluant de nombreux mots avec une signification militaire.

Suivant la tradition Dineh, ce dictionnaire et ces mots furent mémorisés au cours de la formation. Une fois qu'un soldat avait fini son apprentissage, le seul ouvrage de référence dont il disposait était celui qu'il avait entre les deux oreilles. De plus, les radio-codeurs assistaient à cent soixante-seize heures de cours de procédures élémentaires de communications et de matériel, et étaient formés à l'impression et à la rédaction de messages, aux techniques vocales, à la transmission de messages, à l'installation de lignes téléphoniques et à l'escalade de mâts.

Et c'est cet apprentissage, et non pas les rigueurs de l'instruction militaire, qui mit Charlie Whitehorse à l'épreuve (sauf pour ce qui était de l'installation de lignes téléphoniques et de l'escalade de mâts). En revanche, Ben Yahzee était déjà un étudiant chevronné et c'est la raison pour laquelle, rester assis dans une salle de cours de Camp Pendleton ne le mit pas au supplice comme son ami berger.

Mais si Whitehorse préférait le parcours du combattant à la salle de classe, il appréciait le fait que leur instructeur fût un Dineh. C'était un radio-codeur vétéran qui leur enseignait les mots anglais et leurs équivalents navajos en gribouillant à la craie sur le tableau – les sons de leur langue étant pour la première fois écrits avec les lettres de l'alphabet de l'homme blanc. Des illustrations en couleurs d'avions et de tanks japonais étaient exposées sur un chevalet pour être identifiées et mémorisées.

Raide dans son uniforme de marine et les cheveux en brosse (comme les autres Navajos qui l'entouraient), Yahzee recopiait ces reproductions, traçant habilement de rapides croquis dans son cahier.

Whitehorse – ses folles mèches noires rasées, faisant de lui un homme en uniforme aux cheveux ras comme les autres, même s'il restait un grand costaud au visage rond – jetait des coups d'œil furtifs sur les œuvres de son ami, tel un gamin trichant pendant une interrogation écrite.

Ben ajoutait des fioritures à ses dessins, insérant des soldats japonais dans les tanks et dans les cockpits. Chaque Jap recevait une flèche dans le dos ou une lance dans le cœur...

Yahzee leva la tête et surprit le regard de son ami. Avant même que Ben n'ait le temps d'esquisser un sourire embarrassé, le robuste Indien le gratifia d'un léger sourire et d'un signe de tête approbateur.

Les yeux de Whitehorse semblaient dire qu'ils étaient peut-être des élèves assis dans une salle de classe mais que c'était en guerriers qu'ils en sortiraient.

CHAPITRE III

Sur le côté oriental et exposé au vent de l'île d'Oahu, une vaste baie miroitante à proximité de champs d'ananas et de plantations de bananiers offrait un cadre idéal à la base aéronavale de Kaneohe. L'installation, bien remise de la funeste attaque du 7 décembre 1941, était pourvue de pistes d'atterrissage, de rampes, de passerelles, d'embarcadères, d'abris à bateaux, d'ateliers de réparation, de hangars, de bureaux, d'une caserne maritime, d'entrepôts, d'une centrale électrique et d'un centre radio. Bref, elle possédait tout ce qui était nécessaire pour mener une guerre moderne.

Le reste des opérations – celles qui résultaient de ladite guerre moderne – était du ressort de l'hôpital de la base. Sous un ciel bleu, dont les nuages blancs étaient si parfaitement disposés que Dieu aurait pu trouver un emploi à la Metro-Goldwyn-Mayer, on voyait des hommes jeunes prématurément vieillis par la guerre, des marins et des marines aux yeux hagards qui déambulaient d'un pas traînant en robe de chambre et en pyjama, comme s'ils étaient à la recherche de quelque chose perdue – peut-être un bras ou une jambe. Ici et là, un aide-soignant ou une infirmière poussait des soldats hébétés et mutilés dans des fauteuils roulants.

Un plateau de médicaments à la main, l'une de ces

infirmières – Rita Swelton de Des Moines dans l'Iowa –
s'approcha de l'un de ces soldats, qui était assis à la
lisière de la cour et qui regardait au-delà des voûtes du
porche ouvert de stuc jaune pâle. Une brise légère soufflait de la baie et derrière lui, le soleil filtrait par des
fenêtres cintrées dont la ferronnerie en filigrane évoquait des vitraux.

Bien que le caporal Joe Enders, portant une robe de
chambre marron sur un tee-shirt et un bas de pyjama,
fût effectivement assis dans un fauteuil roulant, il avait
tous ses membres. Il était affalé dans son siège, un
coude reposant sur l'accoudoir, les traits anguleux de
son visage couverts par sa main, et l'autre main posée
mollement sur ses genoux. Ses jambes descendaient
jusqu'à terre et il portait des chaussons. Il avait de la
chance.

Rita était une jeune femme de vingt-cinq ans, aux
cheveux si foncés qu'ils semblaient presque noirs, aux
yeux sombres et au teint clair. Mince, elle était bien
faite et avait un joli visage ovale et délicat, bien qu'elle
eût une expression résolue. Vêtue de sa chemise
blanche d'uniforme d'infirmière de la Marine et d'une
jupe bleu foncé, elle se mouvait avec grâce et effica-
cité, manifestement très affairée.

Mais quand elle se fut assurée qu'Enders avait bien
pris ses cachets, elle s'attarda et, posant son plateau,
elle poussa son fauteuil sur l'herbe tachetée de soleil et
bavarda avec lui. Il serait sans doute plus juste de dire
qu'elle lui fit la conversation.

— Vous êtes mieux de ce côté de l'île, vous savez,
dit-elle d'une voix enjouée. Tous ces jeunots débar-
quent à Honolulu en pensant qu'ils vont y trouver des
clairs de lune, des palmiers ondulants, des plages enso-
leillées et, euh… des jolies filles, quoi.

Enders ne répondit pas.

— Oui, enfin, ils vont trouver tout cela, sauf qu'ils vont aussi découvrir d'autres choses : des black-out, des couvre-feux et, je le crains, très peu d'occasions de profiter du clair de lune.

Enders regardait un autre homme dans une chaise roulante – un homme sans jambes qui fixait le vide.

— C'est vrai, les plages sont bondées, tout le monde sait que les jolies filles sont rares, il y en a peut-être une pour cent hommes… et l'instruction théorique et les manœuvres occupent quasiment tout le temps d'un soldat. Non, vous avez de la chance d'être sur le côté de l'île exposé au vent.

Enders observait un type qui n'avait plus qu'une jambe et qui s'en sortait plutôt bien avec ses béquilles.

— Vous savez, vous êtes libre ce week-end et vous allez vraiment mieux maintenant. Vous pourriez peut-être sortir d'ici pendant quelques heures… Vous n'avez rien vu tant que vous n'avez pas admiré les jardins de corail dans l'un de ces bateaux avec un fond en verre. L'eau est tellement cristalline qu'on voit tous les détails… Le moindre hippocampe et des poissons de toutes les couleurs… Je me trompe ou vous n'avez pas entendu un mot de ce que j'ai raconté ?

Enders leva les yeux. Rita avait furtivement contourné le fauteuil roulant et lui faisait face à présent. Les bras croisés, elle affichait une expression sévère.

Il faillit lui sourire :

— Vous devriez le savoir maintenant : il faut me parler dans l'oreille droite.

Elle ne lui sourit pas :

— Je vous parlais dans l'oreille droite.

— Oh. Eh bien, je devais être distrait. Cela arrive quand on parle à une jolie fille.

Elle s'agenouilla auprès de lui – du côté droit – et dit en arquant un sourcil :

— Cela vous arrive aussi quand vous ne voyez pas ma bouche.

— C'est une jolie bouche.

— Je veux dire que vous lisez sur mes lèvres, Joe.

— Je n'ai pas besoin de lire sur vos lèvres. Je vous lis comme un livre, c'est tout.

— Joe…

Il haussa les épaules :

— Je fais des progrès.

Elle se releva en soupirant :

— Marchons un peu.

— D'accord.

Abandonnant le fauteuil roulant, elle lui fit faire le tour de la cour ensoleillée en le soutenant par le bras. Elle chuchotait – à son oreille droite.

— Vous devriez retourner chez vous. Vous pourriez rentrer. Quel genre d'homme revient du front avec un billet de retour pour le continent et n'en profite même pas ?

— Un homme qui a besoin de retourner se battre, répondit Enders sans chuchoter.

— Joe… Joe, pourquoi ?

Il s'arrêta et la regarda. Droit dans les yeux :

— Rita, j'ai mes raisons. Est-ce que vous allez m'aider ou non ?

Elle détourna le regard.

— Vous ne tromperez personne, dit-elle en secouant la tête. Qui croyez-vous leurrer ? Vous n'êtes plus bon à rien.

A ce moment-là, un infirmier les dépassa en poussant un lit à roulettes sur lequel était allongé un double amputé qui délirait en marmonnant, abruti par les médicaments.

Enders regarda l'infirmier et son chargement s'engouffrer à l'intérieur de l'hôpital, se tourna vers la jolie infirmière et lui dit d'une voix impassible :

— Non. *Lui* n'est plus bon à rien.

— Joe… Comment pouvez-vous être si dur ?

— Lui ne peut pas y retourner. Moi, je le *dois*.

— Pourquoi ?

— Parce que j'ai toujours mes jambes et mes bras et que je n'ai pas encore complètement perdu la tête. Je veux y retourner, Rita. J'en ai besoin. Aidez-moi.

Elle expira – dans un souffle qui tenait à la fois du soupir et du frémissement. On aurait dit qu'elle allait se mettre à pleurer :

— Oh, Joe…

— Rita, je vais retrouver une audition normale. C'est seulement que je ne veux pas attendre que…

— Bon sang, Joe ! Votre tympan gauche est perforé. (Elle pinça les lèvres et son menton se plissa.) Votre sens de l'équilibre est complètement fichu. Comment pourriez-vous retourner vous battre si vous ne tenez même pas debout ?

Il s'écarta d'elle si brutalement qu'elle en fut déstabilisée, au propre comme au figuré. Le caporal fit un pas, sans elle. Un pas tremblant, mais un pas quand même. Puis, il en fit un autre, manquant tomber dans l'herbe mais parvenant néanmoins à retrouver son équilibre. Quand il flancha pour de bon, il était suffisamment proche d'un mur pour s'y appuyer.

Rita alla à lui, lui prit le bras et chuchota dans sa bonne oreille :

— Vous avez peut-être raison, Joe… Peut-être que vos troubles auditifs disparaîtront et que vous marcherez en équilibre sur une corde en moins de deux.

— C'est sacrément vrai.

Elle serrait le bras d'Enders à présent, d'une façon très tendre et pas vraiment professionnelle :

— Mais en attendant, restez ici à Oahu. Il faut bien que quelqu'un nous tienne compagnie à nous les filles des WAVEs [1], non ?

Il la dévisagea. Il n'y avait pas de mensonges entre eux, pas de manipulation :

— Allez-vous m'aider ou non ?

Mais Rita ne le regardait plus. Elle observait derrière lui une ambulance qui débarquait aux urgences, apportant d'autres blessés qui avaient besoin de soins.

Enders suivit son regard et vit des infirmiers évacuer les hommes à l'arrière du véhicule et les emmener en toute hâte au bloc.

Il se retourna vers l'infirmière et dit :

— Je crois, ma jolie, que j'occupe une place qui pourrait servir, non ? Qu'en pensez-vous ?

— J'ai du travail, répondit-elle en le frôlant.

Son ton était froid, mais Enders n'en fut pas dupe. Il avait lu dans ses yeux qu'elle l'aiderait.

Et pour l'aider, elle l'aida.

Un médecin en blouse blanche et aux cheveux de neige (si sérieux qu'Enders se demanda si ce type avait

---

1. WAVEs : *Women's Appointed Volunteer Emergency Service.* Réservistes féminines de la Marine américaine. *(N.d.T.)*

déjà ri) se tenait devant une console pleine de cadrans et de boutons. C'est-à-dire devant l'engin qui deciderait du sort d'Enders.

A l'intérieur de la cabine insonorisée, séparé par une paroi de verre du médecin et d'une infirmière qui n'était pas vue ni connue, Joe Enders – à présent sans bandages et coiffé d'un casque à écouteurs – se soumettait au test auditif décisif.

Le médecin tourna un bouton d'aigus, et Enders leva la main droite. Le docteur tourna alors un bouton de graves et Enders montra le sol. Il s'en sortait bien.

Mais il s'agissait de l'oreille droite du caporal. Et c'était son oreille gauche qui pouvait le renvoyer à Philadelphie et l'empêcher de retourner au front pour toujours.

— Très nette amélioration, mademoiselle, commenta le médecin en arquant un sourcil.

Dans la veste bleue de son uniforme, Rita Swelton paraissait aussi sérieuse que le docteur, derrière lequel elle se tenait. Enders n'entendait pas ce que le médecin disait à l'infirmière, mais il pouvait lire sur les lèvres de l'homme – tout comme il lisait sur celles de Rita... ainsi que dans ses pensées.

— Dites-moi, n'est-ce pas l'oreille gauche du caporal qui a été la plus endommagée ? demanda le médecin à l'infirmière.

— C'est exact.

Le médecin tourna le bouton des aigus sur le côté gauche de la console.

Enders regarda Rita qui leva discrètement son pouce gauche.

Par conséquent, le caporal, qui n'entendait absolument rien dans ses écouteurs, leva la main gauche.

Lorsque le docteur lui envoya des graves, Enders imita l'infirmière et montra le sol.

L'examen se poursuivit ainsi pendant quelque temps et le médecin, stupéfait, se tourna vers Rita, qui s'empressa de cacher ses mains derrière son dos.

— Des dégâts tels que ceux-ci ne peuvent pas disparaître ainsi, dit-il.

— Le diagnostic initial était peut-être erroné. (Le docteur la regarda en fronçant les sourcils.) Quoi qu'il en soit, c'est un rétablissement remarquable.

Le médecin, qui semblait presque agacé que son patient aille aussi bien, prenait des notes. Il secouait la tête avec incrédulité, mais consignait les données manifestement renversantes de son cas.

Le docteur étant penché sur ses notes, Enders sourit à Rita et lui fit un clin d'œil.

L'infirmière ne lui rendit pas son clin d'œil. Son expression était grave, comme si le fait de l'avoir aidé était la pire chose qu'elle ait jamais faite. Comme si c'était la plus grosse erreur de sa vie…

Portant à nouveau l'uniforme, le caporal Joe Enders était assis dans une salle d'attente, son calot à la main, et regardait les murs en écoutant le cliquetis discordant d'un sergent-chef à la nuque rouge qui, assis à un bureau à proximité, faisait de son mieux pour dactylographier des documents. A deux pas de là, dans un local ouvert et bruyant, d'autres machines à écrire cliquetaient avec plus d'assurance, tandis que des dossiers rentraient et sortaient de meubles de classement, que des circulaires montaient et descendaient sur des tableaux d'affichage, et que des employés de l'état-major pénétraient dans le bâtiment à bardeaux et en sortaient. On y traitait de nouvelles affectations.

L'une d'elles était la sienne.

La porte du bureau juste derrière le sergent-chef qui tapait avec peine s'ouvrit et un sergent brun dégingandé en sortit. Il approchait de la trentaine mais avait un visage juvénile et vif. Livide, il donnait l'impression d'avoir reçu un coup de poing dans le ventre.

Le jeune sergent resta quelques instants dans l'encadrement de la porte avant de visser son calot sur sa tête – de travers. Il regarda Enders, qui soutint son regard, mais, à vrai dire, le jeune sergent ne voyait pas le caporal.

Il quitta alors le bâtiment en titubant et sortit au grand jour, totalement absent, sans se douter que son calot était bancal.

Enders se demandait ce qui pouvait bien lui arriver quand le sergent-chef leva les yeux de sa machine à écrire et lui dit en le gratifiant d'un signe de tête :

— C'est à toi, vieux !

Enders pénétra dans le petit bureau, ferma la porte derrière lui et s'approcha du bureau derrière lequel était assis un commandant, qu'il salua.

Vêtu d'un uniforme impeccable, le commandant Mellitz était un officier sagace avec des cheveux bruns sur un front haut et un visage grêlé et dur tout juste adouci par des yeux bleu pâle. Il y avait un drapeau américain d'un côté de son bureau et, dans son dos, les lamelles d'un store vénitien laissaient filtrer une douce lumière. Au plafond, un ventilateur brassait l'air tandis que le commandant examinait un dossier tout en tassant du tabac dans une pipe.

— Repos, caporal, dit-il sans lever les yeux.

Enders s'exécuta, mais ne se détendit pas. Le commandant dégageait une froideur qui le portait à croire que la situation n'était pas formidable. Mellitz était-il un officier chargé de faire, en quelque sorte, tomber les têtes chez les marines ? L'expression qu'affichait le sergent qui venait de sortir de son bureau trahissait une sérieuse déconvenue. L'arnaque d'Enders et sa « guérison miracle » avaient-elles été découvertes ?

Toujours sans regarder le caporal, le commandant nota d'une voix de baryton douce et impassible :

— Vous avez brillé en tant que marine, caporal.

— Merci, mon commandant.

— Plus que dans la vie civile, en tout cas. Je ne crois pas nécessaire de vous rapporter ce qu'il y a dans ce dossier.

— Non, mon commandant.

A savoir que, lorsqu'il était enfant, Enders avait volé – et fracassé – une moto. Qu'il avait été renvoyé du lycée pour « *problèmes de discipline* ». Et qu'avant son dix-huitième anniversaire, il avait été inculpé pour coups et blessures.

Le commandant finit par lever les yeux du dossier, une expression de léger étonnement se lisant sur son visage grêlé.

— Un prêtre ? Vous avez passé un prêtre à tabac ?

Enders se risqua à hausser les épaules :

— C'était le proviseur adjoint d'Archbishop Keenan High School, mon commandant. La discipline y était très stricte. Vous savez comment cela se passe dans les écoles catholiques.

— A vrai dire, non. Personnellement, j'ai fréquenté des établissements publics. (Il soupira et continua à feuilleter le dossier d'Enders en tirant sur sa pipe.) Vous avez été impliqué dans plusieurs bagarres pendant vos classes, ainsi que dans quelques incidents mineurs.

— J'ai été décoré pour mon adresse au tir, mon commandant.

— Je le sais. C'est là-dedans… Tout comme le fait que vous vous soyez distingué par votre bravoure à Shanghai. Et que vous vous êtes sacrément défendu sur le Canal… Je remarque que vous n'arborez pas votre *Silver Star*.

— Je préfère ne pas la porter, mon commandant.

— C'est votre droit. C'est du costaud, si j'en crois ce qu'on m'a dit.

— Oui, mon commandant. Plutôt, mon commandant.

— Et après tous ces mois de convalescence, vous avez envie de retourner vous jeter dans la mêlée ?

— Oui, mon commandant. J'en ai très envie.

De la fumée s'échappait en volutes de la pipe de Mellitz.

— Il n'aurait pas été difficile de vous débrouiller pour intégrer la fonction publique.

— Cela aurait été très difficile, mon commandant. Cela aurait été impossible.

Le commandant l'examinait – une paire d'yeux bleus magnifiques dans un visage ravagé. Il ferma le dossier du caporal :

— Je suppose que vous savez que les Japs ont plus ou moins décrypté tous ceux de nos codes qu'ils ont interceptés.

— Oui, mon commandant. Cela a coûté la vie à beaucoup de marines, mon commandant.

— Avez-vous rencontré des Indiens sur les îles Salomon ?

— Des Indiens, mon commandant ?

— Des Navajos.

— J'en ai vaguement entendu parler, mon commandant. Ce sont des hommes des Transmissions ?

— Correct, caporal. L'armée a mis au point un nouveau code basé sur la langue des Navajos. C'est le premier code que les Japs n'ont pas réussi à casser. Il est très efficace.

— C'est formidable, mon commandant.

— Cela a fait une très forte impression, en fait. A tel point que la Marine a décidé de mettre le paquet pour protéger ce code... Et c'est là que vous intervenez.

— Moi, mon commandant ?

— Oui, vous. Vous allez faire équipe avec l'un de ces... radio-codeurs. Vous allez veiller sur son cul d'Indien... et donc sur le code.

— Mon commandant... Je ne suis pas certain de comprendre.

— Votre mission sera de protéger la vie de cet Indien afin qu'il puisse faire son boulot.

— Je vous demande pardon, mon commandant. Mais il me semble que je servirais mieux l'armée en tuant des Japs qu'en jouant les nounous pour un Peau-Rouge..., mon commandant.

Le commandant Mellitz soupira en exhalant de la fumée de sa pipe ; elle s'éleva jusqu'aux pales du ventilateur qui la firent onduler comme des petits signaux de fumée.

— Caporal Enders, croyez-vous que j'ai sorti votre nom d'un chapeau ? Vous êtes supposé être un homme qui va de l'avant. Voulez-vous, oui ou non, retourner vous battre ?

— Oui, mon commandant.

— Bien. Parfait. Nous avons besoin de bons marines pour cette mission capitale, et c'est la raison pour laquelle vous vous trouvez devant moi à l'heure qu'il est. Il existe peu de tâches susceptibles de vous être confiées qui soient plus importantes que celle-ci. Vous êtes bien un bon marine, caporal ?

— Oui, mon commandant.

Mellitz poussa un grognement et lui tendit une enveloppe en papier kraft :

— Jetez un œil à ceci.

Enders prit l'enveloppe, l'ouvrit et la secoua pour en extraire le contenu : plusieurs photos.

Des clichés macabres d'un marine ligoté à une chaise et manifestement mort – mutilé et défiguré. Les traits de la victime torturée, avec ses pommettes hautes et son teint mat, étaient étrangers, presque asiatiques.

— C'est l'un de nos Navajos. Il a été retrouvé ainsi dans une cabane sur l'île de Bougainville, expliqua Mellitz. Nous pensons qu'il a été torturé à mort par les services de renseignements japonais dans le but d'obtenir des informations sur notre code.

Enders remit les photos dans l'enveloppe, qu'il posa sur le bureau, et demanda :

— Comment savez-vous qu'il ne leur a rien révélé, mon commandant ?

— Ce « Peau-Rouge » n'aurait pas pu parler même s'il l'avait voulu. Tous les Navajos de l'armée ne sont pas des radio-codeurs, caporal.

— Je croyais que le code était la langue des Navajos, mon commandant.

— Non, il est basé sur leur langue… Mais cela reste un code. Les Navajos qui n'ont pas été formés à ce code l'appellent le « navajo fou ». Il ressemble à leur langue, mais seuls quelques-uns de ces Indiens connaissent le code.

— Que se passerait-il si l'un des… des vrais radio-codeurs était fait prisonnier, mon commandant ?

Mellitz tira sur sa pipe en esquissant un sourire – un sourire assez effrayant.

— Voilà que vous commencez à réfléchir, caporal. D'après ce que nous savons, rien ne plairait davantage à Tojo[1] que d'en capturer un vivant. (Le sourire du commandant se dissipa.) Caporal… Ce que je m'apprête à vous dévoiler ne doit en aucun cas sortir de cette pièce.

Mal à l'aise, Enders répondit :

— Vu, mon commandant.

— Officiellement, nous assignons des gardes du corps blancs aux radio-codeurs parce que ces Navajos pourraient être pris pour des Japonais.

— En effet, mon commandant.

— Mais cela va plus loin… Voici votre ordre de mission : vous serez affecté auprès d'un radio-codeur. Vous devrez faire en sorte qu'en aucun cas votre Indien ne soit fait prisonnier. Le code ne doit pas tomber aux mains de l'ennemi. Votre mission n'est pas de protéger le radio-codeur, mais le code lui-même… A n'importe quel prix.

Clignant des yeux à cause de la fumée de la pipe que le ventilateur brassant l'air au-dessus de leurs têtes soufflait vers lui, Enders resta silencieux.

Levant exagérément les sourcils au-dessus de ses yeux aussi bleus que le ciel d'Hawaï, Mellitz demanda :

— Me suis-je bien fait comprendre, sergent ?

— Euh… C'est clair comme de l'eau de roche, mon commandant. Mais c'est *caporal*.

---

1. Général et homme politique, Tojo Hideki dirigea le Japon de 1941 à 1944. *(N.d.T.)*

— Non, plus maintenant, répliqua Mellitz. Vous venez d'être promu… Félicitations.

Enders se contenta de rester planté là. Il ne s'était jamais imaginé qu'une promotion lui ferait cet effet – écœurant –, et il n'avait jamais envisagé que ses efforts pour retourner se battre et pour essayer de réparer les morts dont il se sentait responsable se solderaient par une mission homicide comme celle-ci.

CHAPITRE IV

La dernière phase de l'instruction des radio-codeurs navajos eut lieu à Camp Tarawa, près de Kamuela, sur la Grande Ile d'Hawaï. Ayant achevé leurs classes et leur formation au code secret, ils s'exercèrent à des manœuvres d'assaut en préparation de la proche campagne des îles de Saipan, de Tinan et d'Okinawa. Ce secteur d'Hawaï, situé à proximité du vaste Ranch Parker, avait une importance en tant que tremplin historique : environ cent cinquante ans plus tôt, le roi Kamehameha III y avait regroupé ses troupes avant de mettre le cap sur les îles de Maui, de Molokai et d'Oahu pour les envahir par la mer.

Camp Tarawa était une base militaire tentaculaire, établie peu après l'attaque de Pearl Harbor. A l'origine dénommée Waimea (comme la petite ville tranquille à proximité), elle avait été attribuée aux marines de la Deuxième Division en décembre 1943, juste après leur retour d'une attaque amphibie de l'île de Betio dans l'atoll de Tarawa. Les vétérans donnèrent à leur nouvelle base le nom de la bataille à laquelle ils avaient survécu.

S'étendant dans une vallée qui se distinguait en outre par des champs de canne à sucre balayés par les vents, le cantonnement de Camp Tarawa offrait aux hommes de la Deuxième Division des conditions de vie propres, ordonnées et spartiates. C'est là que Ben Yahzee et Charlie Whitehorse feraient la connaissance des hommes blancs qui leur avaient été assignés comme gardes du corps.

Dans l'immédiat, un deux et demi – un véhicule blindé de deux tonnes et demie – descendait Belt Highway avec fracas en direction de la base avec, à son bord, Yahzee et Whitehorse, tandis que le petit matin révélait les merveilles du pittoresque paysage hawaïen et que Camp Tarawa s'éveillait à peine. Quelques marines étaient toutefois debout depuis un certain temps, y compris les deux sergents blancs affectés à la protection des radio-codeurs.

Un groupe de soldats, déjà sur pied pour un parcours avant le petit déjeuner, courait sur le terrain d'exercices de Camp Tarawa, portant leur tenue complète numéro 782, leurs casques et leurs paquetages. Du type mince mais sec, le sergent Peter Anderson était en assez bonne condition physique, mais le lourd équipement pesait son poids. Cependant, apercevant devant lui le marine en qui il reconnut le caporal qui lui avait succédé dans le bureau du commandant quelques jours auparavant, Anderson allongea le pas et parvint à le rattraper.

En arrivant à la hauteur du solide soldat aux traits anguleux, le sergent dit en essayant de ne pas souffler comme un bœuf – et n'y réussissant pas – :

— Ce Mellitz est un vrai charmeur.

Des yeux froids aux paupières tombantes regardèrent Anderson de côté, réponse muette ponctuée d'un infime hochement de tête.

— Il est plutôt laid en plus, continua Anderson en courant à côté de ce marine peu bavard et qui, remarqua-t-il, était également devenu sergent. Ce salopard

pourrait être utile au front… pour foutre les pétoches
aux Japs.

Cela fit légèrement sourire l'impassible sergent.

— Pete Anderson, mais on m'appelle Ox.

Un sourcil se leva au-dessus d'une paupière toujours
tombante.

Pendant qu'ils couraient à vive allure, Anderson
expliqua d'une voix essoufflée et entrecoupée :

— Hé, je suis pas Monsieur muscles, ça c'est sûr…
Tu vois, je viens d'Oxnard, au nord d'Hollywood, en
Californie.

— Joe Enders, répondit le marine, sans rompre le
pas, obligeant Anderson à forcer pour rester à sa hauteur. Philadelphie… Au sud de New York, New York.

Anderson trouvait Enders à peu près aussi chaleureux que Mellitz. Pourtant, le jeune Californien s'efforça de garder le rythme, stimulé par l'envie de savoir
s'ils avaient tous deux écopé de la même mission cala-
miteuse.

— Ça fait longtemps que t'es dans la JASCO[1] ?

— Non, répondit Enders sans ralentir le pas. Je sors
tout juste de l'hôpital. Et on m'a collé dans cette compagnie.

— Ah, t'étais à l'hosto ? Le palu ?

— Un peu. Et un peu d'autre chose.

— Sans blague ? T'as bouffé du plomb, c'est ça ?

Enders ne répondit pas immédiatement. Puis, à
contrecœur, il acquiesça d'un bref signe de tête.

Anderson rit et s'attrapa les fesses d'une main :

---

1. JASCO : *Joint Assault Signal Company*, c'est-à-dire Compagnie de transmission d'assaut combiné. *(N.d.T.)*

— Moi aussi ! Je peux me vanter d'avoir littéralement eu chaud aux fesses !

La plaisanterie d'Anderson parvint à arracher un deuxième petit sourire à Enders.

Anderson espérait ne pas passer pour un satané raseur, mais il ne put s'empêcher de poursuivre la conversation :

— Ouais, un foutu 7.7 japonais. T'arrives à croire un truc pareil, toi ?

— Ouais.

— Attention, ne va pas imaginer que je m'en suis pris une dans le cul parce que je me sauvais. Putain, non. Ces petits enfoirés de jaunes ont surgi derrière nous. Ils ont été mal inspirés : ils ont rejoint leurs ancêtres à l'heure qu'il est.

Enders hocha la tête.

— Le hic, reconnut Anderson, c'est que je croyais m'être ouvert la voie royale pour la fonction publique. Je m'imaginais avoir la blessure qui valait un million de dollars... Tu sais ce qu'a dit le médecin-chef ?

— Non.

— *On ne s'assoit pas beaucoup dans les marines, mon garçon.*

— Il a jamais vu de combat de près, ce toubib.

— T'as sacrément raison. Quoi qu'il en soit, dès que j'ai su m'asseoir sur une fesse, ils m'ont notifié ma nouvelle mission...

Enders ne releva pas et se contenta de continuer à courir.

Anderson, fourbu, reprit :

— Dis-moi, Joe... Je me trompe ou tu n'avais pas ces trois galons quand tu attendais devant le bureau de Mellitz ?

Enders le regarda à nouveau de côté :

— Je ne savais pas que tu m'avais remarqué. T'es parti avec ton calot de traviole.

— Ça, c'est parce que j'ai la caboche de traviole. Donc, il est bien neuf ton troisième galon, non ?

Enders ne répondit pas.

Anderson lui tapota le bras :

— Le mien aussi. Sauf qu'ils m'ont bien eu, les salopards… Ils ont commencé par m'élever au grade de sergent, et ensuite ils m'ont filé cette mission de merde. Ta, euh, mission a quelque chose à voir avec des types des Transmissions ?

Enders garda le silence.

Anderson parvint à demander en haletant :

— Avec des Navajos bossant pour les Transmissions ?

Enders répliqua :

— Je n'ai pas le droit d'en parler.

— Ouais, moi non plus. Et je parie que c'est la même foutue mission que toi dont je n'ai pas le droit de parler… Une vraie saloperie.

Enders avala sa salive, ralentit légèrement, et Anderson lut dans ses yeux que lui aussi avait été affecté à la protection d'un Indien, et que, si les circonstances l'exigeaient, il avait également l'ordre de tuer le pauvre bougre pour que les Japonais n'obtiennent pas ce précieux code navajo.

— Les marines ne m'ont pas l'air très démocratiques, sergent, dit Enders.

— Ouais, j'ai remarqué.

Anderson tenta de garder le rythme, mais le ténébreux sergent de Philly[1] laissa bientôt le jeune Californien derrière lui. Anderson fronça les sourcils et secoua la tête, éreinté. Le salopard courait comme

1. Diminutif de Philadelphie. *(N.d.T.)*

Jesse Owens[1] avec des rangers aux pieds, et il sortait tout juste de l'infirmerie ? Merde alors !

Au milieu de la matinée, sous un soleil de plomb, Anderson avait rejoint Enders – bien que ce ne fût pas sur le parcours sportif – et une espèce d'amitié timide commençait à naître entre eux, fruit de leur maudite mission commune. Les deux hommes étaient assis à l'entrée d'une tente, Anderson en tee-shirt et Enders torse nu, et démontaient puis remontaient leurs mitraillettes Thompson.

C'était un exercice dans lequel Anderson était bon. Enders y excellait.

Se livrant à ce qui tenait à la fois du rituel de combat et d'une vraie préparation, ils répétèrent ces manipulations maintes et maintes fois. Anderson avait toujours un temps de retard sur Enders. Aucun des deux hommes ne remarqua immédiatement le véhicule blindé qui pénétrait dans Camp Tarawa, acheminant deux radio-codeurs navajos avec leur matériel radio sur le dos – où, quelques mois auparavant, on aurait pu voir un carquois et des flèches.

Lorsque le blindé s'immobilisa à quelques pas de leur tente, le grincement de ses freins fit relever la tête d'Enders, sans que ses mains interrompent leur besogne. Il observa les deux marines à la peau cuivrée qui en descendirent.

— Voilà les bébés qu'on nous a confiés, dit-il.

— Quoi ? fit Anderson qui, tout au rituel d'assem-

1. Athlète américain, détenteur de cinq records du monde de saut de haies en 1935, Jesse Owens (1913-1980) obtint quatre médailles d'or aux jeux Olympiques de Berlin en 1936 dans cette discipline. *(N.d.T.)*

blage de sa mitrailleuse, s'efforçait de ne pas perdre le rythme.

— Nos Indiens des Transmissions.

Anderson leva les yeux :

— Ils m'ont l'air plutôt normaux, dit-il en haussant les épaules.

— Tu t'attendais à des peintures de guerre ?

Interrompant sa tâche un instant, Anderson examina les deux Navajos qui restaient plantés là, l'air aussi ahuris que si on les avait déposés sur la lune.

— On devrait peut-être se présenter, suggéra Anderson.

— Anderson ?

— Appelle-moi, Ox, tu veux ?

— Anderson ?

— Ouais ? fit Ox en avalant sa salive.

— Ne t'attache pas à eux.

Après avoir regardé le véhicule blindé repartir aussitôt et les abandonner à leur sort dans la poussière, Yahzee et Whitehorse tournèrent lentement sur eux-mêmes, découvrant le camp, ses tentes, ses baraquements en préfabriqué et, au loin, ses parcours du combattant.

Partout autour de lui, Yahzee voyait des hommes blancs. Qui évoluaient promptement dans cet environnement qui leur était familier.

— As-tu jamais vu autant d'hommes blancs ? lui demanda Whitehorse dans la langue des Dinehs.

— Maintenant, on sait ce qu'a ressenti Custer[1], fit Yahzee.

_____

1. Lieutenant-colonel de la cavalerie américaine, le « général » Custer est surtout connu pour avoir mené tous ses hommes au massacre au cours de la bataille de Little Bighorn contre les Sioux et les Cheyennes, en 1876. *(N.d.T.)*

Se remémorant ce qu'un des radio-codeurs chevronnés leur avait confié à Camp Pendleton, Yahzee inspira profondément : « *Le monde de l'homme blanc n'est plus un monde d'ennemis mystérieux, mais un univers dans lequel l'homme rouge peut être admis.* »

Deux marines blancs transportant des fusils et des bazookas passèrent à côté d'eux. Yahzee leur sourit et les interpella dans son meilleur anglais :

— Savez-vous où nous pouvons trouver la Deuxième de transmission d'assaut combiné, les gars ?

— Et comment je le saurais, mon pote ? répondit l'un d'eux.

— Tu me prends pour ta mère, espèce de morveux ? grogna l'autre.

Sur ce, ils s'éloignèrent.

— Merci, fit Yahzee, le sourire toujours aux lèvres. Merci beaucoup.

— Très réussi, commenta Whitehorse dans leur langue maternelle et en arquant un sourcil.

— Ne le prenez pas mal, leur dit une voix en anglais.

Yahzee et Whitehorse se retournèrent et virent un marine mince et souriant, portant un tee-shirt et sa plaque d'identification, qui s'avançait vers eux sans se presser.

— Ils m'auraient dit la même chose à moi, expliqua-t-il. (Il tendit la main.) Anderson. Pete Anderson. Mais mes amis m'appellent « Ox ». Appelez-moi Ox.

Ils se serrèrent la main.

— Lequel de vous est Whitehorse, les gars ? demanda Anderson.

— Charlie Whitehorse, répondit l'intéressé en pointant un doigt sur sa poitrine.

— Eh bien, l'Oncle Sam pense que toi et moi

sommes les futurs Fred Astaire et Ginger Rogers, et je crois qu'on est obligés de les croire.

— Ça me va, fit Whitehorse. Tant que je ne fais pas Ginger.

Anderson rit et dit à Yahzee en montrant Whitehorse de la tête :

— Ce type me plaît. Il est toujours aussi drôle ?

— Il est tordant, répondit Yahzee, pince-sans-rire. Je suis Ben Yahzee. Tu sais qui est mon partenaire ?

— Ouais. C'est le comique qui est assis là-bas et qui caresse sa mitraillette. Joe Enders. De Philly.

— Philly ? demanda Whitehorse.

— Philadelphie, expliqua Yahzee. Capitale de l'Amour Fraternel.

— Peut-être pas dans le cas de Joe, lâcha Anderson en grimaçant.

Devant sa tente, non loin de là, Enders n'entendait pas leur conversation – et ne faisait aucun effort pour essayer de l'écouter. Il posa sa Thompson et extirpa de la poche de son pantalon militaire son étui à cigarettes – une boîte en métal cabossé et terni sur laquelle était gravé l'insigne des marines.

Dans le couvercle de l'étui, il y avait une photo. Une photo de personnes auxquelles il tenait. Enders était comme les autres hommes à cet égard, et il portait sur lui une photo de ceux qui lui étaient chers. Cependant, dans son cas, il ne s'agissait pas de ses parents ou de ses frères et sœurs, ni de la fiancée qu'il aurait laissée derrière lui, ni même de l'incontournable Betty Grable[1].

1. Chanteuse et actrice américaine (1916-1973), Betty Grable fut élue « pin-up préférée » par les G.I. pendant la Seconde Guerre mondiale. *(N.d.T.)*

C'était un cliché corné des hommes qui avaient péri sur une plage d'une île paumée.

Il prit une cigarette – une de ses roulées, Enders détestait les cigarettes toutes faites – et, laissant le couvercle de son étui ouvert, il l'alluma en regardant fixement pendant un long moment les gars qui étaient morts par sa faute.

Il lui sembla que l'un des deux Indiens se dirigeait vers lui, un type mince d'une vingtaine d'années, aux traits anguleux. Enders se leva et s'éloigna. Il devait aller quelque part. Mais il n'avait pas encore décidé où il se rendrait.

Toute la journée le ciel avait été du bleu parfait qui faisait la réputation d'Hawaï. Vers la fin de l'après-midi, des nuages d'orage avaient fait leur apparition, aussi noirs que la nuit qui approchait. Et, à l'heure du dîner, il tombait des cordes sur Camp Tarawa, martelant la toile de tente du mess comme une pluie d'applaudissements sarcastiques.

Joe Enders ne prit pas la peine de chercher un abri comme les autres marines qui détalaient dans tous les sens avec leurs plateaux pour se réfugier où ils le pouvaient. Il était des batailles qu'on ne pouvait gagner et Enders jugeait que, cette fois-ci, la pluie l'emporterait. Qu'est-ce que cela pouvait bien faire ? Il était déjà trempé jusqu'aux os mais, même si cela lui plaisait – dans la mesure où le verbe *plaire* était approprié –, il aimait que le contenu de sa gamelle soit sec.

Alors, juché sur le marchepied d'un half-track, son petit plateau en fer-blanc sur les genoux, il maintenait son casque d'une main au-dessus du tas grumeleux de bœuf à la crème qui avait été jeté sur un toast brûlé, protégeant ainsi sa tambouille de la pluie battante. Il

avait fauché une salière dans le réfectoire et, de sa main
libre, il saupoudra sa gamelle de sel. Sa ration était déjà
salée, mais ses papilles semblaient s'être émoussées
depuis le Canal. Ce qui aurait fait grimacer un homme
ordinaire lui paraissait à présent avoir simplement du
goût.

Bien que le bruit de l'orage et de l'averse fut toujours
audible, il eut subitement l'impression que la pluie
avait cessé, ou du moins qu'elle ne le cinglait plus.
Quelqu'un se trouvait debout à côté de lui, le protégeant certes de la pluie, mais troublant sa tranquillité.

Enders leva la tête et vit le jeune Indien robuste au
visage allongé. Dieu que ses yeux étaient noirs ! Aussi
noirs que ceux d'un putain de requin.

Mais, au moins, son sourire était éclatant dans son
visage basané. Planté là et se faisant saucer, l'Indien
était penché sur son plateau pour tenter de protéger son
repas.

— Je m'appelle Ben. Ben Yahzee, dit-il.

Enders se contenta de croiser son regard et continua
de mâcher.

— Il a été décidé que nous faisions équipe, poursuivit Yahzee. Enchanté.

Enders reporta son attention sur sa gamelle, piqua
avec sa fourchette une portion visqueuse et peu appé-
tissante de viande et de toast, la porta à sa bouche et
mastiqua.

Le sourire de Ben Yahzee disparut, mais il s'entêta
et, faisant un signe de tête en direction de la pluie qui
tombait à verse sur la base, il dit :

— L'officier recruteur de Fort Defiance nous avait
dit qu'Hawaï était le paradis sur Terre... Il devait avoir
la langue fourchue.

Enders resta muet. Il continua de manger.

— Cela vous ennuie si je me joins à vous ? demanda Yahzee.

Enders ne refusa pas.

L'Indien s'assit à ses côtés sur le marchepied. Il baissa les yeux sur sa nourriture qui, comme lui, était trempée et il demanda :

— C'est quoi, cette merde ?

— Ici ils appellent ça de la bouffe.

— C'est la meilleure des propagandes de guerre, remarquez. (Yahzee mangea une bouchée. La pluie s'abattait sur le blindé comme une fusillade continue.) Le sergent Anderson nous a dit que vous étiez de Philly. Berceau de la nation, Liberty Bell[1], Benjamin Franklin et tout ça.

— Ouais, tout ça.

Yahzee étudia Enders pendant un moment et observa comment le marine expérimenté protégeait sa nourriture avec son casque avant de dire :

— C'est une bonne façon de garder sa bouffe au sec.

Enders ne répondit rien. L'Indien entreprit de détacher tant bien que mal la lanière de cuir de son casque d'une main, en tenant son plateau de l'autre. Ses acrobaties tournèrent court, puisque Yahzee lâcha prise sur son plateau et faillit le laisser tomber. Il le rattrapa au dernier moment...

... mais il percuta Enders au passage. Le plateau du sergent lui échappa des mains et s'écrasa sur le sol boueux.

La pluie tapait sur le plateau renversé, tel un petit

---

1. Littéralement : Cloche de la Liberté. Nom d'une cloche qui se trouve à Philadelphie et qui symbolise l'indépendance des Etats-Unis, puisque c'est dans cette ville que fut signée la Déclaration d'Indépendance en 1776. *(N.d.T.)*

percussionniste. Enders se tourna vers Yahzee et lui lança un long regard impassible.

— Oh, merde ! s'écria l'Indien. Je suis désolé ! Quel maladroit je fais…

— C'est quoi ton nom déjà, soldat ?

— Yahzee. Ben Yahzee.

— T'es déjà allé au front ? Il y avait des types comme toi sur l'Ile.

— Sur l'Ile ?

— Guadalcanal.

— Je, euh… Non, c'est ma première période de service.

— Traversée.

— Quoi ?

— On appelle ça une traversée, pas une période de service.

La pluie coulait sur le visage de l'Indien comme des larmes :

— Ce n'est pas parce que je ne me suis jamais battu que… Je peux vous assurer que j'attends cela avec impatience.

— De te battre ?

— Oui, sergent.

— Ne m'appelle pas « *sergent* », soldat.

— Désolé. Mais je le suis.

— Tu es quoi ?

— Impatient de me battre.

— Vraiment.

Et Enders sortit la salière de sa poche et commença à arroser de sel la gamelle de Yahzee.

— Merci, fit celui-ci. Mais, euh… Ouaouh ! Ça suffit.

Enders continua toutefois à saler la ration et Yahzee n'ajouta plus rien. Le sergent finit par s'arrêter, rangea la salière et arracha le plateau en fer-blanc des mains de l'Indien, laissant ce dernier assis là à abriter ses genoux vides avec son casque.

Alors, couvrant la tambouille de Yahzee, Enders s'éloigna avec le plateau à la recherche d'un autre endroit pour manger tranquillement.

Quelques instants plus tard, Charlie Whitehorse rejoignit son ami Ben Yahzee, qui était toujours assis sous la pluie sur le marchepied du blindé. Whitehorse s'installa à ses côtés, à la place laissée vacante par Enders, et commença à manger, sans s'embarrasser de protéger son bœuf à la crème des trombes d'eau.

Whitehorse s'adressa à Yahzee dans leur langue :

— Comment est ton homme blanc ?

Yahzee regardait Enders qui circulait dans les allées entre les tentes, protégeant son repas avec son casque. Whitehorse remarqua le plateau renversé et offrit à son ami un biscuit humide.

— Salé, répondit Ben Yahzee en anglais avant de mordre dans le biscuit.

CHAPITRE V

La pluie cessa mais le souvenir de l'humidité flottait dans l'air moite et enfumé de la tente au sol poussiéreux où les hommes du Deuxième Peloton de Reconnaissance étaient cantonnés et où ils passaient le temps en attendant l'heure d'appareiller.

Une partie de stud-poker battait son plein sur une cantine transformée en table de jeu et en autel de pièces et de billets.

Les yeux mi-clos et un sourire facétieux aux lèvres, Anderson, très à son aise, distribuait les cartes tout en faisant des commentaires :

— Et voilà une belle paire de cow-boys pour notre gars Joe. Ne laisse pas ce roi du suicide te foutre ton jeu en l'air.

Enders poussa un grognement.

John Nells – un beau garçon avec un nez plat et une jolie bouche, originaire de Providence dans le Rhode Island, qui avait tendance à se faire du souci pour la toute jeune mariée dont il était éloigné – demanda à la cantonade :

— C'est quoi, un roi du suicide ?

Ronald Harrigan, dit « Harry » – un gentil garçon cent pour cent américain aux yeux bleus, originaire de Daytona Beach, qui avait ramené de sa Floride natale son bronzage et ses cheveux blonds décolorés par le soleil – répondit, la cigarette au bec :

— C'est lui, le roi du suicide, Nellie. Le roi de cœur.

— Je ne comprends toujours pas, rétorqua Nells.

— Possible suite pour le Grec, commenta Anderson.

Voyant sa dernière carte de pique sortir, Nicolas Pappas, de Trenton, dans le New Jersey – jeune homme brun aux yeux noirs qui avait un sourire charmeur et une vision cynique du monde – s'écria :

— Oh, Nellie ! Tu vois pas que ce con se plante une épée dans la tête ?

— Une autre carte de merde pour le Rhode Island, fit Anderson en distribuant une carte à Nells.

Ce dernier, peut-être interloqué par l'explication concernant le roi de cœur, passa.

— Ça s'arrange pas, soupira-t-il.

— Bon sang, t'es une vraie gonzesse. Personne n'a encore parié, fit Charles Rogers (« Chick » pour ses copains) de Dallas avec son accent texan traînant.

Chick cracha du jus de tabac dans une boîte de sardines. Sachant qu'il avait passé au tour précédent, son indignation semblait un peu suspecte. Il secoua la tête en soupirant :

— Eh, merde ! Qu'est-ce qu'on fout ici à se tourner les pouces ? Quand est-ce qu'on va vraiment s'y mettre ?

Enders, qui affichait une impassibilité parfaite de joueur de poker, lui dit :

— Méfie-toi de tes rêves.

Anderson lança une carte sur la main d'Harrigan :

— Je sais pas bien ce que donne ton jeu, Tarzan… Et un troisième neuf pour le donneur, parce qu'il faut bien se faire plaisir.

Diverses obscénités accueillirent cette remarque en

râlant, ce qui contribua seulement à élargir le sourire
d'Anderson.

Plaques d'identification autour du cou et vêtus de
tee-shirts, ils étaient tous assis à l'indienne, à l'exception de Yahzee et de Whitehorse, qui ne prenaient pas
part au jeu et qui étaient respectivement allongés en bas
et en haut de lits superposés à deux pas de là. Yahzee
écrivait à sa femme d'une main sûre et soignée. Au-
dessus de lui, Whitehorse fixait le toit de la tente, les
coudes écartés et les deux mains sous la tête.

Harrigan jeta un coup d'œil à sa carte et lança une
pièce de vingt-cinq *cents* sur la cantine.

— Ne vous fiez pas aux apparences, fit-il en se réfé-
rant à ses cartes face en dessus qui n'avaient pas de
valeur. (Il se tourna ensuite vers le Texan.) J'ai un
copain aux Renseignements qui dit que nous embar-
quons bientôt.

— Ça veut dire quoi, bientôt ? demanda Nells sans
vraiment réussir à dissimuler son inquiétude.

— La semaine prochaine.

Chick tourna bruyamment la nouvelle en dérision :

— « *La semaine prochaine* ». J'entends des « *la
semaine prochaine* » depuis un mois de semaines pro-
chaines.

Nells parvint tout de même à sourire.

— Ça ne me dérangerait pas que ce soit l'année prochaine, reconnut-il.

Enders, Pappas, Harrigan et Anderson misèrent tous.
L'argent mis en jeu représentait un bon paquet.

Pappas dévisageait Harrigan, essayant de démêler le
vrai du faux :

— T'as vraiment un copain aux Renseignements,
Harry ?

— Aux Renseignements militaires. *Military Intelli-*

gence. Y a comme qui dirait une contradiction dans les termes, tu trouves pas ? lança Anderson en levant les yeux au-dessus de ses cartes.

Harrigan répondit à Pappas :

— Hé, Pappy ! Tu sais bien que j'ai des copains partout.

Enders retourna ses cartes face en dessous :

— Et tes copains, ils peuvent faire mieux que les rois sur les reines ? Allez, les filles, admirez le travail et pleurez, fit-il.

Son full de rois et de reines en habits d'apparat était beau à voir. Même en ayant perdu avec ses trois neuf, Anderson savait s'enthousiasmer devant les exploits d'un autre. Certains le prenaient moins bien que lui.

— Putain de merde ! s'exclama Pappas en se levant. (Il se dirigea vers son lit.) Je crois que si je te voyais ramasser la mise encore une fois, je me mettrais à pleurer.

— Merci de nous épargner ça, répliqua Enders, en séparant paisiblement les pièces de vingt-cinq *cents*, de dix *cents* et de cinq *cents* et en les empilant minutieusement.

Nells, qui s'en était honnêtement tiré, contemplait ses gains en tripotant nerveusement son alliance.

— J'ai à peu près récupéré ma mise. J'crois que je vais m'arrêter là aussi et que je vais peut-être écrire à ma petite femme, dit-il.

— T'as pas peur que le facteur devienne trop intime avec ta femme à force de lui apporter tes lettres ? lança Chick.

La plaisanterie déclencha un éclat de rire général, même chez Nells, qui se rendit jusqu'à son casier.

Il ne restait plus autour de la cantine qu'Anderson, Rogers, Harrigan et Enders.

Celui-ci battait les cartes et Anderson appela les deux Navajos allongés sur leurs couchettes :

— On aurait bien besoin de sang neuf dans ce jeu. Ça vous dit, les gars ?

Réalisant qui Anderson invitait à se joindre à eux, Chick sourit d'un air narquois, prit une carte et la tint devant son front :

— Oh, ouais, venez. Comme ça on pourra jouer au poker indien !

Mais cette fois-ci personne ne rit – à part Chick, bien sûr, qui gloussait de sa propre plaisanterie. Du haut des lits superposés, Whitehorse tourna la tête. Son regard était dur et lançait des éclairs dans le nuage de fumée de cigarette.

— Il n'est pas question de poker indien, rétorqua Anderson (comme si la proposition de Chick de jouer à ce jeu idiot – dans lequel chaque joueur tient sa carte en l'air et peut voir les cartes des autres mais pas la sienne – avait été sérieuse, et pas seulement une insulte raciale). Ni d'autres jeux à la con… Ben ? Charlie ? Venez jouer si vous en avez envie.

A moitié assis et en appui sur un coude, Yahzee semblait hésiter.

Enders s'arrêta de battre les cartes :

— Alors ? Oui ou non, bon Dieu ! Il faut que je distribue avant que la chance tourne.

Yahzee griffonna une fin à sa lettre (« *Tu me manques. Je t'aime. Embrasse mon petit George pour moi* »), puis il plia la feuille, descendit lestement de son lit et se dirigea vers les joueurs.

— J'en suis, dit-il. Et gardez vos porte-monnaie sous le coude.

Anderson restait impressionné par la qualité de l'anglais que ces Indiens parlaient – sans véritable accent

mais avec une qualité discrètement musicale et mesurée qui aurait dû sembler maniérée alors que ce n'était
pas le cas.

— Tu peux toujours rêver que tu vas me scalper,
Grand Chef, grogna Chick, tandis que Yahzee se glis-
sait entre Anderson et Enders en évitant soigneusement
le Texan.

Enders commença à distribuer les cartes verticale-
ment et en diagonale au centre de la cantine :

— Ce jeu s'appelle la Croix Flamboyante, les gars.
C'est un commis voyageur du nom de McRoberts qui
me l'a appris. Les suites les plus hautes et les plus
basses comptent et on peut descendre et monter sur les
as… comme Chick.

— Très drôle, répondit le Texan en s'allumant une
nouvelle cigarette.

— Je croyais que nous allions jouer au poker,
s'étonna Yahzee.

Enders haussa les épaules :

— C'est le donneur qui décide.

— Bah, dit Anderson, il fait simplement le malin. Si
tu as déjà joué à des jeux avec des suites, c'en est un
comme les autres… A savoir, une foutue perte de
temps et d'argent. (Il remarqua Whitehorse qui descendait de sa couchette.) Il y a aussi de la place pour toi ici,
Charlie. A la prochaine partie.

Whitehorse déclina son offre d'un signe de tête et
sortit. Il tenait quelque chose à la main, mais Anderson
ne parvint pas à voir ce que c'était.

Pendant qu'Enders répondait à des questions sur le
jeu, Anderson observa son Navajo qui se mit à jouer
d'un instrument de musique – un objet d'environ trente
centimètres de long à cinq trous, qui était manifestement une variante Dineh de la flûte.

Le son qui sortait de l'instrument dont jouait White-horse était grave et lancinant.

— Singulier, fit Anderson en commentant les accords étranges et étrangement jolis qui offraient à leur jeu enfumé un fond musical aérien.

— Benny Goodman[1] peut dormir sur ses deux oreilles, lança Chick. Bon sang, Ox, t'attends quoi, là ? Augmente donc la mise ! Et toi aussi, Grand Chef.

Yahzee misa puis demanda à Enders :

— Tu sais comment Chick sait que je suis un Grand Chef ?

— J'en ai pas la moindre idée, répliqua Enders.

Yahzee sourit et regarda ses compagnons de jeu les uns après les autres, à l'exception de Chick :

— Parce qu'il me voit me doucher avec ma coiffe de guerre.

Chick le regarda du coin de l'œil mais, si la remarque de Yahzee fit s'esclaffer les autres, elle ne fit bien évidemment pas rire le Texan. Ni Enders.

— On peut jouer maintenant ? demanda ce dernier. Si je voulais me poiler, j'écouterais les conneries de Bob Hope[2].

Le ton de sa voix rendit l'ambiance sérieuse et silencieuse… En dehors de la mélodie obsédante de la flûte navajo – qui, dans la tête d'Anderson, réussit à rempla-

1. Benny Goodman (1909-1986) était un musicien de jazz (clarinettiste et chef d'orchestre) très célèbre des années 1930 aux années 1960. (N.d.T.)

2. Bob Hope, né en 1903, est un comique américain qui tourna de nombreuses comédies à succès dans les années 1940 et qui se consacra notamment à divertir les troupes américaines pendant la Seconde Guerre mondiale, la guerre de Corée et la guerre du Viêt-nam. (N.d.T.)

cer Camp Tarawa par des paysages du Sud-Ouest des
Etats-Unis.

Le clairon qui sonna le réveil était très éloigné de la
flûte indienne de Whitehorse, mais il avait pour tâche
de faire se lever Camp Tarawa en cette belle journée où
le soleil s'appliquait déjà à sécher les flaques de
l'orage de la veille. Pendant que le joueur de clairon
annonçait ce jour nouveau, un garde du drapeau
déployait l'impeccable bannière étoilée rouge, blanc et
bleu, qui se mit à flotter dans le ciel d'azur radieux
d'Hawaï. Ce village de tentes et de baraques préfabri-
quées n'aurait pas pu prétendre à plus de solennité.

Le briefing qui se tint en milieu de matinée dans la
boîte de conserve exiguë qui tenait lieu de baraque de
commandement n'avait, en revanche, rien de cérémo-
nieux. Les hommes vêtus de kaki du Deuxième de
Reconnaissance étaient entassés, debout ou assis, dans
cet espace restreint où l'air poisseux était brassé par un
ventilateur de plafond s'échinant telle une hélice pous-
sive ne parvenant pas à faire décoller un avion.

Le sous-officier responsable, le sergent tirailleur Eric
Hjelmstad, était un grand brun svelte d'une trentaine
d'années avec un front haut, un menton creusé d'un
sillon vertical et un visage assez séduisant et buriné aux
traits taillés à la serpe. Il se tenait face aux vingt-cinq
hommes présents dans la baraque étouffante, décon-
tracté mais dégageant une autorité certaine, et il s'exprimait avec un accent norvégien que même la moitié de
sa vie passée sur le sol des Etats-Unis n'était pas parvenue à atténuer. Il venait de leur annoncer qu'ils avaient
enfin reçu leurs ordres de mission.

— Quel que soit le bled où nous nous retrouverons,
vous pouvez être certains que les hommes du peloton

de reconnaissance seront en première ligne et que nous ouvrirons la voie à l'infanterie… Je prendrai personnellement la tête de la deuxième section.

Il prononçait « certains » « *cerdains* », et son « la tête » sonnait presque comme « *la dêde* ».

Ben Yahzee était extrêmement attentif, mais il ne cessait de jeter des coups d'œil furtifs à Enders, juché sur le coin d'un bureau. Le sergent avait les yeux vitreux et les épaules rentrées – presque comme s'il se comportait de manière irrespectueuse envers le sergent tirailleur.

— Le sergent Fortino, ici présent, commandera la première section, dit Hjelmstad en faisant un geste en direction d'un chef de groupe brun tanné par les combats.

L'expression morose, Fortino était appuyé sur son fusil M-1. Il gratifia les hommes d'un signe de tête peu enthousiaste, ravi de laisser Hjelmstad se charger des explications.

— Notre mission consistera à repérer les positions ennemies et à les communiquer par radio. C'est la raison pour laquelle de nouveaux visages viennent égayer nos rangs. Les Transmissions nous ont envoyé ces radio-codeurs… les deuxième classe Whitehorse et Yahzee. Bienvenue dans le Deuxième de Reconnaissance.

Les deux Indiens saluèrent d'un signe de tête les hommes du peloton, qui se retournèrent pour les examiner, mais rares furent ceux qui leur rendirent leur salut.

— Nous avons également parmi nous deux sergents récemment promus, reprit Hjelmstad en désignant Enders et Anderson, qui couvriront les précieux arrières et derrières de nos radio-codeurs.

Le Texan, Chick, assimilait la nouvelle, essayant

visiblement d'intégrer l'idée d'hommes blancs protégeant des hommes rouges. Il cracha du jus de tabac.

— Il n'est pas question pour nous de chercher la bagarre, poursuivit Hjelmstad. Nous n'avons pas pour objectif de jouer les héros, mais de recueillir des renseignements. Nos radio-codeurs nous aideront à transmettre ce que nous découvrirons… Mais vous savez que Saipan grouille de Japs qui ne nous réserveront pas un accueil chaleureux. Quoique… Je rectifie, leur accueil sera on ne peut plus chaud…

Il prononçait « chaud » « *geaud* ». Yahzee n'avait jamais entendu un accent comme celui d'Hjelmstad auparavant et il était fasciné. Les hommes qui l'entouraient semblaient toutefois moins impressionnés : Pappas se grattait les couilles ; Nellie, perdu dans ses pensées, tripotait son alliance, et Harrigan, si blond et si resplendissant de santé, fumait cigarette sur cigarette, même pendant le briefing…

Yahzee se remit alors à observer son garde du corps, qui donnait l'impression de ne rien écouter des explications du sergent Hjelmstad : Enders était assis, parfaitement immobile, et son visage ruisselait de sueur. Les yeux toujours vitreux, la tête renversée en arrière, il fixait le ventilateur au plafond, comme s'il ne pouvait détacher son regard de l'engin bourdonnant dont les pales tournaient inlassablement.

Yahzee ne pouvait pas savoir que Hjelmstad se trouvait du côté de la mauvaise oreille de Joe Enders et que ce que celui-ci percevait des paroles du sergent tirailleur ressemblait à un ramassis assourdi et dénué de sens de syllabes à l'accent norvégien, alors que sa bonne oreille était saturée du ronronnement obsédant du ventilateur, et c'était la raison pour laquelle il ne

pouvait s'empêcher de se concentrer sur le son méca-
nique des pales fendant l'air...

... *Et dans sa tête, Joe Enders entendit le crépitement impitoyable des mitrailleuses, le martèlement de
la grosse caisse de l'artillerie, les cris d'effroi stridents
et les hurlements d'hommes à l'agonie. Des marines.
Ses amis. Le maudissant. Va te faire foutre, Enders, va
te faire foutre...*

Enders descendit de son coin de bureau en vacillant.
Hjelmstad poursuivit son speech sans se démonter, bien
qu'il fût conscient, comme tous les hommes présents,
que le sergent de Philadelphie se dirigeait vers la porte
en titubant comme un ivrogne. Les visages des hommes
du Deuxième de Reconnaissance tournoyaient devant
les yeux d'Enders comme s'ils étaient collés sur les foutues pales du ventilateur. Le sergent trébucha sur les
pieds de Yahzee et parvint en chancelant à la porte, qu'il
ouvrit avant de se précipiter à l'extérieur.

Ebahi de voir Enders, apparemment imperturbable
d'ordinaire, le visage livide et se comportant comme
une épave, Yahzee garda les yeux braqués sur la sortie,
ne sachant que faire – ni s'il y avait quoi que ce soit à
faire. Il lança un regard interrogateur à Whitehorse,
mais Charlie fixait lui aussi, sidéré, l'issue par laquelle
Enders avait disparu.

Hjelmstad finit par faire un signe de tête à Yahzee,
qui s'était avancé sur le bord de sa chaise, l'autorisant à
s'absenter.

Peu après, les pas de l'Indien, se déplaçant prudemment dans les latrines de Camp Tarawa, résonnaient sur
le ciment de la baraque préfabriquée avec ses tuyaute-
ries rudimentaires, ses chiottes exposées au regard et sa
longue pissotière.

A genoux, priant l'un des dieux de la porcelaine, Joe Enders dégueulait tout ce qu'il pouvait.

Yahzee resta poliment à distance. Lorsque les vomissements d'Enders cessèrent, il s'avança et dit :

— Ne me laisse pas tomber.

Haletant, les cheveux collés par la transpiration et le visage aussi blanc que la cuvette des toilettes, Enders se retourna lentement et posa sur Yahzee un regard fixe et terriblement vide.

Yahzee fouilla dans sa poche et en sortit un paquet de pastilles à la menthe qu'il tendit à Enders :

— Prends-en une. Ça aide à faire passer le goût. Charlie et moi, on a passé la majeure partie de la traversée de San Diego jusqu'ici penchés par-dessus bord.

Enders se contentait de fixer la main qui lui tendait le bonbon coloré, comme s'il observait une variété de plante étrange.

— Tu sais, dit Yahzee, qui persévérait, il n'y a pas beaucoup d'étendues d'eau en Arizona... Les pastilles de menthe nous ont vraiment aidés. Essaye.

Assis par terre, un bras sur la cuvette des toilettes, Enders répondit, le souffle toujours court :

— Qu'est-ce que tu fous là ?

— Je veux juste... t'aider, quoi.

— Je ne parle pas de ça. Pourquoi tu portes cet uniforme ?

Yahzee sentit son sourire se figer, et une sensation familière de rage froide face à l'attitude discriminatoire de l'homme blanc commença à l'envahir, comme de l'eau infiltrant de la terre sèche.

Enders se leva alors et, passant à côté de l'Indien d'une démarche mal assurée, il se rendit jusqu'à un lavabo. Il ouvrit le robinet et s'aspergea le visage d'eau froide. Yahzee l'observait dans le miroir – dans lequel il se voyait aussi.

— Pourquoi est-ce qu'un homme rouge se trouve chez les marines de l'homme blanc ? demanda l'Indien. C'est aussi mon pays, sergent. Et ma guerre. Je me bats pour mon pays et pour ma terre, comme toi. Je me bats pour mon peuple.

— Je me doute que tu te bats pour ton peuple. Sauf que je ne vois pas d'Indiens dans les parages… A part toi et machin chose.

— Il s'appelle Charlie Whitehorse. Ecoute, Enders, je suis un radio-codeur. J'ai une formation qu'aucun Blanc n'est capable de suivre. En deux minutes et demie, je peux faire ce qui prenait quatre heures à vos gars. Et quelqu'un qui a plus de galons que toi pense que cela a de l'importance.

Enders toisa l'Indien à la taille fine de haut en bas :

— Je sortirai mon chronomètre et je te minuterai quand les balles commenceront à siffler.

— C'est quoi, ton problème ? demanda Yahzee en secouant la tête.

Alors, Ben Yahzee, las de mener cette bataille, sortit à grandes enjambées, laissant Enders penché sur le lavabo avec pour seul interlocuteur son reflet dans le miroir.

Ce que vit le sergent fut un visage livide aux traits tirés et aux yeux rouges cernés de noir. Il poussa un soupir, secoua vigoureusement la tête et retourna à la baraque de commandement pour assister à la fin du briefing.

Ce soir-là, Enders marcha d'un pas plus assuré jusqu'aux rochers qui faisaient face à l'océan et admira le ciel pourpre d'Hawaï constellé d'étoiles. Il sortit une roulée de son étui à cigarettes terni – sans un regard pour la photo dans le couvercle – et contempla la nuit en fumant sa cigarette. Il percevait la musique d'un harmonica flottant dans l'air depuis la tente – mélancolique, comme si elle était jouée par une âme damnée dans le couloir de la mort.

Il se trouve qu'Enders n'était pas le seul marine qui, ce soir-là, était plongé dans ses pensées et faisait face à ses inquiétudes et à ses craintes. Peter « Ox » Anderson, allongé sur son lit, jouait un air triste sur son harmonica, submergé par des souvenirs de sa campagne. Charlie Whitehorse utilisait une pierre à aiguiser pour affûter le couteau de vingt centimètres de long à manche d'os qu'il portait dans une gaine sur sa cheville gauche. Nells écrivait sa lettre quotidienne à sa femme, en caressant son alliance quand il cherchait ses mots. Pour des raisons qui lui étaient propres, Pappas pliait des sacs en papier qu'il empilait avant de les fourrer dans son barda. Harrigan, tel un enfant, jouait avec des allumettes : il les enlevait d'une chiquenaude d'une pochette, les regardant s'enflammer, s'envoler dans l'air et s'éteindre dans un seau d'eau placé à cet effet.

Ben Yahzee inséra soigneusement une photo de sa femme et de son fils dans les sangles à l'intérieur de son casque.

Quant à Joe Enders, il inspira une dernière bouffée de sa roulée et la lança dans la mer, regardant sa traînée rougeoyante disparaître dans la nuit.

Puis il rentra pour essayer de dormir, espérant de tout cœur qu'il ne rêverait pas de combat. Mais il savait qu'il n'y échapperait pas.

CHAPITRE VI

Camp Tarawa occupait vingt mille hectares du Ranch Parker sur le haut col des imposants volcans de Xauna Kea et Mauna Loa. Deuxième ranch par la taille après le King Ranch au Texas, le domaine Parker appartenait à un certain Richard Smart – un Parker du côté maternel –, qui ne s'intéressait aucunement à l'élevage. C'était un homme grand et séduisant, qui avait tenté sa chance à Hollywood et qui avait connu un petit succès avant que sa véritable identité ne soit révélée. A présent, ravi de laisser à d'autres le soin de s'occuper de sa propriété, il chantait dans des boîtes de nuit.

Smart s'était montré suffisamment patriote pour accueillir Camp Tarawa sur ses terres, et on n'aurait pu imaginer un hôte plus cordial et plus généreux. Le soir précédant le départ du Deuxième de Reconnaissance, l'unique héritier de la fortune des Parker avait organisé une grande nouba sur la plage pour ses hôtes des marines et des forces navales. Il avait débauché un combo du *Royal Hawaiian Hotel* – avec la participation exceptionnelle de Richard Smart, interprétant des versions hollywoodiennes des chansons des îles – et il avait prévu une demi-douzaine de danseuses locales, un bar sur la plage et un gigantesque feu de joie.

Sous un ciel empourpré, une lune d'argent et deux

fois plus d'étoiles que les cieux eussent jamais pu contenir, les marines profitaient pleinement du luau[1], excités par la bière, les alcools forts et la musique hawaïenne, sans songer aux horreurs de la guerre qui les attendaient sous peu sur des îles tropicales moins hospitalières.

Pour l'heure, leur hôte leur interprétait une version plaisante de *Sweet Leilani* à la Bing Crosby[2]. Mais ce que les marines appréciaient par-dessus tout, c'était qu'avec l'accord des autorités militaires, Smart avait fait venir d'Oahu une ribambelle de jolies WAVEs.

Trois d'entre elles étaient assises, légèrement en marge de la fête, à quelques pas de la lueur orangée du feu de joie, et quelques marins éméchés faisaient les idiots pour les courtiser. Deux des jeunes femmes enduraient leurs imbécillités avec patriotisme, mais la troisième – une certaine Rita Swelton – avait les yeux braqués sur un marine qui était affalé sur un tabouret, accoudé au comptoir du bar de plein air aux allures de case. Elle se demandait s'il l'avait seulement remarquée.

Joe Enders accepta une chope de Budweiser fraîche que lui offrit le barman, un solide gaillard du coin vêtu d'une chemise hawaïenne bariolée qui, le lendemain matin, aurait donné la nausée à la plupart des hommes présents sur la plage. Mais c'était encore le soir, et Enders remercia d'un signe de tête ce ballon de plage humain multicolore et avala une bonne lampée de bière.

Puis le sergent jeta un autre coup d'œil vers le banc où Rita était assise et ne vit plus que deux des WAVEs en tandem avec des marins. Déçu, il parcourait des

---

1. Fête hawaïenne. *(N.d.T.)*
2. Bing Crosby (1904-1977), grand *crooner* et star d'Hollywood qui reçut un Oscar en 1944. *(N.d.T.)*

yeux la partie de la plage où les festivités battaient leur plein, cherchant Rita, quand quelqu'un lui dit quelque chose à l'oreille gauche. Quelque chose qu'il ne put, bien évidemment, saisir.

Il se retourna et découvrit le ravissant visage ovale de Rita Swelton, qui le regardait droit dans les yeux. Elle était ravissante mais digne dans sa veste d'uniforme bleue et ses yeux noirs brillaient. Elle lui dit avec un rictus amusé :

— Je vous ai demandé comment allait votre oreille.

— Admirablement bien, répondit Enders. Parfaite pour n'entendre que ce que l'on veut entendre.

Il désigna le tabouret à côté du sien et elle s'y assit. Une brise légère soufflant de l'océan faisait bouffer ses cheveux bruns.

— Je ne sais pas pourquoi, mais j'ai l'impression que vous avez toujours été bon pour faire la sourde oreille, répliqua-t-elle. Même avant votre blessure.

Elle plongea subrepticement la main dans son sac vernis noir et en extirpa un flacon de pilules qu'elle lui glissa dans la main.

Enders referma les doigts sur la petite bouteille, mais fit remarquer d'une voix sceptique :

— J'ignorais que les infirmières prescrivaient des médicaments.

— Ne croyez-vous pas que je sais ce qui vous soulage ?

Il esquissa un très léger sourire.

— Quoi qu'il en soit, dit-elle doucement, si votre oreille vous fait souffrir, prenez un ou deux de ces comprimés. Ils calmeront la douleur mais vous resterez fringant.

Il hocha la tête :

— Deux… Et je vous appelle demain matin ?

Elle l'étudia, sentant visiblement que quelque chose en lui avait changé.

— Je ne crois pas, dit-elle. Vous ne serez plus là demain matin. N'est-ce pas, Joe ?

— Motus.

— Et bouche cousue, oui, je sais… Alors, comme ça, vous alliez appareiller sans même me payer un verre ?

Il lui adressa un petit sourire légèrement narquois :

— Vous devriez avoir honte de fricoter avec des militaires… Je vous ai vue avec les marins, là-bas. Vous n'êtes donc pas au courant du genre de maladies que ces matafs peuvent vous refiler ?

Elle lui lança un faux sourire entendu :

— Et comment croyez-vous qu'ils attrapent ces maladies ?

Il rit, et il fut surpris d'entendre son rire. C'était juste un petit rire de rien du tout. Mais c'était le premier depuis fort longtemps.

— Alors, qu'est-ce que je vous offre à boire ?

Elle sourit à nouveau :

— Autant ne pas faire les choses à moitié. Je suis trop délicate et raffinée pour boire de la bière. Je prendrais volontiers du rhum.

— Quoi ? Un truc avec des fruits et des parasols ?

— Non. Juste du rhum.

Enders haussa les épaules :

— Eddy ! Un verre de Bacardi.

Le robuste barman s'empara d'une bouteille et Rita interpella l'autochtone à la chemise bariolée, en criant pour se faire entendre par-dessus la musique endiablée jouée par la petite formation de musiciens sur la plage. Ces derniers étaient passés de *Blue Hawaii* à une interprétation effrénée de *Sing Sing Sing*, difficile à exécuter pour un petit combo – à vrai dire, impossible. Mais Ox Anderson était assis à la batterie et son tempo entraînant mettait de l'ambiance parmi les danseurs.

Par-dessus ce tohu-bohu, Rita hurla au barman :

— Servez-nous-en deux ! (Elle se retourna vers Enders.) Vous n'allez pas refuser de m'accompagner ?

— Pourquoi pas ?

Il se retourna et jeta un regard amusé à Anderson qui se déchaînait à la batterie. Enders était soulagé qu'il n'y ait pas de place pour une batterie dans le paquetage d'Ox. Son foutu harmonica suffisait amplement comme cela.

Rita leva son verre en disant :

— A la guerre.

La vue du sourire forcé et amer de la jeune femme serra le cœur du sergent, mais il leva son verre et trinqua avec elle. Puis ils burent leurs verres d'un trait. Le panache de Rita fut néanmoins de courte durée puisqu'elle dut, en grimaçant, éteindre le feu du rhum avec une bonne gorgée de la bière d'Enders.

— Voilà ce que cela me vaut de faire mon intéressante, fit-elle en s'éventant le visage d'une main aux ongles vernis de rouge.

Toujours réceptive au rythme des percussions d'Anderson, l'assemblée sur la plage se montrait de plus en plus bruyante – et de plus en plus turbulente.

— Ça commence à tourner à la beuverie, constata Rita.

— J'ai remarqué.

Elle se pencha vers sa bonne oreille et lui chuchota :

— Emmenez-moi d'ici.

Elle était toujours tout près de lui, la bière d'Enders à la main, quand il répondit :

— Je ne crois pas que cela soit une très bonne idée.

— Pourquoi ?

— Le couvre-feu est à minuit.

— Il n'est que neuf heures, Joe. Pourquoi n'irions-nous pas faire une balade en voiture ?

— Et qu'est-ce qui pourrait bien faire office de voiture ?

— Notre hôte nous a fourni un véhicule, à nous les filles… Nous ne rembarquons qu'à minuit. Et j'ai les clés.

— Ah bon.

— C'est une décapotable.

— Vraiment ?

— Vous n'allez quand même pas laisser une jeune femme vous supplier ?

— Peut-être bien que si.

— Eh bien alors, allez vous faire voir !

— Quel langage !

Elle descendit du tabouret d'un bond en déclarant :

— Eh bien, *moi*, je vais faire un tour.

— Vous acceptez un passager ?

— Peut-être. Peut-être bien.

Elle lui tendit alors la main, résolue à se laisser emmener loin du bar.

Ce qu'il fit. Et, alors que le bruit sur la plage s'amplifiait, ils goûtèrent bientôt à une ambiance plus sereine sur le sable, où le grondement des vagues s'échouant se muait en doux clapotis. La Ford décapotable – béni soit Richard Smart ! – était garée au bord du sable humide, miroitant sous le pâle clair de lune argenté.

Assis à la place du passager, Enders regardait au-delà des blancs brisants, fixant l'obscurité, les ténèbres dans lesquelles était plongée la mer qui semblait s'étendre jusqu'à l'infini. Derrière le volant, enfoncée dans son siège, Rita contemplait le ciel cramoisi et ses millions d'étoiles.

Elle dit d'une toute petite voix enfantine :

— Etoile filante, première étoile de la nuit, exauce ce dont j'ai envie…

— C'est la première étoile que vous voyez ce soir ?

— Faut-il vraiment que vous jouiez les rabat-joie ?

Elle ferma les yeux. Au bout de quelques instants, les yeux mi-clos, elle lui jeta un regard entendu en coin et demanda :

— Vous ne voulez pas savoir ?

— Savoir quoi ?

— Ce que j'ai fait comme vœu.

— Je ne sais pas pourquoi, mais j'ai comme l'impression que vous allez quand même me le dire.

— Eh bien, cela n'a pas dû marcher.

— Qu'est-ce qui n'a pas marché ?

— En fait, j'avais fait le vœu que vous soyez un peu moins balourd.

Cela le fit rire et cela les réjouit tous les deux – surtout Rita, qui se glissa aux côtés de Joe, se coula sous son bras et se pelotonna contre lui.

— Je vous trouve bien effrontée, fit-il.

— Cela vous ennuie ?

— Je n'ai pas dit cela !

— Vous savez quoi ? Je vais vous écrire, Joe. Et vous savez quoi d'autre ? Vous allez me répondre.

— Je n'en suis pas si sûr, Rita. On ne nous laisse parfois pas envoyer de courrier de… vous savez bien.

— Affaires top secret, c'est ça ? Eh bien, si on vous laisse…

— Ecrire des lettres n'est pas franchement mon fort.

— Je ne ferai pas attention à vos fautes. (Elle lui

effleura le lobe de l'oreille gauche.) Vous avez une dette envers moi… Vous vous en souvenez ?

Il s'en souvenait.

— Reconnaissez que… (elle désigna la mer, le ressac, le ciel et les étoiles d'un geste ample) … c'est une soirée magnifique.

Il acquiesça d'un signe de tête.

Elle semblait se rendre compte qu'il était mal à l'aise, mais bien qu'elle essayât de garder un ton léger, sa voix trahissait une certaine tension :

— Joe, vous l'avez peut-être oublié… mais le monde peut être un endroit extraordinaire.

— … Pas là où je vais.

La fragile insouciance de leur conversation avait disparu. Joe se retrouva à fixer la noirceur de la mer, et le mugissement des vagues déferlantes lui rappela le tumulte des combats. Alors il eut soudain l'impression que tout cela était incongru, et qu'il se sentait sacrément honteux d'être assis là, au paradis, aux côtés d'une adorable jeune femme merveilleuse et déraisonnable.

Il ne réalisa pas comme sa voix était froide quand il lui dit :

— Nous ferions sans doute mieux de nous tirer d'ici.

Elle cligna les yeux, seule indice sur son joli visage pâle de la peine qu'elle éprouvait.

— Pourquoi, Joe ?

— Je ne sais pas. C'est juste que c'est sans doute ce que nous devrions faire.

— Vous avez raison, rétorqua-t-elle d'une voix enflammée par la colère. C'est vrai quoi, nom d'un chien, pourquoi voudrions-nous passer un peu de bon temps ?

Elle s'écarta de lui et entreprit de faire démarrer la

voiture. Mais le moteur s'y refusa. Elle essaya à nouveau, en vain. Le moteur finit toutefois par tourner, et
Rita s'apprêtait à démarrer quand Enders, qui observait
la jeune femme en colère baignée par la lumière argen-
tée des étoiles, lui toucha le bras. Lorsqu'elle se tourna
vers lui pour le regarder, il l'embrassa.

Son baiser était ardent et pressant, et elle le lui rendit
avec passion.

— Oh, Joe, dit-elle.

Et ces deux mots exprimaient ce qu'ils savaient tous
deux depuis le début – comme tant d'autres à leur place
avant eux, et après eux : ce serait peut-être la seule nuit
qu'ils passeraient jamais ensemble.

Tendrement, ils se déshabillèrent mutuellement, et
ce qu'ils firent ensuite est un secret qu'ils partagèrent
avec les vagues, les étoiles, une nuit devenue très calme
et un océan qui ne mugissait plus mais qui murmurait
doucement.

Le lendemain matin, des cris retentissaient au milieu
du remue-ménage qui régnait à Camp Tarawa en pleine
effervescence, où les marines du Deuxième de Reconnaissance attendaient les navires qui devaient les
emmener au combat.

Enders savait que la plupart des jeunes gens ne
s'étaient jamais retrouvés sur un champ de bataille
auparavant et qu'il ne devait pas leur en vouloir de leur
état d'esprit de potaches. Mais quand Harrigan le blondinet, Pentax à la main, décida de faire une photo de
groupe avant d'embarquer, Enders réalisa qu'il avait
vécu cela auparavant et l'impression de déjà-vu qu'il
éprouva le rebuta.

Harrigan fit preuve de persuasion pour parvenir à
réunir tous les hommes avec leur barda et dut leur pro-

mettre un exemplaire de la photo à chacun. Presque tous les hommes, parmi lesquels Ben Yahzee, s'alignèrent de façon désordonnée. Cigarette au bec, Harrigan organisait sa prise de vue et, parcourant les alentours du regard à la recherche des quelques absents, il en repéra un : Enders, assis sur son paquetage, ignorait délibérément la photo de groupe.

— Allez, Joe ! Viens. Case-toi à côté de ton radio-codeur.

— Non merci, répliqua Enders en allumant une roulée.

Harrigan s'apprêtait visiblement à insister mais un regard féroce d'Enders l'en dissuada. Le photographe amateur californien donna alors quelques instructions à ses modèles, leur demandant de se rapprocher davantage les uns des autres pour faire le cadrage et la mise au point.

Enders distingua une voix sur sa gauche. Il se tourna et se trouva nez à nez avec l'autre Indien, celui au visage rond, Charlie Whitehorse, qui était penché vers lui.

— J'ai dit que moi non plus, je n'aime pas les photos, répéta Whitehorse.

— Ah ouais ? T'as peur qu'on te vole ton âme ou quelque chose dans ce goût-là ?

— Nan. (Charlie secoua sa grosse tête.) Je ne suis jamais aussi mignon que je le crois sur les photos.

Enders esquissa un petit sourire malgré lui.

Whitehorse observait Yahzee qui se prêtait aux pitreries des gars : Pappas, Nellie, Chick et les autres étaient tout sourires pendant que l'appareil cliquetait, immortalisant quelques doigts singeant des oreilles de lapin.

— Alors que mon ami, là-bas, reprit Whitehorse, il est toujours beau sur les photos… Comme Gary Cooper. Enfin, Gary Cooper au naturel…

Enders et Whitehorse ne s'étaient jamais parlé et ne se connaissaient pour ainsi dire pas. Et c'est ce que sous-entendait le regard qu'Enders jeta à l'Indien.

— Ben est un gentil garçon, poursuivit Charlie de sa voix mesurée et chantante. Nous avons eu une éducation différente... Je lui ai appris à monter à cheval, il m'a appris à conduire une voiture. Je suis ce qu'on appelle un Indien traditionnel. Il est moderne. Mais nous sommes amis. On se connaît depuis très, très longtemps.

— Tu veux en venir où ? demanda Enders.

— Ce que je veux dire, c'est : prends soin de lui.

Enders exhala de la fumée :

— Ce sont mes ordres, soldat.

— Bien. Fais en sorte de t'en souvenir..., sergent.

Les deux hommes se regardèrent droit dans les yeux et, l'espace d'un instant, Enders sentit planer l'ombre glacée d'une menace. Puis l'expression dure et quasi inquiétante de Whitehorse céda la place à une espèce de bonhomie et l'Indien se dirigea vers Harrigan qui finissait sa prise de vue.

— Dis donc, tu veux bien en faire une autre ? lui demanda Whitehorse. Prends-en une de moi avec mon splendide copain.

Harrigan exauça son souhait et se retourna vers Enders :

— Joe, c'est ta dernière chance. Allez, pour ta petite amie !

Enders secoua la tête, jeta sa cigarette et s'éloigna. La seule personne avec laquelle il aurait aimé être à cet instant précis était Rita Swelton, et elle était repartie à Oahu. Et lui serait bientôt en route pour l'enfer.

CHAPITRE VII

Saipan était d'une importance capitale pour les forces américaines dans le Pacifique et représentait leur objectif premier pour prendre le contrôle des îles Mariannes. L'armée de l'air était désireuse d'entreprendre la construction de terrains d'aviation suffisamment grands pour recevoir des B-29, besogne qui, une fois que l'île fut aux mains des Américains, serait engagée alors même que les forces d'assaut mettaient le cap sur Tinan et Guam.

La deuxième et la quatrième division de fusiliers marins devaient envahir Saipan avec le renfort de la vingt-septième division d'infanterie. Les marines avaient pour mission de débarquer sur les plages et de gagner l'intérieur des terres, coupant ainsi Saipan en deux. Puis il leur faudrait virer afin de rabattre les troupes ennemies dans le nord de l'île, où ils auraient à les contenir avant de les éliminer. Les huiles estimaient que l'occupation de Saipan pouvait se faire en une semaine, permettant ainsi aux mêmes troupes de gagner l'île de Tinan dans la foulée. Mais ils avaient sérieusement sous-estimé l'importance des troupes de la garnison japonaise ainsi que leur puissance d'action, et ils ignoraient à quel point le relief de l'île était accidenté.

Le général japonais Saito avait positionné ses mortiers et son artillerie de façon à décimer les envahisseurs débarquant sur les plages et, tirant pleinement avantage de la végétation tropicale de Saipan à l'intérieur des terres, ses troupes attendaient les Américains qui survivraient à l'abordage sur des positions puissamment fortifiées et solidement bâties. Des tireurs embusqués surveillaient les trouées d'avancée naturelles ; des antres avaient été percés dans des collines rocheuses ; des abris de tranchées dérobés avaient été creusés dans le sol herbeux, camouflés par la luxuriante végétation rampante et occupés par des fusiliers.

Le 15 juin, juste avant le lever du jour, les troupes d'assaut des marines sautèrent des navires de guerre dans des péniches de débarquement qui les conduisirent jusqu'à l'île, au nord des véritables zones de débarquement. Les vaisseaux de soutien des forces navales bombardèrent les positions japonaises et des vagues d'avions acheminés par des bâtiments d'escorte suivirent, volant à basse altitude pour mitrailler au sol et bombarder l'ennemi.

La Deuxième Division de marines participait à l'offensive menée sur la zone septentrionale. Les hommes du Deuxième de Reconnaissance feraient partie du régiment qui leur succéderait plus tard dans la journée. En dépit du fait qu'ils se retrouveraient rapidement devant le reste des troupes, le rôle des hommes du Deuxième de Reconnaissance était trop important pour qu'ils prennent part aux premières vagues d'assaut qui, à huit heures douze, mirent le cap sur les plages dans leurs petites embarcations, sous l'escorte de chasseurs Hellcat.

Le bombardement des positions japonaises précédant le débarquement n'empêcha pas les hommes du général Saito d'infliger d'importants dégâts aux Américains, et tout particulièrement au cours de la première demi-heure, pendant laquelle les fusiliers marins subirent des pertes considérables. Les plages étaient jonchées de marines blessés, morts ou agonisants et de péniches de débarquement en flammes. Quant à l'offensive dans l'arrière-pays, elle s'enlisa rapidement en raison de tirs d'artillerie dévastateurs et de la végétation tropicale. Quand les marines établirent leur camp ce soir-là, ils avaient à peine parcouru la moitié de la distance fixée par leurs objectifs, à savoir la barre de crêtes et de collines dans l'arrière-pays – le territoire que le Deuxième de Reconnaissance, et tout particulièrement les radio-codeurs navajos et leurs « gardes du corps » américains, aurait à explorer.

Le 16 juin, lorsque le jour se leva, les marines étaient en mouvement.

Au milieu des montagnes, les tanks Sherman fonçaient sur le terrain rocailleux, et le grincement de leurs énormes engrenages et le grondement de leurs puissants moteurs se perdaient dans le vacarme des tirs frénétiques et des explosions qui ébranlaient le sol. Derrière ces bêtes mécaniques massives, des centaines de marines gravissaient les collines pelées et chargeaient, mitraillaient en cavalant et attaquaient les positions japonaises à flanc de coteau.

Au-dessus d'eux, laissant de longues traînées dans le ciel, deux chasseurs Hellcat fondaient également sur les positions japonaises, leurs mitrailleuses de calibre 50 crachant du plomb brûlant et pulvérisant le sol, la roche et l'ennemi.

Cependant, alors que les marines progressaient, les tirs de mitrailleuses, de mortiers et de canons des troupes ennemies – embusquées dans des tranchées fortifiées en haut d'une crête – arrosaient les Américains et déchiquetaient de la chair, provoquant des hurlements qui dominaient le grondement des moteurs ainsi que les explosions, et faisant jaillir des fleurs sanglantes qui éclaboussaient de couleur la morne pente rocheuse. Les rangs des marines s'éclaircissaient, mais ceux-ci ne reculaient pas, continuant leur avancée et ignorant les tirs d'obus et d'armes légères – tout au moins jusqu'à ce que l'un d'eux ne pût plus les ignorer et tombât à terre, blessé, mourant ou mort, condamnant les autres soldats à enjamber son corps ou à le contourner.

Deux autres avions de chasse plongèrent sur un bunker abritant un canon de 105 mm. L'un des appareils mitrailla au sol la tranchée, comme pour distraire l'adversaire, tandis que l'autre Hellcat lâchait une première bombe, puis une autre, sans qu'aucune atteignît tout à fait sa cible, mais parvenant à décimer les soldats qui se trouvaient à l'extérieur du bunker. Le canon en sortit toutefois indemne.

Pendant ce temps, sur le champ de bataille, les hommes de la deuxième section du Deuxième Peloton de Reconnaissance franchissaient un tertre pierreux en contrebas de cette même fortification japonaise. Le sergent Joe Enders, suivi de près par le soldat Ben Yahzee et encadré par Harrigan et Nells, dévala la butte. Ils formaient la moitié de la ligne d'avancée, tandis que l'autre moitié était constituée par Hjelmstad, Pappas et Rogers.

La veille, les hommes du Deuxième de Reconnaissance avaient traversé à toute vitesse les satanées plages, véritable course d'obstacles par-dessus des cadavres, des blessés et des agonisants et, parce qu'ils étaient indispensables, les pertes subies par les premières vagues d'abordage leur avaient été épargnées. Ils s'en

étaient tous sortis vivants et entiers jusque-là, même
Anderson et Whitehorse – du moins, la dernière fois où
Yahzee les avait vus –, tous deux rattachés à la pre-
mière section.

Mais, dans l'immédiat, le Deuxième de Reconnaissance se retrouvait en première ligne.

Ils venaient d'atteindre le bas d'une petite crête
quand l'enfer leur fondit sur la tête. Des soldats japonais les chargèrent du haut de la crête, funestes petits
hommes dans leurs uniformes bruns aux visages tannés
et aguerris et à l'expression belliqueuse, coiffés pour
certains de casques de camouflage et de képis pour les
autres, et armés de fusils ou de mitraillettes.

Ben Yahzee n'était pas un lâche et il avait affronté
plus d'un danger dans l'Arizona – des serpents à son-
nette aux ruades de chevaux sauvages, des tempêtes de
sable aux débandades de troupeaux. Mais sa formation,
tant les cours théoriques que les simulations de combat, ne l'avait en rien préparé à un tel carnage. La mort
semblait pleuvoir du ciel.

A ses côtés, Enders faisait feu sans discontinuer sur
les soldats de l'Empire qui fondaient sur eux, comme si
sa mitraillette Thompson n'en faisait qu'à sa tête.

— Fous-toi derrière moi, hurla-t-il à Yahzee, l'œil
mauvais.

Le sergent fit alors volte-face, et l'Indien vit, stupéfait, une plaque d'herbe se soulever, tel un couvercle, et
un soldat nippon, armé d'un fusil, qui visait Enders de
son abri.

Mais Enders ne donnait pas l'impression d'avoir
besoin de viser. Sa mitraillette était une extension de
son corps, et il cribla la poitrine du Jap de balles qui
produisirent des bouillons de poussière et de sang,

tuant l'homme avant même qu'il n'ait pu tirer un seul coup.

Yahzee pensait que ses sens étaient parfaitement affinés – il était quand même Indien –, mais il ne comprit pas comment Enders avait perçu le mouvement révélant la présence de ce tireur embusqué. Ou alors, le sergent l'avait-il repéré grâce à sa vision périphérique ? A moins qu'au combat, on ne développe un sixième sens que Yahzee ne possédait pas encore…

Fusil à la main, matériel radio sur le dos, Yahzee n'avait pas encore tiré la moindre balle – il se sentait comme un visiteur escorté pour traverser un champ de massacre. Il entrevoyait, ici et là, d'autres scènes affreuses de guerre, mais tout allait si vite que c'est à peine s'il les enregistrait.

Il vit Nells – ce bon vieux Nellie si nerveux, sans doute préoccupé par sa femme – qui louvoyait et qui, plongeant en voyant le canon d'une arme sortir d'un abri de tranchée, fut frôlé par les balles qui touchèrent un autre marine derrière lui…

Yahzee vit ensuite Harrigan, le blondinet de Floride, harnaché à la Buck Rogers avec son réservoir sur le dos, s'approcher de ce même trou de tirailleur et l'incendier avec son lance-flammes, rôtissant ainsi l'ennemi vivant. Tandis que le soldat japonais brûlé hurlait, Yahzee lisait dans les yeux écarquillés d'Harrigan que ce garçon foncièrement gentil était horrifié de ce qu'il faisait.

En brillant soldat qu'il était, le sergent mitrailleur Hjelmstad se mettait à l'abri du feu de l'ennemi où il le pouvait, et il visait les fourrés alentour, sur lesquels il déchargeait son fusil à pompe aussi vite que la succession des cartouches le lui permettait. Lorsque des soldats de l'Empire émergeaient des broussailles, Hjelmstad les y renvoyait en les transformant en poupées sanglantes et hurlantes. Yahzee ne s'était jamais imaginé que tuer pouvait relever d'un tel professionnalisme.

Chick Rogers était armé d'un fusil Browning – une arme automatique volumineuse mais relativement légère – et il paraissait s'amuser comme un petit fou ! Yahzee avait bien pressenti que le Texan était fêlé et il en eut la preuve en voyant Chick canarder la ligne de Japs qui donnaient l'assaut du haut de la crête. Tandis que le marine s'empêtrait en insérant un chargeur plein dans son Browning, un Japonais blessé se releva pour lui régler son compte, mais le Texan lui troua la peau de deux balles et l'adversaire s'effondra à ses pieds.

Chick cracha du tabac sur le cadavre de l'homme, poussa ce qu'il voulait être un cri de guerre indien – qui écœura Yahzee – et replongea résolument dans la mêlée.

Bien que respirant avec difficulté, Nick Pappas fit volte-face et, visant soigneusement avec son fusil M-1, il abattit d'une balle dans la tête un des deux Japonais qui tentaient d'approcher les marines par-derrière. Il toucha l'autre soldat ennemi, mais celui-ci continua à avancer et lorsqu'il fut pratiquement sur lui, Pappas leva son fusil et le darda vers le Japonais qui s'empala sur la baïonnette.

Pappas retira la lame, le Jap s'affaissa devant lui et le Grec sourit. Son sourire ne révélait pas une barbarie guerrière comme Chick, mais exprimait plutôt son étonnement concernant l'ingéniosité dont il avait fait preuve et sa satisfaction d'être toujours vivant.

Tout comme Yahzee, la plupart de ces hommes ne s'étaient jamais retrouvés sur un champ de bataille et, comme lui, ils s'initiaient vite à la différence entre l'entraînement et les conditions de combat réelles.

— Colle-moi au cul ! cria Enders à Yahzee tout en mitraillant.

Yahzee s'exécuta, abasourdi par les corps à corps, les hurlements, les hommes qui se battaient et mouraient partout autour de lui, accablé par ce spectacle violent sur fond de déflagrations et de panaches de fumée suffocante.

Son lourd matériel radio sur le dos, le Navajo avait bien du mal à viser l'ennemi tout en courant mais, dans le sillage d'Enders, il restait de toute façon fort peu de cibles à sa portée. Le sergent était une véritable machine à tuer et envoyait les Japs tout droit dans leurs cercueils en leur tirant dessus par courtes rafales mesurées de sa mitraillette.

Yahzee trouvait l'atmosphère sur le champ de bataille totalement surréaliste, mais il aurait été effaré s'il avait su à quel point la perception qu'en avait Enders était décalée et surnaturelle. En raison de son problème d'audition, Enders entendait distinctement du côté droit le tumulte de la guerre, les détonations assourdissantes des canons, des tanks et des mortiers ennemis, alors qu'une lancinante cacophonie étouffée, atone et lointaine palpitait dans son oreille gauche, comme s'il se trouvait à côté d'une salle de cinéma dans laquelle un film de guerre était projeté.

Ce décalage brouillait et ralentissait ses sensations et les balles fusaient en arc de cercle de sa mitraillette fumante, car c'était cet état de rêve éveillé qui rendait Enders capable d'envoyer froidement les soldats ennemis vers l'au-delà et ce qui les y attendait.

Suivant l'ordre d'Enders, le radio-codeur cavalait derrière son garde du corps, faisant de son mieux pour le suivre sur le sol jonché de cadavres (dont quelques marines, mais aucun de leur unité, Dieu merci), pen-

dant que la section combattait les derniers Japonais.
Soudain une balle frôla en sifflant son casque et le fit
tomber.

Voyant cela, Enders tendit la main en arrière vers
l'Indien, l'agrippa par le bras et, comme si Yahzee ne
pesait presque rien, il l'expédia dans un trou d'obus à
leurs pieds. Le sergent se jeta ensuite à son tour dans le
cratère, tout en continuant à faire feu dans les broussailles environnantes, desquelles un soldat ennemi
mort dégringola.

Les tirs d'armes légères s'étant momentanément
interrompus, Yahzee sortit le bras du trou en avalant sa
salive et chercha à tâtons son casque rayé par la balle
qui l'avait touché. Une seconde après qu'il l'eut récupéré, une décharge de mitrailleuse arrosa le bord du
cratère.

Yahzee recula en titubant au fond du trou et s'y assit,
son casque sur les genoux, l'air aussi hébété que s'il
avait reçu un coup sur la tête. Il baissa les yeux sur la
photo qu'il avait insérée à l'intérieur, et sa femme et
son fils lui adressèrent indirectement le sourire un peu
emprunté qu'ils avaient fait devant l'objectif du photographe.

De nouveaux tirs d'armes légères, proches cette
fois-ci, tirèrent Yahzee de sa brève rêverie et un marine
plongea dans le trou d'obus comme un gamin sautant
du bord d'une piscine. Sauf que le pauvre bougre bai-
gnait, suffoquant, dans son sang et qu'une tache s'étendait sur sa poitrine.

Enders lança un regard furieux à Yahzee :

— T'as l'intention de pisser dedans ? beugla-t-il en
montrant le casque. (Il jeta ensuite un coup d'œil au
soldat blessé.) Le toubib !… Mets ce putain de truc sur
ta tête, toi… *Le toubib* !

Le vrombissement d'un moteur inconnu et le crissement de roues écrasant des buissons et des broussailles incitèrent Enders à regarder furtivement par-dessus le bord du cratère.

— Putain de bordel ! lâcha-t-il en rechargeant sa mitraillette.

Yahzee jeta à son tour un coup d'œil et vit un tank qui traversait un fourré avec fracas et en lequel il reconnut un Ha-Go – le char d'assaut japonais le plus répandu. Camouflé, le drapeau du pays du Soleil-Levant peint de chaque côté de sa tourelle arrondie, le Ha-Go de sept tonnes était occupé par un équipage de trois hommes : un conducteur, un mécanicien-mitrailleur et un chef de bord, manœuvrant le canon de 37 mm. Cette arme et les deux mitrailleuses du tank crépitaient en faisant feu sur les marines qui se trouvaient dans leur trajectoire.

Un marine, touché, s'écroula et un autre s'arrêta, se retourna pour essayer de l'aider mais subit le même sort que son copain. Puis les deux hommes furent broyés sous des chenilles comprenant quatre roues réparties en deux paires de chaque côté du char. Le son sec des os brisés se détachait de façon percutante du grondement caractéristique du Ha-Go.

Enders savait que ce char d'assaut était réputé pour son blindage médiocre (tout juste 12 mm d'épaisseur) et il dirigea un feu nourri contre le blindé avec sa mitraillette. Il replongeait dans le trou d'obus pour recharger quand un médecin, un vétéran au regard sévère, s'y précipita, rejoignant Yahzee aux côtés du soldat ensanglanté.

— Posez votre main là ! ordonna le médecin à l'Indien, après avoir déchiré la chemise du blessé.

Yahzee n'était pas certain de ce que le docteur attendait de lui exactement et il tendit une main hésitante. Le médecin la lui prit et l'appuya vigoureusement sur la plaie sanglante. Quelques instants plus tard, il appliqua un pansement sur la blessure, soulageant le Navajo de sa sinistre tâche.

Le Ha-Go était à présent en train de franchir la crête, ce territoire que la deuxième section s'était vaillamment battue pour conquérir, et les marines essuyaient le feu meurtrier des deux mitrailleuses du tank qui les obligeaient à détaler pour se mettre à couvert. Certains y parvinrent.

Dans leur dos, le son métallique et le grondement d'un autre char firent sursauter Yahzee, mais Enders regarda derrière eux et secoua la tête :

— Voilà la cavalerie, dit-il sans aucune ironie manifeste.

Yahzee se retourna et vit plus de seize tonnes de blindage, de puissance de feu et de mobilité qui grimpaient la butte : un char Stuart M5A1, qui roulait à un bon soixante kilomètres à l'heure. Avec ses quatre membres d'équipage – un conducteur, un mitrailleur de caisse, un canonnier et un chef de bord – et son canon de 37 mm, ses mitrailleuses de 30 et sa mitrailleuse antiaérienne de 50, le char Stuart ferait davantage le poids que la mitraillette d'Enders face au Ha-Go.

Le canon du Stuart tonna et le Ha-Go fut touché au flanc, juste en dessous du drapeau japonais, et ses trappes d'accès volèrent en éclats dans un geyser de flammes.

— Dégagez de là ! ordonna Hjelmstad.

Enders sortit en rampant du cratère, suivi de près par Yahzee, laissant derrière eux le médecin qui soignait toujours le soldat blessé. Le sergent et le radio-codeur coururent droit devant eux avec le reste de leur section, à la recherche d'un meilleur abri. Mais ils avaient à peine fait quelques foulées qu'ils essuyèrent une violente salve d'artillerie qui déracina un cocotier qui s'écrasa à leurs pieds et obstrua le chemin à la manière d'un barrage routier.

Les hommes du Deuxième de Reconnaissance se jetèrent au sol pour s'abriter, tandis qu'autour d'eux, la guerre exécutait sa danse sauvage au son du martèlement de l'artillerie, du crépitement des mitrailleuses et du cliquètement des chenilles de char. Le Stuart se positionna en dessous de l'endroit où ils s'étaient tapis et se mit à mitrailler les lignes japonaises.

Au milieu des tirs de canon, Hjelmstad fit le point avec ses hommes, parmi lesquels il était accroupi dans un trou d'obus près d'un taillis.

— Tout le monde va bien ? demanda le sergent tirailleur, le souffle court.

— Pour moi, la partie de chasse continue, lança Chick Rogers en retirant un chargeur vide de son énorme Browning d'un air suffisant.

Yahzee se dit que, dans les parties de chasse auxquelles il avait pris part, il n'avait jamais risqué d'être malencontreusement pris pour cible par un tireur furieux comme le Texan.

— Ils vont pas se débarrasser de moi comme ça, fit Harrigan avec une désinvolture qui ne masquait pas complètement sa peur.

A côté de lui, Nellie cria à Hjelmstad :

— Toujours en vie et présent au poste, sergent. Ça va, Pappy ?

Nick Pappas respirait profondément dans un sac en papier et ne parut pas entendre la question de Nells, sans qu'il soit possible de savoir si c'était à cause des tirs de canon ou de ses halètements.

— Qu'est-ce qui lui arrive au Grec ? demanda Chick.

— Il est sujet à des crises d'hyperventilation, répondit Nellie.

— D'hyper quoi ? s'enquit Hjelmstad.

— Je peux pas… j'arrive pas à bien… à bien respirer… quand je me… retrouve dans… un état de surex… surexcitation.

— Eh ben ! Ça doit plaire à ta poupée, ça, lâcha Chick en ricanant.

Enders lança au Texan un regard glacial qui exprimait plus de mépris qu'aucune remarque n'aurait pu le faire.

De l'endroit où ils se trouvaient, les marines du Deuxième de Reconnaissance ne virent pas le gros canon de 105 mm dans le bunker au-dessus d'eux qui changeait de position. Mais ils ressentirent la secousse de l'obus qu'il tira et qui explosa à côté du Stuart, suffisamment près du char pour l'endommager et le mettre hors service.

Les trappes d'accès du Stuart s'ouvrirent brusquement et des marines s'en extirpèrent précipitamment en toussant. Ils furent abattus par des tirs d'armes légères provenant de la corniche, et le chef de bord, qui s'apprêtait à sortir du tank à son tour, décida d'y rester. Il remonta la manivelle de la mitrailleuse de calibre 30 et fit feu sans discontinuer jusqu'à ce que sa bande de cartouches soit épuisée. Il fut réduit en charpie par une décharge ennemie pendant qu'il rechargeait la mitrailleuse.

Hjelmstad jura en norvégien et se retourna vers Yahzee :

— Appelez la Marine sur votre foutu téléphone ! Ces Japs se sont retranchés là-haut, et on va se charger de les virer… Enders !

Celui-ci s'était déjà hissé à quatre pattes et scrutait ce qui se passait sur la butte au-dessus d'eux, jaugeant la position des canons :

— Référence cible D1, dit-il. Droite 700. Angle de hausse 150.

Yahzee remonta la manivelle de sa radio, prêt à communiquer les informations, mais il se figea soudain quand, à moins de trois mètres de lui, un marine perdit littéralement la tête, puisque celle-ci fut pulvérisée et que son sang giclait comme un puits de pétrole rouge.

— Nom de Dieu, Yahzee ! beugla Enders, enragé par la lenteur de l'Indien, tu vas transmettre ces données, oui ou merde !

Yahzee avala sa salive, secoua la tête pour effacer cette vision affreuse de son esprit et parla dans le récepteur, avec un tremblement dans la voix qu'il fut le seul à remarquer.

— *Wol-la-chee gah tkin besh-do-tliz a-kha tsah be-la-sana*, articula-t-il, en disant « Arizona » en code navajo.

Il répéta ces paroles, puis il demanda en code :

— Demandons mission de tir…

Pour Enders et les autres, ce qu'il disait ressemblait à un charabia absurde. Mais le plus important était que ce fut aussi ainsi que le perçurent les membres de l'équipe des Transmissions japonaise postée dans une tente camouflée dans une vallée avoisinante, et qui feuilletèrent frénétiquement leurs répertoires de déchiffrement des codes américains, mais en vain.

Ce que Yahzee voulait entendre, lui, c'était une réponse de Charlie Whitehorse qui, avec son garde du corps Pete « Ox » Anderson, se trouvait dans la trajectoire de ces obus de 105 tirés par les Japonais.

CHAPITRE VIII

Peu de temps auparavant, Pete Anderson, Charlie Whitehorse et le reste de la première section progressaient au milieu de chars d'assaut et de troupes, à un peu moins d'un kilomètre derrière la deuxième section, manœuvrant en terrain découvert, dans un enchevêtrement de broussailles qui craquaient, de végétation desséchée et d'herbes piétinées.

Les canons, les tanks et les mortiers japonais retranchés en hauteur avaient subitement éventré le champ de bataille avec une série d'explosions qui avait érigé un rempart de mort barbare et provoqué une débandade parmi les marines qui s'étaient rués pour se mettre à couvert – certains y réussissant, d'autres non.

Anderson et Whitehorse se retrouvèrent dans un petit cratère, protégés par les décombres de déflagrations précédentes, alors même que les tirs continuaient à faire pleuvoir d'autres débris sur eux.

Peu après, ayant reçu le message de Yahzee requérant des tirs de soutien, Whitehorse le transmettait aux cuirassés proches du littoral sur sa radio de campagne – légèrement plus volumineuse que celle de Ben –, sous les éclats d'obus de 105 qui ébranlaient le champ de bataille tout autour d'eux.

— *Chuo tkin gah dzeh*, énonça Whitehorse d'une

voix posée qui reflétait l'état étrangement fantasmago-
rique dans lequel il se trouvait, à parler sa langue
maternelle dans cet enfer tropical, au milieu de
flammes, de fumée et de cadavres. *Ah-losz ah-jah…*

L'Indien s'arrêta au beau milieu de sa phrase. A
moins de trois mètres de là, l'un de ces cadavres se
releva, pas tout à fait un cadavre donc, mais plutôt un
Japonais blessé avec une tache rouge à l'épaule gauche
et un pistolet dans la main droite, qu'il braqua sur
Whitehorse.

La poitrine du Jap fut soudain trouée par des balles,
élargissant ainsi l'éclaboussure rouge qu'il avait à
l'épaule, et l'homme roula des yeux vides et mourut,
s'effondrant face contre terre sur le sol défoncé.

Whitehorse se retourna vers Anderson. Le canon de
sa mitraillette Thompson fumait et le guerrier Dineh
remercia le sergent d'un signe de tête en laissant
échapper un soupir.

Anderson lui rendit son signe de tête.

Whitehorse, qui avait fait part à son ami Ben de ses
doutes au sujet de leurs escortes anglo-américaines
(« *Des cow-boys ne défendent pas des Indiens* »), appré-
cia soudain le fait d'avoir un garde du corps. Il se remit
à la tâche et recommença à transmettre le message
codé demandant le renfort des forces navales pour
anéantir ces canons de 105…

Dans la minute qui suivit, à environ un kilomètre
devant eux, Joe Enders vit le premier obus de l'artillerie navale crever le sol, atterrissant à approximativement quarante mètres derrière le bunker qui abritait le
canon sur la crête.

— Quarante de moins, dit Enders à Yahzee qui, paré
à transmettre, attendait les instructions du sergent.
Ajuster le tir.

— *Chindi gah tlo-chin cla-gi-aih*, répéta Yahzee en code dans son récepteur. (Il parvenait à s'exprimer d'une voix calme en dépit des morts et des mourants qui l'entouraient.) *Fir yeh-hes ma-e d-ah tsah-ah-dzoh.*

Quand Yahzee eut terminé sa transmission, le sergent mitrailleur Hjelmstad, prêt à faire feu avec son fusil à pompe, cria :

— En avant !

Et la deuxième section se hissa hors du trou d'obus et, suivant leur officier de tir, les marines dévalèrent la ligne de la crête. Un char Stuart équipé d'un lance-flammes déboucha soudain pesamment devant eux en cliquetant, magnifique apparition semblant surgir de nulle part, derrière laquelle ils se ruèrent.

Sur la côte, les canons des forces navales, répondant à la demande transmise par Yahzee, tirèrent une salve. La deuxième section suivait de près le char Stuart et Yahzee était abasourdi par l'ampleur des opérations qu'il voyait sur le champ de bataille. Les obus de la Marine encadrèrent le bunker japonais et son imposant canon de 105, et le bâtiment en béton essentiellement souterrain se retrouva noyé dans un épais nuage de fumée. Puis une explosion de magnitude volcanique anéantit le blockhaus ne laissant, dans des tourbillons de fumée noire, qu'un canon ravagé et déformé, et un édifice dévoré par les flammes.

Du haut de la colline voisine, les tirs d'armes légères fusaient des tranchées japonaises. La deuxième section – et le reste du Deuxième Peloton de Reconnaissance, dont le rôle principal était l'observation – laissa au char Stuart et à la section de marines campés sur les roues du blindé le soin de liquider les derniers résistants japonais. Le tank et ses marines chargèrent le sommet de la colline pendant que Hjelmstad et ses hommes la descendaient en oblique pour se mettre à couvert dans la végétation en contrebas.

Le char américain fit rapidement taire les tirs d'armes légères en arrosant la tranchée d'un jet de flammes de vingt mètres qui fit fuir les soldats japonais, dont un grand nombre étaient dévorés par le feu. Les chenilles et les roues du Stuart broyèrent en grinçant une casemate en bois de palmier abritant une mitrailleuse, et le char roula plusieurs fois d'avant en arrière sur les rondins du petit édifice, comme un enfant écrasant sadiquement un insecte avec son talon. Les soldats qui se trouvaient à l'intérieur de la casemate hurlaient et ceux qui parvinrent à en sortir moururent sous les balles. La tourelle du blindé pivota et sa mitrailleuse terrassa les soldats japonais restants – ce qui était un acte charitable pour ceux d'entre eux qui s'étaient transformés en torches humaines.

Ravi de ne pas prendre part à cela, Yahzee réprima un frisson en entendant les hurlements d'agonie précédant la monstrueuse odeur de chair humaine grillée flottant dans l'air.

Le char Stuart et sa section de marines reprirent alors leur route dans un grondement, laissant derrière eux le Deuxième de Reconnaissance dans les buissons, ainsi que les ruines fumantes d'une fortification en haut de la colline, criblée de trous d'obus, couverte de véhicules en flammes et jonchée de Japs morts. Il n'y avait pas le moindre signe de vie dans les tranchées, ni dans le petit fortin qui les dominait et que le tank américain n'avait pas pris le temps d'écraser sous ses puissantes roues.

C'est ce que purent constater les éclaireurs américains lorsqu'ils gravirent la colline pour vérifier s'il y avait des survivants ou des soldats restés en arrière.

N'en voyant aucun, ils firent des signes aux troupes en
contrebas, et le reste du Deuxième de Reconnaissance –
à l'exception de la première section – émergea des
fourrés. Les marines avançaient prudemment, lorsque
le fortin s'anima subitement, abattant les éclaireurs qui
se trouvaient en première ligne et faisant détaler le
reste des Américains.

Des soldats nippons jaillirent de cachettes dans la fortification – de minuscules antres creusés dans la terre –
et canardèrent les marines.

— Feu de couverture, braila Hjelmstad au Texan
armé du Browning avant d'ajouter à l'attention du reste
de ses hommes : *A l'assaut !*

Ils s'exécutèrent, en poussant des hurlements de
rage et de surprise, mitraillant implacablement et chargeant le rempart japonais avec une frénésie suicidaire
que l'ennemi aurait admirée s'il n'en avait pas été la
cible. Quelques marines y laissèrent la vie, mais les
défenseurs de la position fortifiée furent rapidement
dépassés en nombre par les Américains.

Enders sauta dans la tranchée et fit feu sur l'ennemi
avec sa mitraillette, décimant les Japonais comme s'ils
étaient des quilles vivantes – mais qui ne le restaient
pas longtemps. Il tirait sans répit en parcourant la tranchée, contournant ou enjambant des corps – cadavres
encore chauds tués par ses mains ou créatures carboni-
sées par le lance-flammes du char Stuart.

Yahzee sauta derrière son garde du corps et Pappas
lui emboîta le pas. L'Indien tira quelques coups de feu,
sans grand succès mais, comme précédemment, Enders
fauchait leurs adversaires avant que le radio-codeur
n'eût le temps d'intervenir. Pappas aussi faisait du bon
boulot. Le Grec cavalait à côté d'Enders le canardeur,
et son fusil M-1 semait des graines de plomb avec pré-

cision. Les deux marines dégageaient le chemin devant Yahzee, comme si celui-ci était un dignitaire en visite.

A une grande intersection où les tranchées se croisaient, ils se retrouvèrent nez à nez avec leur sergent tirailleur et le reste de la deuxième section – Chick, Harrigan et Nellie. Des sourires nerveux succédèrent au court instant pendant lequel les deux équipes faillirent se tirer dessus. A quelques pas de là, un marine se tenait debout dans la tranchée, braquant son M-1 sur une cible ou une autre, et Enders, semblant pressentir un danger (*Ce type est médium ou quoi ?* se demanda Yahzee), plongea sur le fusilier, le renversant dans un trou renforcé par des sacs de sable, un quart de seconde avant qu'une rafale de mitrailleuse ne ratisse l'endroit où le type se trouvait. Deux autres marines qui se hissaient sur le bord de la tranchée ne furent pas aussi chanceux.

— Eh bien, on sait ce qu'il nous reste à faire maintenant, fit Enders en se retournant vers Harrigan, qui, avec ses bonbonnes sur le dos, était une véritable bombe ambulante.

L'air sombre, Harry acquiesça d'un signe de tête et prépara son matériel en avalant sa salive.

— Je te couvre, lui dit Enders.

Harrigan hocha à nouveau la tête et essuya la sueur qui ruisselait sur son front.

Yahzee jeta un coup d'œil à Hjelmstad, qui se tenait théoriquement à la tête des opérations. Ils avaient tous été témoins des prouesses d'Enders sur le champ de bataille, et le Norvégien s'accommodait visiblement très bien de s'en remettre à lui.

Enders se positionna et se mit à semer du plomb, visant le fortin sur le haut de la butte, dont l'embrasure centrale ressemblait à un œil grand ouvert les fixant.

Etourdi par le crépitement assourdissant de la mitraillette Thompson, Yahzee resta accroupi dans la tranchée, pendant qu'Harrigan en sortait d'un bond et s'élançait jusqu'à un cratère qui se trouvait à mi-chemin entre les marines et le fortin, et dans lequel il se précipita.

Enders canardait sans relâche, mais les détonations d'une mitrailleuse derrière lui l'obligèrent à plonger dans la tranchée, dans laquelle il avança en rampant. Yahzee le suivit en vérifiant furtivement la source des coups de feu : ils provenaient d'un nid de mitrailleuses camouflé à cinq ou six mètres de là.

Enders se déplaçait dans la tranchée à la recherche d'une position de tir adéquate et plus sûre, lorsque, devant eux, un Jap sortit en courant d'une cachette. Le sergent lui cribla le dos de balles et l'homme mordit la poussière. Mort.

Enders réalisa que le recoin dans lequel le soldat japonais était embusqué lui offrait néanmoins une position de tir avantageuse, et il recommença à tirer sur le fortin. Le rythme saccadé et sauvage des hostilités donnait le vertige à Yahzee, qui talonnait Enders…

Harrigan en profita pour cavaler jusqu'à un autre trou d'obus, plus proche du fortin, dans lequel il s'engouffra avec son encombrant lance-flammes. Voyant cela, Enders chercha une autre position de tir dans la tranchée, toujours serré de près par Yahzee. L'Indien faillit être assommé par la main du sergent lorsque celui-ci se recula pour lancer une grenade.

Celle-ci atterrit comme prévu devant le fortin et explosa dans un petit nuage de fumée, paralysant de toute évidence les artilleurs qui y étaient planqués.

— J'crois que ça a dû attirer leur attention, fit Enders.

Si tel n'était pas le cas, ce qu'accomplit Harrigan dans la foulée le fit incontestablement. Le soldat blond se redressa dans son cratère et lâcha un jet de flammes qui, telle une terrifiante langue orange, lécha le fortin et s'insinua à l'intérieur du petit édifice par la meurtrière.

— Ouais, s'enthousiasma Enders. Ouais !

Le toit du fortin sauta, puis la porte.

Deux soldats de l'Empire en sortirent en hurlant, en flammes de la tête aux pieds.

Enders descendit la tranchée à toutes jambes, suivant parallèlement la direction de la fuite effrénée des deux Japonais, qu'il abattit – faisant ainsi charitablement taire leurs hurlements – et qui s'affaissèrent en deux petits tas embrasés.

Enders se baissa pour recharger son arme.

Désireux d'échapper à un spectacle aussi effroyable, Yahzee s'était déjà accroupi. Mais il se retrouva nez à nez avec une abominable carcasse, les restes calcinés d'un homme au visage figé par la mort et qui lui tendait ses bras brûlés. Il se détourna mais découvrit, de l'autre côté, un autre cadavre carbonisé à l'expression grimaçante. Où qu'il se tournât, Yahzee était cerné par l'horreur…

Enders se releva au moment où un Japonais sautait dans la tranchée. Une rafale de la Thompson le terrassa, le mettant ainsi hors d'état de nuire. Le sergent reprit sa course dans la tranchée et, ne sentant plus la présence de Yahzee sur ses talons, il se retourna et vit le Navajo, accroupi et paralysé par la vue de tous ces cadavres brûlés et défigurés. Ce con se rangeait-il déjà du côté des Asiatiques ?

— Putain, Yahzee ! hurla-t-il pour se faire entendre dans le tumulte des combats.

Yahzee secoua alors la tête, déglutit avec peine et s'arracha à la contemplation des morts.

Il emboîta le pas à Enders, qui rejoignit à toute allure le reste du Deuxième de Reconnaissance, dont les hommes contre-attaquaient le nid de mitrailleuses qui avait bien failli occire Enders un peu plus tôt.

— J'ai l'impression qu'ils ont deux mitrailleuses là-dedans, dit Enders à Hjelmstad.

— Il faut les dégommer. (Le sergent mitrailleur jeta un coup d'œil par-dessus la tranchée pour inspecter le nid de mitrailleuses camouflé.) *Explosifs !*

Deux marines répondirent à l'appel du sergent Hjelmstad et se frayèrent un chemin dans la tranchée jusqu'à lui, sacoches d'explosifs à la main.

— Vous autres, vous restez ici pour les couvrir, ordonna le sergent mitrailleur au reste de sa section.

Les hommes hochèrent tous la tête et Hjelmstad leva la main vers les deux marines qui s'étaient mis en position de départ, parés à courir avec leurs charges d'explosifs.

— Feu ! brailla Hjelmstad.

Enders et les autres, y compris Yahzee, se levèrent et firent feu au-dessus du rebord de la tranchée pour couvrir leurs camarades porteurs de TNT qui, enjambant, plongeant, esquivant, gravissaient la butte.

Mais celui des deux marines qui était en tête fut mis en pièces à mi-chemin de leur cible par une rafale de mitrailleuse, et il s'effondra, tenant toujours la sacoche dans ses mains mortes.

Aidé par la couverture que les hommes du Deuxième de Reconnaissance lui assuraient, l'autre marine s'en sortait mieux, courant en zigzaguant, tel un arrière dans une partie de football américain, cible mouvante déconcertant les artilleurs japonais dans leur nid…

Sauf que ces derniers n'étaient pas seuls sur le champ de bataille. De chaque côté du marine, une trappe se souleva dans le sol et des tireurs embusqués sortirent de leurs abris et encadrèrent leur cible. Le salopard de gauche fit tomber le soldat américain en lui criblant les jambes de balles. L'autre tireur visa la sacoche, qui s'enflamma, et le TNT et le soldat qui le portait sautèrent dans une explosion aveuglante.

La déflagration fut si violente qu'elle fut même perçue par l'oreille gauche d'Enders, qui assista à la scène, consterné et enragé.

— Ça fout tout en l'air. Merde ! dit Enders sans s'adresser à quiconque en particulier.

Il se hissa hors de la tranchée et se jeta dans la mêlée en courant comme un fou et en mitraillant sans relâche.

— Enders ! Non ! hurla Hjelmstad. Reviens ici, nom de Dieu !

Mais Enders ne l'entendit pas – il ne l'entendit réellement pas à cause de sa mauvaise oreille – et il continua de charger au milieu des balles qui sifflaient autour de lui.

Alors, dans la tranchée, Hjelmstad beugla à ses hommes :

— Eh bien, couvrez-le, bon sang !

Regardant son garde du corps courir courageusement – imprudemment ? – sous le feu de l'ennemi, Yahzee leva sa carabine et se mit à tirailler. A ses côtés, Chick le Texan, s'en donnait à cœur joie avec son gros fusil automatique. Toute la deuxième section s'appliquait pour couvrir la course de ce kamikaze du mieux qu'elle le pouvait…

Enders plongea, roula sur lui-même et atterrit quasiment au-dessus de l'abri du tireur de gauche et, lorsque le soldat japonais à l'intérieur leva les yeux en voyant la trappe s'ouvrir, la Thompson le farcit de plomb et inonda sa cachette de sang.

Puis le sergent s'élança vers le marine mort qui tenait toujours sa sacoche de TNT dans ses doigts sans vie et, en chemin, il mitrailla l'autre abri de tranchée et zigouilla le second tireur embusqué qu'il réduit en charpie en tenant sa mitraillette d'une main, tout en s'emparant de la charge d'explosifs de l'autre. Puis il fonça droit sur le nid et s'avança si près que le canon de la mitrailleuse la plus proche de lui ne pouvait pas être incliné pour l'atteindre. Il lança alors la sacoche d'explosifs dans le nid camouflé et se jeta à terre, roulant sur lui-même avant de s'abriter derrière un rocher tout juste hors de portée de l'explosion qui réduisit à néant les hommes et les pièces d'artillerie du nid.

Dans la tranchée, les hommes de la section étaient estomaqués par cette offensive menée par un seul homme. Ils se regardèrent, comme s'ils ne parvenaient pas à admettre ce qu'ils avaient vu. Pourtant, on aurait pu croire que quelqu'un ou quelque chose avait croqué un morceau de la butte sur laquelle le nid se trouvait auparavant, avant d'éructer un nuage de fumée noire... Et un marine dénommé Joe Enders s'en revenait, peinard, prenant son temps mais prêt à faire feu avec sa mitraillette.

Ils l'acclamèrent mais Enders resta impassible.

Hjelmstad ne dit rien quand Enders les rejoignit dans la tranchée. Le sergent de Philadelphie avait permis aux marines de s'emparer de ce bout de terre accidenté et broussailleux dans ce coin paumé, mais il l'avait fait en désobéissant aux ordres.

Le sergent mitrailleur finit par dire à Yahzee :

— Transmets l'information, soldat.

— Je vais trouver un point en hauteur.

— Exécution.

Et au-dessus du champ de bataille brûlé et jonché de corps, de gravats de ciment et d'acier tordu, le radio-codeur Dineh marmonna dans sa radio :

— *Dah-nes-tsa akha shush klesh dzeh moasi ute dah-nes-tsa ah-ah.*

Ce qui signifiait : Objectif régimentaire Baker atteint.

De son perchoir, Yahzee vit arriver les hommes de la première section du Deuxième de Reconnaissance qui gravissaient péniblement la butte au milieu des cadavres. Il remarqua qu'Anderson paraissait ignorer les morts autour d'eux. Mais Whitehorse ne pouvait détacher ses yeux des corps, ce qui n'avait rien d'étonnant. Yahzee en connaissait la raison : les morts avaient une signification particulière pour les Dinehs. Une sombre signification...

Yahzee distinguait aussi Enders, du côté des décombres du nid de mitrailleuses. Son garde du corps était assis sur le rocher derrière lequel il s'était tapi et qui lui avait évité d'être déchiqueté par un shrapnel, et il semblait faire quelque chose que Yahzee ne percevait pas distinctement. Mais il vit le sergent Hjelmstad s'approcher d'Enders.

L'Indien ne pouvait pas entendre la conversation des deux hommes, mais il aurait pu se douter de la teneur de leur échange.

— Tu me refais une putain d'acrobatie comme celle-ci, Enders, disait Hjelmstad, et je te fais rétrograder deuxième classe.

Enders ne répondit rien : il roulait des cigarettes et s'en faisait un stock.

— Evidemment, reprit doucement Hjelmstad, on va

probablement te décerner la Médaille d'Honneur[1] pour
cette connerie… Alors, disons que t'as fait du bon boulot… et n'en parlons plus.

Toujours muet, Enders continua de rouler ses cigarettes. Hjelmstad s'éloigna, semblant deviner qu'Enders
souhaitait être seul.

Whitehorse avait rejoint Yahzee sur sa hauteur. Les
deux Navajos s'échangèrent des regards sereins, expri-
mant combien chacun d'eux était content que l'autre
fût encore vivant.

— Trop d'hommes morts, fit Whitehorse.

— C'est la guerre, Charlie.

Mais la désinvolture de sa réponse ne dissimulait pas
à quel point il était ébranlé par ce qu'il avait vécu et ce
qu'il avait vu. Il se demandait ce que son garde du
corps pouvait bien penser, ce qu'il ressentait… Enders
était forcément capable d'éprouver d'autres sentiments
que de la rage !

Le radio-codeur ne pouvait aucunement savoir que,
tout en roulant des cigarettes qu'il rangeait dans son
étui cabossé, Enders fixait une photo insérée dans le
couvercle… Un instantané de quatre copains, dont
trois étaient morts à présent.

Le seul survivant de ces quatre marines ferma le couvercle de son étui à cigarettes d'un coup sec, s'alluma
une roulée, ignorant le regard fixe et curieux de l'Indien
sur la colline.

---

1. *Congressional Medal of Honor* : la plus haute décoration militaire, décernée au nom du Congrès américain, aux soldats s'étant
distingués au combat par leur bravoure et leur sens du devoir au
risque de leur vie. (*N.d.T.*)

CHAPITRE IX

Une lune rouge sang éclairait d'une lumière surnaturelle le territoire pierreux pris de haute lutte, et les canons d'un nouvel emplacement de mortier étaient merveilleusement silencieux après cette longue journée de carnage pour les deux camps. Dans la forêt tropicale non loin du champ de bataille couvert de ronces, au centre d'une petite clairière, dans les ombres déformées projetées par les bras tendus des arbres, deux guerriers Dinehs célébraient un rituel indien, à la lueur de la lune filtrant à travers un taillis qui s'élançait vers le ciel.

Whitehorse avait été le premier à se soumettre à la cérémonie, et c'était à présent le tour de Yahzee. Ben s'agenouilla devant un petit feu rougeoyant. Charlie chantait dans leur langue maternelle, non pas un code militaire, mais une mélopée à la tonalité lancinante caractéristique de leur peuple.

Chacun des deux radio-codeurs avait vu plus de morts au cours des deux jours écoulés que dans leurs deux vies mises bout à bout. Whitehorse avait été élevé selon la tradition et Yahzee de façon moderne mais, bien que ce dernier ne partageât pas les croyances profondes de son ami – cette culture Dineh mythique et mystique fondée sur la Toile de la Vie –, il était malgré tout imprégné de l'appréhension éprouvée par son peuple face à la mort.

Pour les Navajos, la mort libérait les mauvais esprits. Des *hogans* avaient maintes fois été brûlés après qu'une personne y fut décédée, et nombreux étaient les Indiens âgés qui se retiraient dans le désert pour y mourir seuls et ainsi épargner aux leurs la présence dangereuse des esprits maléfiques délivrés par leur trépas.

Certains rites pouvaient combattre ces mauvais esprits, et Yahzee, après avoir assisté Whitehorse pour la cérémonie de la Voie du Mal[1], faisait maintenant l'objet de ce rituel. Après s'être frotté les mains de bois calciné, Whitehorse se tourna vers son ami agenouillé qui affichait une expression impénétrable, et il lui barbouilla les joues de cendres.

Puis Charlie ôta une petite poche en daim attachée à un cordon de cuir qu'il portait autour du cou et versa une partie de son contenu dans sa paume : c'était du pollen de maïs. Il en appliqua sur le front de Yahzee et en saupoudra une plus grosse quantité sur la terre rocailleuse autour de lui.

Ensuite, Whitehorse fixa silencieusement le sol pendant un long moment. Puis il leva les yeux sur son ami qui regardait droit devant lui, ne voyant rien, ou peut-être tout, et il se remit à psalmodier à voix très basse.

— Je vois en toi un guerrier, Yahzee, dit Whitehorse dans la langue des Dinehs, et tu feras la fierté de notre peuple.

---

1. Les cérémonies navajos sont généralement constituées de chants traditionnels, danses, peintures rituelles et prières sacrées que l'on appelle les Voies. (*N.d.T.*)

Non loin de là, le long du champ de bataille où les marines du Deuxième de Reconnaissance avaient établi leur bivouac, les hommes montaient leurs tentes, se préparant à dormir dans leurs ponchos imperméables.

Nells regarda sa montre à la lumière de la lune et, s'adressant à Harrigan et à Pappas, qui s'installaient pour la nuit, il demanda :

— Il est vingt-deux heures ici en enfer. Ça fait quelle heure sur la côte Est ?

Pappas émit un bruit de pet avec ses lèvres :

— Tu me prends pour le méridien de Greenwich ou quoi ?

Nells continua à fixer sa montre en faisant des calculs :

— C'est dimanche, et il est sept heures... non, huit heures du matin.

— C'est l'heure de la messe, plaisanta Harrigan.

Mais Nells avait l'air morose.

— J'espère seulement que personne n'a occupé ma place dans notre lit, samedi soir.

Pappas secoua la tête et lui dit :

— Tu vas rendre service aux Japs si tu continues à radoter, Nellie.

— Quoi ?

— Tu vas y laisser ta peau à force de te ronger les sangs pour ta souris. Tu veux te faire un putain d'ulcère ou quoi ?

— Ouais... Ouais. (Nells soupira et s'introduisit dans sa petite tente, de laquelle il laissa dépasser sa tête pour continuer à discuter.) T'as sans doute raison... Hé ! Tu crois que si je me faisais un ulcère, on me renverrait chez moi ?

— Le Rhode Island n'a pas le monopole des filles, fit Harrigan. (Allongé sur le dos, les mains sous la tête, il contemplait la lune, une cigarette non allumée aux lèvres.) Il y a des tonnes de poulettes dans ce bas monde...

— Pas pour moi, répondit Nells. Pas pour moi.

— En attendant, se lamenta Pappas, assis à l'indienne devant sa tente, il n'y a pas l'ombre d'une pépée dans ce pré à vaches paumé... Dis donc, Harry, t'attends quoi pour la griller ?

La question de Pappas fit sursauter Harrigan qui, après tout, avait passé la journée à manipuler un lance-flammes :

— De quoi tu parles ?

— Je parle de la cibiche que t'as au bec. Il y a des choses que tu peux allumer sans nous faire sauter, tu sais. Personne ne t'en voudra...

— Oh ! Va te faire foutre, Pappy. (Harrigan se remit à regarder le ciel de nuit, sa cigarette toujours éteinte aux lèvres.) Tu veux voir des belles femmes ? T'as qu'à aller chez moi... Y a pas mieux que Daytona Beach. Il y a six mois, j'étais allongé sur la plage et je vois une petite mignonne bien roulée qui sort de l'eau, ruisselante dans un maillot de bain qui ne cachait pas grand-chose. Elle vient droit sur moi, elle me dit qu'elle s'appelle Mollie... et elle me demande si je sais où se trouve la baraque où on vend des saucisses grillées.

L'anecdote fit rire Pappas et dérida un peu Nells.

— Et maintenant, me voilà coincé dans ce merdier, reprit Harrigan, à porter une chandelle romaine sur le dos... et à griller autre chose que des putain de saucisses... Je me suis engagé comme volontaire et la raison pour laquelle j'ai fait cette connerie me dépasse.

— Ne jamais s'engager, fit Pappas en énonçant le code de tous les marines.

Chick, le Texan, se joignit à eux et, s'approchant de sa tente déjà montée, il lança :

— Ça vaut toujours mieux que d'être appelé. (Il s'assit devant sa tente.) Quand t'es appelé, tu te retrouves dans cette saloperie d'infanterie. Avec toute la racaille qui aurait bien aimé en réchapper. Merde, tant qu'à me battre, je préfère me battre avec les meilleurs.

— *Semper fi*[1], mon gars, acquiesça Pappas en hochant la tête.

— Mon vieux était un marine, poursuivit Chick. Il a combattu comme un vrai dur sur terre et sur mer… C'était un sacré dur de dur. Un sacré putain de marine.

Préoccupé par sa jeune épouse livrée à elle-même dans le Rhode Island, Nells avait visiblement perdu le fil de la conversation. Il se tourna vers Pappas, dans la tente à côté de la sienne, et dit doucement :

— Pap, j'ai une faveur à te demander… S'il m'arrivait quoi que ce soit… Tu veux bien la prendre et la garder pour moi ?

L'expression de Pappas s'assombrit quand il s'aperçut que Nells lui tendait son alliance.

Les lèvres du séduisant jeune homme tremblaient :

— Fais en sorte que Betty la récupère… C'est elle qui l'a choisie, et tout ça.

— Tu vas me faire le plaisir de remettre ce truc, répliqua Pappas. Et ne dis pas des choses pareilles. Si tu te persuades que tu vas y passer, c'est sûr que c'est ce qui va t'arriver, nom de Dieu ! Arrête de penser à ça !

— D'accord, grommela Nells, qui remit son alliance.

— Et ne plaisante pas avec ça non plus, bordel !

---

1. Abréviation de l'expression latine *Semper fidelis*, qui signifie « toujours loyal » et qui est la devise du Corps des marines. *(N.d.T.)*

Mais ils savaient tous que Nells ne plaisantait pas. Ils avaient tous vu, non loin de l'endroit où ils s'apprêtaient à dormir, les tombes fraîchement creusées où d'autres soldats dormaient, leur dernière demeure signalée par un fusil à la baïonnette plantée dans la terre et dont la crosse était coiffée d'un casque vide.

Au même moment, Pete Anderson passait en sifflotant devant ce cimetière improvisé, une tasse en ferblanc pleine de café dans chaque main. Il monta une petite côte en haut de laquelle il avait repéré Enders qui, comme à son habitude, s'était isolé. En dépit du désir manifeste d'Enders d'être seul, Anderson recherchait avidement sa compagnie, car l'autre garde du corps était le seul de tous les hommes de la section à partager le terrible secret des ordres qui leur avaient été réellement donnés à tous les deux.

Enders était assis sur une petite hauteur et il observait au loin une trouée entre les arbres où tremblotaient les braises d'un feu mourant et où deux Indiens se livraient à des rites secrets. L'étrange mélopée de Whitehorse dérivait jusqu'à lui, portée par le vent, comme si, à l'heure qu'il était, ces deux-là transmettaient des messages codés dans la nuit.

Anderson arriva sur sa gauche, mais Enders sentit sa présence et, levant les yeux, il vit l'autre sergent lui tendre une tasse de café en lui disant :

— C'est bon pour ce que t'as.

Enders prit la tasse fumante et le remercia d'un signe de tête.

Anderson s'accroupit et fit un geste en direction des Indiens en contrebas.

— A quoi ils jouent, ces deux-là ? demanda-t-il.

— J'en sais foutre rien, mais ça dure depuis le coucher du soleil.

Anderson but une gorgée de café :

— On dirait qu'ils sont en train de prier.

— C'est bien possible, mais pas pour demander pardon alors. En tout cas, pas Yahzee.

— Comment ça ?

— Mon guerrier indien n'a même pas tiré sur un écureuil de la journée.

Anderson sirota son café avec un léger sourire moqueur :

— Il faut reconnaître que ta mitraillette et toi vous n'en laissez pas beaucoup aux autres. Tu nous as sorti le grand jeu à la John Wayne avec l'assaut du nid camouflé.

Enders poussa un grognement. Et but une gorgée de café.

La mélopée indienne montait doucement jusqu'à eux.

— Si ça se trouve, ils prient parce qu'ils connaissent les ordres qu'on nous a donnés à toi et moi, suggéra Anderson.

— Arrête ça tout de suite.

Anderson haussa les épaules et posa sa tasse par terre. Puis il sortit une lettre de sa poche et huma l'enveloppe parfumée. La lumière de la lune révéla l'adresse de l'expéditeur : Caserne des WAVEs de Paradise Cove à Hawaï.

— Toutes les nuits je rêve de retourner à Paradise Cove, dit Anderson.

— Cette nuit, il est possible que tu rêves d'autre chose.

— De bataille, c'est ça ?

— Tu verras bien.

— Bon sang, c'est vraiment réjouissant de causer avec toi. Tiens, la lettre est pour toi. (Surpris, Enders jeta un regard en coin à Anderson. Mais il prit la lettre qu'il lui avait apportée.) Elle est de cette fille, Rita, c'est ça ? Une chouette fille. Et une vraie beauté.

Enders posa la lettre sur un rocher à côté de lui.

— Voilà un autre sujet que nous n'aborderons pas ensemble.

— T'es pas un cadeau, Enders.

Surnaturelle et étrangement belle, la mélopée navajo flottait toujours jusqu'à eux.

— Joe ?

— Quoi ?

— Tu... tu crois que tu serais capable de le faire ?

— De faire quoi ?

— Tu sais parfaitement de quoi je veux parler.

— Je refuse de discuter de ça.

— Et si *moi* j'ai besoin d'en *discuter* ?

— Change de rengaine, Anderson.

— Oh, j'essaye, j'essaye, crois-moi... Mais comment peuvent-ils demander à un homme de...

— Nous ne sommes pas des hommes, l'interrompit Enders en s'allumant une roulée. Nous sommes des marines.

Mais Anderson sentait qu'en dépit de la froideur qu'il affichait, Enders aussi était affecté par la question. Sinon, pourquoi observerait-il les deux Navajos, dont la psalmodie agissait sur lui comme sur eux-mêmes ?

Mais Anderson ne pouvait pas savoir que, si la bonne oreille d'Enders entendait distinctement le chant rituel navajo dans la quiétude de la nuit, son oreille gauche encombrait sa tête d'autres sons qui hantaient sa mémoire et ses rêves – il venait, du reste, d'avertir Anderson que de tels rêves l'attendaient. Dans son oreille abîmée, il entendait des déflagrations, des hurlements, les hurlements de marines agonisants, des cris morbides et irréels ; mais il entendait surtout une voix, la voix d'un homme mort depuis plusieurs mois, un homme du nom de Mertens qui psalmodiait sa propre prière insupportable : *Va te faire foutre, Enders ! Va te faire foutre, Enders !*

Enders se réveilla en se redressant brusquement. C'était plusieurs heures plus tard. Il était en nage et haletait ; son corps était raide comme un point d'exclamation ponctuant la phrase assoupie des marines du Deuxième de Reconnaissance qui l'entouraient. Enders dormait sous son poncho dans un trou qu'il avait creusé – les tentes, c'était pas pour lui. Il inspira et expira profondément, lentement, pour se calmer et effacer de son esprit les images de bataille de ce rêve fiévreux mêlant Guadalcanal et Saipan.

Il sentit un regard sur lui et se retourna brusquement.

Assis dans son propre trou, drapé dans son poncho, aussi immobile qu'une statue, Yahzee dévisageait Enders. Les yeux des deux marines se rencontrèrent.

— Cela s'appelle la Voie du Mal, dit Yahzee à voix basse.

— … Quoi donc ?

— Ce que tu nous as vus faire, Charlie et moi. Les Dinehs… les Navajos croient que tant qu'un corps n'a pas véritablement été enterré, il est entouré par les esprits. Et que souvent, les *chendis*, c'est-à-dire les mauvais esprits, sont libérés.

— Quoi ? Des fantômes ?

Yahzee leva les yeux vers la lune rouge.

— Quand elle est comme cette nuit, mon peuple l'appelle la lune du boucher, parce qu'elle est barbouillée de sang. C'est plutôt approprié après la journée que nous avons passée… Je n'ai pas souvent pensé à toutes ces histoires depuis… oh !… depuis que j'étais gosse. Mais la vue de tous ces morts aujourd'hui m'a rappelé tout ça.

— Tu vois des fantômes, soldat ? Qui se lèvent des corps comme… quoi ? De la vapeur ?

— Je n'ai pas vu de fantômes.

— Tant mieux pour toi.

— Je te raconte ça parce que… je tiens à ce que tu saches que cela ne se reproduira plus.

— Qu'est-ce qui ne se reproduira plus ?

— Je ne… je ne me sentirai plus paralysé et impuissant face à tout cela.

— Ah bon ? Pourquoi ? Parce que ton pote t'a frotté le visage avec des cendres ?

Yahzee acquiesça en hochant la tête :

— Parce que mon pote m'a frotté le visage avec des cendres.

Enders ricana, se laissa rouler sur le côté et tourna le dos à l'Indien, considérant qu'il avait entendu suffisamment de foutaises comme ça. Mais il sentait le regard de Yahzee peser sur lui et il ne fut pas surpris d'entendre le radio-codeur lui adresser de nouveau la parole :

— Sergent, je crois que je ne suis pas le seul à avoir besoin d'un remède.

Enders se retourna et lui lança un regard furieux. L'Indien l'avait-il vu prendre les pilules que Rita lui avait données ? Ou faisait-il allusion à son réveil brutal au milieu de ces cauchemars qui lui donnaient des sueurs froides ?

— Qu'est-ce que tu entends par là ? demanda Enders d'une voix tendue.

Yahzee resta songeur un instant, sembla sur le point de répondre puis, se ravisant, il s'allongea et s'enroula dans son poncho comme dans une couverture.

Il fallut du temps aux deux hommes pour trouver le

sommeil… Mais, en cette nuit succédant à une terrible journée de bataille, le débat entre eux était clos.

Le lendemain matin, Yahzee remarqua de l'eau scintillant à travers les arbres et il se fraya un chemin dans les sous-bois jusqu'à un ruisseau bordé de rochers et miroitant sous le soleil du petit matin. Il accrocha sa chemise de treillis à une branche et posa ses bottes et son casque au pied du buisson, puis il avança dans le ruisseau jusqu'aux genoux. Alors, il se baissa et se lava et se rafraîchit en s'aspergeant abondamment d'eau froide et vivifiante.

Il retourna sur la berge pieds nus et torse nu, et lorsqu'il tendit la main pour prendre sa chemise sur la branche, il se figea en voyant le canon d'un fusil émerger du feuillage. Et pendant les secondes interminables qui suivirent, il se demanda s'il venait de prendre son dernier bain…

Une voix s'éleva alors des broussailles et dit avec cet accent traînant caractéristique du Texas :

— Mais qu'est-ce que je trouve donc là ?

Yahzee se détendit. Chick Rogers n'était pas un cadeau, mais au moins il n'était pas japonais.

Rogers et Pappas, en uniforme mais sans leurs casques, sortirent des fourrés et rejoignirent Yahzee sur le bord rocheux du ruisseau.

— J'essayais juste de me débarrasser de ces foutus insectes dans mes cheveux, fit Yahzee en souriant.

Il tendit alors le bras pour prendre sa chemise, mais Chick brandit sa baïonnette entre l'Indien et son treillis.

— Qu'est-ce que tu fais, mon gars ? demanda-t-il de sa voix traînante, à présent empreinte d'une note de malveillance.

— Je vais enfiler mon uniforme, Chick.

— Ton uniforme ? Et pourquoi un Jap enfilerait-il un uniforme américain ? T'es un espion ? lança le Texan en adressant un sourire en coin à Pappas, qui était visiblement gêné par le comportement de discrimination et d'intimidation du Texan.

Yahzee ne prit pas la peine de chercher à dissimuler son irritation. Il laissait à Charlie Whitehorse le soin de jouer le rôle de l'homme rouge noble et impassible. Ben Yahzee, lui, en avait ras le bol.

— Tu vas me laisser m'habiller, Chick ? Ou tu t'amuses trop à prouver à quel point tu peux être con ?

Les yeux de Chick lancèrent des éclairs et ses joues s'empourprèrent. Il tendit son fusil à Pappas et lança à l'Indien un long regard… avant de lui décocher un coup de poing expédiant Yahzee dans l'eau en une grande gerbe qui éclaboussa le Texan et Pappas.

Ce dernier, s'ébrouant tel un chien venant de prendre un bain forcé, roulait des yeux furieux.

— Putain, Chick ! Mais qu'est-ce qui te prend ? s'exclama-t-il.

Yahzee se releva, sortit de l'eau et se dirigea vers la fameuse branche, mais le Texan s'interposa à nouveau entre lui et sa chemise. Yahzee écarta Chick de son chemin, mais celui-ci lui asséna un direct qui renvoya le Navajo s'affaler dans le ruisseau – les éclaboussures produites par sa chute furent moins importantes que la première fois, mais elles ne lavèrent pas l'outrage qu'il subissait.

Pappas secouait la tête.

— Oh, merde…, se lamenta-t-il.

Yahzee se redressa dans l'eau peu profonde et se tint planté là, fixant le Texan d'un air stoïque. Alors, avançant d'un pas lent mais déterminé, le Navajo sortit du ruisseau et bouscula Chick, mais lorsque celui-ci leva le poing, Yahzee baissa la tête et, l'attrapant derrière les genoux, il déséquilibra le Texan qui vacilla et culbuta en arrière en battant des bras avant de s'effondrer dans l'eau.

— Oups, fit Pappas.

Chick émergea du ruisseau et, chargeant comme un taureau enragé et dégoulinant, il fondit sur Yahzee. Il le saisit à bras-le-corps, le fit tomber, le plaqua au sol, s'assit à califourchon sur lui et leva le poing…

Chick n'eut pas la possibilité de cogner l'Indien immobilisé. Une main vigoureuse paralysa le poignet du Texan au vol et une autre main se posa sur son épaule et le tira violemment en arrière, libérant Yahzee.

Enders faillit sourire en entendant Chick beugler. Et lorsque celui-ci tenta de se débattre pour riposter, le sergent lui tordit brutalement le poignet dans le dos et lui demanda d'une voix calme, bien qu'il serrât les dents :

— Vous avez fini, caporal ?

Chick lutta pendant encore quelques instants puis, cessant de résister, il capitula. Enders le poussa alors sur la berge. Pappas aida Yahzee à se relever en s'inquiétant de son état.

— Ouais, ça va, répondit Yahzee.

— T'es sûr, Ben ?

Surpris d'entendre un marine blanc l'appeler par son prénom, Yahzee hocha la tête en disant :

— Ça va, Pappy.

Chick plissa les yeux et feignit de regarder attentivement le radio-codeur pour la première fois.

— Hein… C'est Yahzee ? Merde, j'ai cru que c'était un sale Jap qui avait tué un des nôtres pour lui piquer son uniforme.

Yahzee s'esclaffa, mais pas de bon cœur, devant

l'excuse vaseuse de Chick pour se couvrir et sauver ses miches.

— T'as peut-être besoin de lunettes, Chick, lâcha Enders d'un ton glacial.

— Ouais, mais merde, répliqua le Texan en faisant des grands gestes, il ressemble à un putain de Jap, non ? Enfin, c'est pas pour ça que t'es là, Enders ? Pour t'assurer que ces maudits Peaux-Rouges soient pas pris pour des Japs ?

— Je ne suis pas un maudit Peau-Rouge, rétorqua Yahzee en s'avançant à la hauteur de Chick. Je suis un Dineh… ce que certains appellent un Navajo. J'appartiens au Peuple de l'Eau Amère du Clan de la Maison Imposante.

Il se détourna et alla récupérer sa chemise et enfiler ses bottes.

Ecœuré, Pappas lança à Chick :

— C'est aussi un Américain, espèce de trou du cul de péquenot.

— Non mais, fais gaffe à ce que tu dis, répondit Chick. Fais preuve d'un peu de respect.

Le Grec et le Texan s'éloignèrent alors dans les sous-bois, laissant Enders et Yahzee seuls.

Yahzee boutonnait sa chemise quand Enders lui lança son casque.

— Merci, dit l'Indien.

Enders le regarda d'un air méprisant en disant :

— Chick a raison. Tu ressembles vraiment à un salaud de Jap. La prochaine fois que t'auras envie d'aller faire un tour, tu me préviens d'abord. Que ce soit pour aller te baigner ou pour couler un bronze. Compris ? Sinon, c'est moi qui botterai ton cul rouge.

Ils retournèrent ensemble au bivouac, sans un mot.

Nicolas Cage interprète Joe Enders, un marine plongé dans l'enfer de la guerre du Pacifique.

Seul survivant de son unité, Enders, gravement blessé, passe plusieurs mois à l'hôpital.

Frances O'Connor interprète Rita, la belle et compatissante infirmière volontaire qui vient en aide à Enders.

Le Deuxième Groupe de Reconnaissance, nouvelle unité d'Enders.

Ben Yahzee (Adam Beach) interprète le codetalker navajo qu'Enders (Nicolas Cage) a pour mission de protéger, afin que le code secret ne tombe jamais aux mains de l'ennemi.

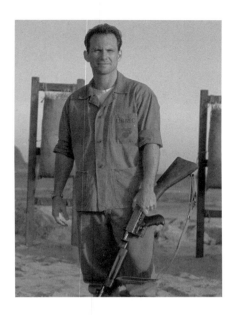

Ox Anderson (Christian Slater), le garde du corps de l'autre codetalker navajo, est le seul à connaître la mission secrète d'Enders.

Le Deuxième Groupe de Reconnaissance est avisé de sa mission : Saipan.

La résistance opposée par les Japonais à Saipan est beaucoup plus active que ne l'avaient prévu les services de renseignements de l'armée américaine. Enders, Yahzee et les hommes du Deuxième Groupe de reconnaisance se retrouvent au cœur de l'action.

Charlie Whitehorse (Roger Willie), l'ami de Yahzee, l'aide à purifier les esprits des morts au cours d'un rituel navajo solennel.

Enders finit par confier certains des remords qui le rongent à Yahzee.

Les Japonais ne cassèrent jamais le code navajo. Celui-ci (ainsi que le rôle joué par les soldats navajos pendant la Seconde Guerre mondiale) resta un secret militaire pendant vingt-cinq ans.

La progression groupée du Deuxième Escadron sur les lignes japonaise
au milieu d'un effroyable carnage.

CHAPITRE X

Tandis que les roues des camions gravissaient en grinçant une route de terre rouge escarpée, laissant derrière eux le campement conquis grâce à la bravoure et au prix du sang des marines du Deuxième de Reconnaissance, une enveloppe voletait, caressée par le vent, flottant au-dessus de trente tombes fraîchement creusées et surmontées par des baïonnettes et des casques. L'enveloppe, non décachetée, contenait une lettre écrite par une certaine Rita Swelton, infirmière des WAVEs, et adressée à un certain sergent Joe Enders.

Elle lui racontait tout un tas d'anecdotes sans importance. Elle évoquait notamment le chien errant qu'elle avait trouvé sur la plage de Waikiki et qui lui avait tellement fait penser à lui qu'elle l'avait baptisé Joe ; un corniaud auquel elle avait donné un bain et qui partageait à présent sa couche. Sa lettre ne faisait pas allusion à la guerre – pas directement, en tout cas. C'était juste une lettre enthousiaste quoique, curieusement, Rita prenne timidement des nouvelles de Joe et se demand si (« *vu que tu n'es pas du genre à écrire* ») il prendrait la peine de lui répondre.

La jeune femme n'aurait jamais deviné que son courrier pourrait ne pas être lu et, de ce fait, n'entraîner aucune réponse, et qu'il voltigerait et papillonnerait, virevoltant entre les tombes de marines qui auraient tous donné beaucoup pour être réconfortés de la sorte par une ravissante fille du pays... si ces hommes n'avaient pas déjà donné plus que cela.

Le convoi de gros camions diesels s'éloignait et plusieurs d'entre eux prenaient des directions différentes. Dans l'un des véhicules, Yahzee était assis sur un banc à côté d'Hjelmstad et de Nellie. Sur le banc de l'autre côté, Pappas, Chick et Harrigan étaient secoués par les cahots ; Enders se trouvait juste en face de Yahzee. Ce dernier regardait un camion qui transportait la première section et qui bifurqua. L'Indien leva la main pour souhaiter bonne chance à Whitehorse, qui lui rendit son salut avant de disparaître du champ de vision de son ami.

Enders et Yahzee étaient tous les deux assis au bout de leur banc respectif, exposés au vent sifflant et cinglant. Le taciturne sergent était silencieux et, d'une certaine façon, à l'écart des autres hommes, bien qu'il fût assis juste à côté de Pappas.

Yahzee ne savait que trop bien qu'Enders avait mal dormi la nuit précédente – les cauchemars récurrents de son garde du corps les ayant réveillés tous les deux. Et, dans l'immédiat, Enders était affalé, les bras croisés, son casque baissé sur les yeux, essayant manifestement de récupérer de sa mauvaise nuit.

Leur véhicule fermait la marche d'un petit convoi qui roulait sur une route dans la jungle à travers une plantation de cocotiers. C'était, évidemment, une route en terre, un simple chemin défoncé, et un cahot mémorable saccagea la lettre que Yahzee écrivait à sa famille – en utilisant son paquetage comme pupitre – et transforma un mot impeccablement tracé en un gribouillis inintelligible.

La secousse fut suffisamment forte pour réveiller Enders, qui jeta un regard dubitatif à Yahzee sous son casque et lui demanda :

— Non mais, qu'est-ce que tu fous ?

— J'écris une lettre.

— Tu écris une lettre.

— Ouais, j'écris une lettre. A mon fils.

— T'as oublié les ordres ? On n'envoie aucun courrier.

Voulant terminer sa lettre, Yahzee continua d'écrire en répliquant :

— Je connais mes ordres.

— Ah ouais ? Le commandement ne veut pas de cachets de la poste sur du courrier à destination de la réserve.

Yahzee s'obstina à écrire.

— Tu m'entends, Yahzee ? demanda Enders, d'une voix perçante et sur un ton acerbe.

Sur les bancs de chaque côté, plusieurs des hommes de la deuxième section écoutaient leur conversation à présent et s'échangeaient des regards, se demandant si une altercation s'annonçait – il leur avait semblé à tous qu'un conflit entre les deux hommes couvait depuis plusieurs jours.

Mais Yahzee plia soigneusement sa lettre, l'inséra dans une enveloppe neuve et la glissa dans son sac parmi une bonne douzaine d'autres lettres qu'il n'avait pas envoyées.

L'Indien regarda Enders sans animosité, haussa les épaules et déclara :

— Je me suis dit qu'il pourrait les lire plus tard… Quand je rentrerai à la maison.

Enders avala sa salive. Il esquissa l'ombre d'un sourire en coin.

L'espace d'un instant, Yahzee crut avoir vu de la gêne dans ses yeux froids. Mais Enders donna seulement l'impression de se replonger dans un silence maussade, et Yahzee faillit bien sursauter quand son garde du corps s'adressa de nouveau à lui.

— Il s'appelle comment, ton fils ? demanda-t-il.

— George. Il s'appelle George, répondit Yahzee, stupéfait de l'intérêt qu'Enders manifestait.

— C'est un bon nom, bien américain.

— Et encore, tu ne sais pas tout. Son deuxième prénom, c'est Washington… George Washington Yahzee.

L'expression morose d'Enders s'éclaira d'un imperceptible sourire :

— Tu sais que ça sonne pas mal du tout.

C'était maintenant au tour de Yahzee de se sentir gêné.

— Enfin, ma femme n'était pas convaincue. Elle est un peu plus… attachée aux traditions.

— Comme ton copain Whitehorse.

— Ouais. Comme Charlie.

Yahzee ôta son casque et le tendit à Enders qui parut surpris, jusqu'à ce qu'il comprenne que l'Indien le lui donnait pour qu'il regarde à l'intérieur la photo de famille insérée dans les sangles.

Enders y jeta un rapide coup d'œil et, manifestement mal à l'aise, il rendit son casque à Yahzee.

— Belle petite famille, fit-il d'un ton évasif.

Yahzee sentit que la réponse cordiale mais un peu froide d'Enders masquait quelque chose. Il eut l'impression qu'en voyant sa femme et son petit garçon de trois ans, Enders en apprenait plus sur ce radio-codeur dont il avait la charge qu'il n'avait besoin de savoir – ou envie de savoir. Yahzee s'interrogeait sur ce qui poussait visiblement Enders à vouloir à tout prix garder ses distances avec lui. On leur avait imposé de faire équipe et, certes, Yahzee savait que lorsque des hommes devenaient amis en temps de guerre, ils s'exposaient à la mutilation affective qu'entraînait la perte d'un être proche… Mais là, cela lui semblait différent ; il sentait qu'il y avait autre chose…

Yahzee s'obstina néanmoins, profitant de cette petite brèche dans la défense d'Enders.

— Ouais, George a une vraie personnalité, reprit-il sur le ton de la conversation. Il a un sacré caractère. Il est têtu comme une mule, ce petit gars.

Enders se contenta de hocher la tête, ouvrit son étui à cigarettes cabossé et en sortit une roulée.

— Je peux en goûter une ? demanda Yahzee.

— Je ne savais pas que tu fumais.

— Il y a beaucoup de types qui commencent à fumer à la guerre.

— C'est vrai, ça.

— Et puis, de toute façon, j'aime rester ouvert à des expériences nouvelles.

Enders dévisagea Yahzee pendant un moment, comme si l'Indien lui avait demandé cent dollars et non pas une simple cigarette.

Finalement, après avoir allumé la sienne, le sergent tendit une de ses cigarettes roulées au deuxième classe et appuya sur la molette de son Zippo pour lui donner du feu. Yahzee n'eut pas l'occasion de tirer la moindre bouffée car, à ce moment-là, une déflagration monstrueuse fit trembler non seulement le camion mais tout Saipan, donnant l'impression d'avoir été déclenchée par la pression du pouce d'Enders sur son briquet.

Les hommes de la deuxième section n'avaient pas pu le voir de leurs bancs, mais un obus s'était abattu sur le camion qui les précédait, anéantissant le véhicule et les soldats à son bord. Leur propre camion fit une embardée, son conducteur donnant un prompt coup de volant pour éviter le cratère provoqué par l'explosion, et le véhicule poursuivit sa route sur le bas-côté sablonneux en tanguant violemment, secouant les marines à l'arrière comme des maracas.

Une autre explosion, à nouveau juste devant eux, souleva leur camion de terre et les éjecta sur le sol raboteux. Les hommes de la deuxième section se dispersèrent instantanément, plongeant et détalant à quatre pattes, dans l'espoir de ne pas être écrasés par le véhicule qui s'immobilisa brutalement, provoquant la mort du conducteur, mais n'explosant fort heureusement pas.

Les bombardements se poursuivant massivement, Enders éloigna Yahzee de la route, et entraîna l'Indien hébété et chargé de son lourd matériel radio vers le bas des versants du mont Tipo Pale qu'ils avaient longés en camion. Le pilonnage nourri d'artillerie semblait viser la route, et Enders estimait qu'en se planquant dans les rochers, ils pourraient éviter la trajectoire des tirs d'obus.

Juste derrière eux une autre explosion ébranla le sol et Enders vit Yahzee tituber et quelque chose le percuter dans le dos et le projeter à terre comme si Dieu l'avait giflé.

— Je suis touché ! hurla l'Indien. Ça brûle !

Enders l'agrippa par une bretelle de son sac à dos, l'attira d'un coup sec et l'emmena en le traînant à couvert derrière des rochers où le reste de la deuxième section – qui n'avait pas encore subi de pertes – s'était réfugié. Les obus pleuvaient sur la route, la faisant ressembler à la surface de la lune et générant des gerbes de gravats et de fragments d'acier qui fusaient, tels des grêlons incandescents.

La souffrance se lisait sur le visage de Yahzee, qui gémit :

— Bon Dieu que ça me brûle…

A couvert derrière les rochers, protégés de façon assez relative du bombardement qui se poursuivait dans un vacarme assourdissant, Enders fit rouler Yahzee sur le ventre, sortit sa chemise de son pantalon et, déchirant un pan de l'épais treillis, découvrit un éclat d'obus brûlant logé dans la peau de l'Indien en bas de sa colonne. Enders l'enleva d'une chiquenaude comme s'il s'agissait d'une petite bestiole.

— T'es pas touché, dit-il.

Yahzee haletait mais on voyait que sa douleur était déjà atténuée.

— Hein ? fit-il.

— C'était juste du shrapnel. T'as une brûlure, pas une blessure profonde. Tu survivras… On peut pas en dire autant de ta radio.

L'équipement radio que Yahzee portait sur son dos faisait des étincelles, démoli par une pluie de shrapnel. Le volumineux matériel avait incontestablement sauvé la vie du Navajo, mais Enders – dont la mission était de jouer les baby-sitters – se retrouvait avec sur les bras un « gamin » à présent totalement inopérant pour le combat.

— D'où ces obus peuvent-ils bien provenir ? demanda Hjelmstad qui, par rapport à Enders, se trouvait de l'autre côté des marines ramassés sur eux-mêmes.

Chick jeta un coup d'œil furtif au-dessus des rochers vers ce qui était auparavant une route, à présent labourée de cratères gigantesques qui continuaient de se multiplier.

— Nom de Dieu ! lâcha le Texan. Y avait soi-disant pas de canons dans ce secteur !

— Il n'y en a pas, dit Enders.

Tous les regards se tournèrent vers lui et Enders désigna les lignes américaines d'un signe de tête.

Hjelmstad ouvrit des yeux comme des soucoupes :

— Tu veux dire que ce sont les nôtres ?

Son accent paraissait plus prononcé sous le stress et il prononça « *les nôdres* ».

— Ce sont des obusiers, intervint Pappas, qui écarquillait aussi les yeux. Des obusiers américains, c'est ça ?

— Bingo, répondit Enders au moment où une autre violente explosion faisait gicler une pluie de pierres, de cendres et d'acier.

Tapi derrière les rochers, Pappas sortit une carte de son sac, la déplia et l'examina en plissant les yeux ; ils clignaient tous des paupières et se protégeaient les yeux de la petite tempête de poussière déchaînée par les obus.

— Nous sommes censés être sur la route O4, annonça Pappas.

— Eh bien, ça n'est manifestement pas le cas, fit Hjelmstad. (Le sergent tirailleur se tourna vers son radio-codeur.) Yahzee, passe un coup de bigophone. Informe le régiment que ces cons sont en train de bombarder leurs propres troupes.

Yahzee avait enlevé la radio de son dos.

— La radio est morte, sergent. Bousillée par des éclats d'obus, répondit-il.

Hjelmstad lâcha une salve de jurons en norvégien et, comme en réponse, une autre vague d'explosions multiples se déchaîna, plus près de leur abri.

— On bouge ! lança Hjelmstad, et la deuxième section ne se le fit pas dire deux fois et suivit son sergent tirailleur à fond de train sur le raidillon pour se mettre à l'abri du danger.

Le terrain était rocheux, mais restait en bonne partie tropical, et se soustraire en courant à ces tirs américains n'était pas une partie de plaisir. Enders commençait tout juste à envisager qu'ils avaient atteint une zone sûre quand trois salves de balles arrosèrent le périmètre, provenant d'un bosquet d'arbres au-dessus d'eux.

— Tous à terre ! hurla Hjelmstad.

Mais ils étaient déjà tous à plat ventre… A l'exception d'Enders qui avait entraîné Yahzee au sol, hors de la portée des tirs et qui, ayant vu la lueur de leurs armes, savait que les coups de feu ne venaient pas de tireurs embusqués mais d'éclaireurs. Il voyait ces fumiers se déplacer entre les arbres dans cette poussière semblable à de la vapeur. Deux d'entre eux s'arrêtèrent pour faire signe à un autre éclaireur non loin de là avant de se remettre à mitrailler. Cette pause permit à Enders de descendre les salauds d'une brève rafale de sa Thompson, qui les abattit sans même qu'ils eussent le temps de crier.

Enders avança et le reste de la deuxième section le suivit, Hjelmstad s'en remettant cette fois encore au sergent. Ils entendirent le crépitement d'une mitrailleuse, plus haut sur le versant de la montagne, et se tapirent derrière des rochers, ayant toutefois le temps de distinguer au travers du nuage de cendres, non pas l'unique gueule d'un canon, mais une section entière armée de fusils et de mitrailleuses qui tenait une position fortifiée à moins de cent mètres d'eux.

Accroupis dans les rochers, noyés dans le brouillard de poussière soulevée par les tirs qui les faisaient tousser, les hommes de la deuxième section étaient à présent coincés entre la ligne japonaise d'un côté, et les tirs des obusiers américains de l'autre.

— C'est ce qu'on appelle être pris en sandwich, fit Pappas.

Enders se leva et déchargea sa mitraillette sur les Japs. Il se baissa une demi-seconde avant que des balles de mitrailleuse ne fissent voler en éclats les rochers juste au-dessus de sa tête.

Deux autres obus américains s'abattirent avec fracas, projetant du shrapnel qui fendit l'air et incita les marines à se plaquer au sol. Une brève accalmie s'ensuivit, et Yahzee examina de plus près sa radio, qu'il traînait toujours avec lui. Il avait été formé à la réparation du matériel à Pendleton, mais là, les dommages semblaient irrémédiables, le satané engin était totalement foutu…

Un autre obus explosa, plus près d'eux – trop près d'eux –, et les sept soldats américains détalèrent vers l'avant pour s'abriter ailleurs, bien que réduisant ainsi la distance entre la fortification japonaise et eux. Dans la débandade, Hjelmstad trébucha sur l'un des éclaireurs zigouillés par Enders et fit une culbute qui aurait pu être comique si les circonstances n'avaient pas été aussi funestes.

Ils se regroupèrent précipitamment dans un autre recoin rocheux. Hjelmstad se trouvait à côté de Yahzee, qui regardait fixement le cadavre sur lequel le sergent tirailleur avait buté.

— Ça va, Yahzee ? demanda le sous-officier dans le vacarme des tirs de mitrailleuses nippones – question absurde, compte tenu du contexte.

Yahzee ne répondit pas.

La Thompson d'Enders cracha copieusement du plomb et le sergent se baissa vivement, éjecta un chargeur vide, en inséra un plein d'un geste sec et lança un regard féroce à Yahzee.

— Monsieur voit encore des fantômes ? lui demanda-t-il.

Yahzee ne savait pas s'il devait expliquer ce à quoi il pensait. Après tout, la tactique n'était pas son boulot. Mais il se mordit la lèvre et dit :

— T'avais raison, Joe.

— Hein ?

— Je ressemble vraiment à un salaud de Jap.

Sa remarque arrêta Enders. Il tourna la tête vers le soldat mort et constata la similitude de ses traits et de ceux du Navajo : les pommettes hautes, les yeux bridés et le teint mat. Il comprit immédiatement ce que le radio-codeur sous-entendait et il secoua la tête.

— Certainement pas, soldat.

— De quoi vous parlez là, les filles ? s'enquit Hjelmstad en rechargeant son arme.

Yahzee fit un signe de tête en direction de l'éclaireur et dit d'une voix qu'il voulait assurée :

— Je suggérais d'enfiler cet uniforme japonais.

— Pour quoi faire ? s'exclama le sergent tirailleur.

Ce fut Enders qui répondit :

— Il veut s'emparer de l'une de leurs radios.

Yahzee acquiesça d'un signe de tête et ajouta :

— Oui, pour pouvoir faire arrêter les tirs d'obus américains.

Consterné, Enders secouait la tête en voyant Hjelmstad regarder tour à tour, l'air songeur, le Japonais mort et Yahzee…

— Sergent, intervint Enders (les tirs s'étaient momentanément tus, lui permettant de parler doucement), s'il va là-bas et qu'il se fait tuer, nous n'avons plus de radio-codeur.

— Sans radio, nous n'avons plus de radio-codeur, de toute façon, fit remarquer le Norvégien.

— Et s'ils le font prisonnier ? Je ne peux pas laisser...

— Dis donc, Enders, quelqu'un est-il mort que cela te donne le droit de commander ?

Ils essuyèrent une salve ennemie, et Enders et Hjelmstad interrompirent leur discussion et se joignirent aux autres hommes de la section pour riposter.

Lorsqu'ils s'accroupirent à nouveau, Enders déclara au sergent tirailleur :

— J'ai reçu des ordres. Le radio-codeur est sous *ma* responsabilité.

— Ouais. Et toi, lui et tous les hommes de cette section, vous êtes sous la mienne !

Une autre explosion, dangereusement proche, fit voler des éclats de pierre et des cendres dans l'air, comme des confettis fous et malfaisants emportés dans une bourrasque de chaleur meurtrière qui souffla sur eux.

Nellie et Pappas étaient les plus exposés à la déflagration et le Grec sentit non seulement cette vague d'air chaud, mais aussi quelque chose tomber à côté de lui. Après la secousse de l'explosion, il se retourna et vit ce qui était tombé : le corps sans vie de John Nells.

— Ils ont eu Nellie ! hurla Pappas. Putain, ils ont eu Nellie !

Et pour l'avoir, ils l'avaient eu. Le visage au regard vide du beau garçon était identifiable, mais le reste de son corps était une pelote à épingles sanglante criblée de shrapnel, et il ne restait de son bras gauche qu'un moignon ruisselant de sang.

— Son alliance, bredouilla Pappas. Où est sa putain

d'alliance ? Sa femme… il voulait qu'elle… Où est son alliance, nom de Dieu ?

Le Grec se redressa, dos aux tirs japonais et face à la route en contrebas, et il vociféra :

— Vous êtes en train de nous tuer, espèces de fils de putes ! Vous tuez vos propres…

Il fut violemment tiré en arrière par Chick, et les deux hommes échappèrent de justesse à la rafale d'un fusil ennemi. Le Texan étreignit son copain et Pappas s'effondra dans ses bras de gros ours en sanglotant, écœuré et impuissant.

— Elle s'appelle Betty… voulait qu'elle la récupère…

— Pappy, dit Chick en lui donnant des petites tapes dans le dos comme à un bébé, ça va aller, ne t'en fais pas…

Mais ils savaient tous que ce n'était pas le cas.

Ils savaient tous qu'ils avaient eu de la chance d'arriver jusque-là ensemble et indemnes ; mais Nellie était le premier à partir, et sa mort les éprouvait durement. Interdit et muet, Yahzee avait les yeux braqués sur son corps. Ce n'était pas la première fois que l'Indien se comportait de la sorte face à la mort sur le champ de bataille. Mais cette fois-ci, Enders avait la même réaction que lui.

— C'en est trop, c'est bon, dit Hjelmstad. (Il se tourna vers le Navajo.) D'accord… On y va. On fout le Jap à poil.

Ayant du mal à croire que cette idée était la sienne, Yahzee déglutit avec peine, marcha jusqu'au corps du soldat nippon et, aidé de Hjelmstad, il le déshabilla et lui ôta ses bottes.

Enders leur donna un coup de main.

CHAPITRE XI

Ben Yahzee boutonna sa veste – ou, plus exactement, la veste du soldat japonais mort – en espérant que personne ne remarquerait les trous de balles roussis et quelque peu sanglants qui ajouraient le devant du vêtement. Puis il informa Hjelmstad d'un signe de tête qu'il était paré pour sa mission.

Forçant la voix pour se faire entendre par-dessus les détonations de balles et les déflagrations de bombes, le sergent tirailleur lui demanda :

— Tu es sûr que tu te sens capable de le faire ?

— Il n'y a qu'un seul moyen de le savoir, répliqua l'Indien en ajustant le képi du Jap d'une main. (Il tendit son casque au Norvégien de l'autre.) Je vous le confie.

Hjelmstad eut l'air perplexe pendant quelques instants, puis il remarqua la photo de famille à l'intérieur du casque.

— Ils seront en de bonnes mains ici avec moi, fit-il en hochant la tête.

A quelques pas d'eux, Enders avait sorti son colt 45 et le chargeait. Il fourra le pistolet automatique dans la ceinture de son pantalon, en bas de sa colonne, sous sa chemise de treillis.

Hjelmstad le regarda faire d'un air incrédule :

— Et qu'est-ce que tu fais exactement, là, Enders ?

— Je suis mes ordres, rétorqua celui-ci. Je ne dois pas quitter mon radio-codeur d'une semelle.

— Tu vas avec lui ?

— Si tu n'y vois pas d'objection... (Enders se tourna vers Yahzee.) Répète après moi : *horyo*.

Yahzee et Hjelmstad le dévisagèrent en silence.

— Ça veut dire « *prisonnier* » en japonais, pauvres pommes. Vas-y, Yahzee, je t'écoute.

— *Horyo*, répéta l'Indien.

— Ça y est ! fit Enders. T'es un Jap.

Sa phrase fut ponctuée par l'impact d'un autre énorme obus qui s'écrasa à moins de cinquante mètres derrière eux en soulevant un nuage de poussière aveuglante. Le jour ressemblait de plus en plus à une nuit surnaturelle.

— Nom de Dieu ! jura Pappas en se protégeant les yeux.

— Tu veux dire Dieu merci, dit Enders. (Il se tourna vers le radio-codeur navajo en uniforme japonais.) On va profiter de la situation... En route, Tojo...

Sur le front japonais, dans les tranchées et dans le campement derrière celles-ci, les soldats attendaient, cramponnés à leurs fusils et à leurs mitrailleuses, tendus comme des poings serrés, la vue obscurcie par la pluie de cendres qui leur masquait le site. Le tir de barrage s'abattant sur les talons de la petite unité de marines en contrebas, gracieusement effectué par les gros canons de leurs propres troupes, aurait pu donner à ces soldats nippons un sentiment de satisfaction béate, s'ils ne s'étaient pas eux-mêmes sentis perdus dans la tempête de poussière et de suie que le pilonnage américain n'en finissait pas d'entretenir. Lorsque le tourbillon de cendres le leur permettait, les mitrailleurs faisaient feu sur les marines, les lueurs rouge orangé de leurs armes lacérant le nuage noir comme des fusées éclairantes. Mais la guerre était soudain devenue étrangement abstraite…

A l'affût dans un abri de tranchée quelques mètres à l'avant de la ligne, deux des meilleurs soldats de l'empire du Soleil-Levant plissaient les yeux dans le tourbillon ténébreux, l'un se couvrant la bouche avec un chiffon, dans l'espoir de ne pas avaler de cendres, l'autre levant de temps à autre les yeux vers le soleil pâle, comme s'il voulait s'assurer qu'il était toujours là, au-dessus de la tempête provoquée par les obus.

Ils sursautèrent en entendant une voix les interpeller :

— *Horyo ! Horyo !*

Le fait qu'un mot leur ait été crié dans leur langue suffit simplement à empêcher les deux guetteurs, tendus, de tirer – leurs fusils étaient prêts à faire feu. Ils virent émerger de la tourmente nébuleuse et suffocante deux silhouettes qui se dirigeaient vers eux, et dans lesquelles ils finirent par reconnaître un éclaireur nippon et son prisonnier américain.

— *Horyo !* cria Ben Yahzee, épuisant tout son vocabulaire japonais.

Enders avançait les mains en l'air, la tête baissée, simulant la contenance piteuse d'un adversaire vaincu. Yahzee le poussait doucement dans le dos d'une main tremblante avec le fusil à baïonnette confisqué que l'Indien tenait de façon à cacher les impacts de balles dans la veste.

— *Horyo !* répéta le radio-codeur, crispé, ayant l'impression de dire « *Hello* » à ces soldats en imitant mal l'accent des Japonais parlant anglais.

Mais les sentinelles les laissèrent passer et, peu après, Yahzee faisait descendre Enders dans une tranchée avant d'y sauter à son tour et d'entraîner son garde du corps.

Celui-ci dut endurer l'hostilité des soldats ennemis qui le gratifièrent de coups de pied, de bourrades et de railleries, et il reçut un violent coup de crosse de fusil qui fit tomber le 45 dissimulé dans la ceinture de son pantalon. Yahzee le ramassa promptement et l'enfonça dans sa propre ceinture, sur le devant, et, afin de paraître crédible, il frappa Enders dans le dos en guise de sanction.

Plusieurs Japonais se mirent à accabler de jurons leur supposé éclaireur, parce qu'il n'avait pas bien fouillé son prisonnier. Ni Yahzee ni Enders n'avaient la moindre idée de la raison pour laquelle ces hommes criaient, mais les deux marines ne trouvaient pas cela très rassurant… Et ils se contentèrent de continuer à avancer.

La poussière s'était un peu dissipée lorsqu'ils sortirent de la tranchée et accédèrent au camp. Un sergent s'approcha d'eux, les examinant d'un œil soupçonneux.

— De quelle unité êtes-vous ? demanda le sous-officier japonais dans sa langue maternelle.

Yahzee continua d'avancer rapidement comme s'il n'avait pas entendu qu'on s'adressait à lui.

— De quelle unité êtes-vous ? hurla le sergent.

Enders chuchota :

— Maintenant.

Yahzee brandit alors la crosse de son fusil et frappa Enders en haut du dos, lui assénant un coup qui n'était ni aussi violent qu'il y paraissait, ni assez puissant pour faire tomber Enders. Qui s'écroula tout de même.

C'était le signal qu'attendait le sergent tirailleur Hjelmstad qui s'efforçait, à l'aide de jumelles, de suivre le déroulement de l'opération à travers la nébuleuse brume noire.

— Maintenant ! beugla-t-il à son tour.

Chick se leva d'un bond et ouvrit le feu avec son Browning, imité par le reste des hommes de la deuxième section qui canardèrent copieusement la ligne japonaise.

Ce fut suffisant pour que l'attention du sergent nippon et de ses artilleurs soit complètement détournée de cet éclaireur au vocabulaire limité et de son prisonnier. Les soldats de l'Empire se précipitèrent à l'abri dans les tranchées pour riposter contre ces maudits Américains en contrebas.

Yahzee et Enders se baissèrent, et se déplaçant promptement derrière les lignes ennemies, ils se dirigèrent vers le point en hauteur qu'ils avaient tous deux repéré et qu'ils jugeaient être vraisemblablement l'emplacement de l'équipe des Transmissions du camp. En chemin, ils manquèrent de tomber dans un autre trou de tirailleur occupé par un Jap qui leva vers eux des yeux surpris.

— *Horyo !* lui dit Yahzee en poussant son prétendu prisonnier sous le regard interloqué du fusilier.

Le radio-codeur déplorait de ne disposer que d'une seule et unique ruse, mais il fallait faire avec – et cela fonctionnait.

Ils sortirent rapidement du champ de vision du tireur au fusil et se retrouvèrent à deux pas du haut point sur la côte, un affleurement de rochers duquel saillait une antenne. Pendant les brèves accalmies entre les rafales et les explosions, ils distinguaient un son plus subtil : celui de la friture statique… Et le léger écho de voix japonaises, émanant d'une cavité rocheuse.

L'éclaireur et son prisonnier – le premier faisant avancer le second, qui avait à nouveau les mains en l'air, en lui enfonçant légèrement la pointe de sa baïonnette dans le dos – s'approchèrent de l'antre des Transmissions, une grotte ouverte sur le monde d'un côté.

L'équipe radio se composait de deux hommes utilisant un poste lourd et difficilement transportable, et était supervisée par un officier portant un sabre à la ceinture.

Percevant du mouvement du coin de l'œil, l'officier leva la tête et observa le faux soldat japonais et son captif qui venaient dans leur direction à grandes enjambées. Une main sur son sabre, l'officier entreprit de se lever…

… Voyant cela, Enders chuchota à Yahzee derrière lui :

— Maintenant.

Mais cette fois-ci, le temps de réponse de l'Indien fut loin d'être immédiat. Il était censé braquer brusquement son fusil sur les Japs et leur tirer dessus… C'était ainsi qu'Enders et lui avaient décidé de procéder… Mais Yahzee, soudain blême, découvrait qu'utiliser une radio était une chose et que tuer à bout portant en était une autre…

Pendant ce temps, l'officier japonais, sentant visiblement quelque chose d'anormal, brailla des ordres à ses hommes, qui délaissèrent leurs procédures radio et s'emparèrent de leurs fusils.

— Putain, Yahzee, vas-y !

Mais le radio-codeur ne parvenait pas à se résoudre à appuyer sur la détente.

L'officier avait porté la main à son étui de pistolet, et Enders recula, s'empara du 45 dans la ceinture de Yahzee et fit feu en se laissant tomber en arrière. Son tir réduisit en bouillie la tête de l'officier et terrassa l'un des deux hommes d'une balle fatale dans la poitrine.

Mais le dernier Japonais braquait son fusil droit sur Enders…

Yahzee se précipita d'un bond sur lui en brandissant sa baïonnette, sur laquelle le soldat s'empala avec, sur le visage, une expression de saisissement. La lame s'enfonça profondément dans la poitrine de l'homme, le transperçant avec une telle force que le sang gicla, éclaboussant la face livide de Yahzee d'une peinture de guerre rouge.

Le radio-codeur contemplait, horrifié et muet, le soldat ennemi embroché sur sa baïonnette et qui, tel un poisson frétillant au bout d'un hameçon, se tortillait en agitant les bras, les yeux implorants. L'Indien dévisageait l'homme, dont les pommettes hautes et la peau cuivrée auraient pu être celles d'un de ses frères ou cousins.

Yahzee se recula et retira la lame d'un coup sec. Le Japonais vacilla sur le sol pierreux, s'affaissa sur le dos, les yeux levés sur son assaillant, baignant dans son sang gargouillant, et il finit heureusement par s'éteindre.

L'Indien examina alors le sang sur sa lame, puis l'homme écroulé à ses pieds... Et il n'arrivait pas à détacher son regard de ce corps auquel il avait ôté la vie, de ce cadavre qui le fixait de ses yeux morts écarquillés. Les mauvais esprits se levaient-ils à cet instant ?

— Yahzee !

Le radio-codeur ne répondit pas à l'appel de son garde du corps.

— Regarde-moi, nom de Dieu !

L'Indien parvint malgré tout à s'arracher à la contemplation morbide de l'homme qu'il avait assassiné. Il se rendit compte alors qu'Enders le tenait par les épaules et le secouait...

— Ecoute-moi. Tu n'as fait que ton boulot. C'est tout. Mais ce boulot, il faut le finir. Rappelle-toi qu'on a des copains qui sont en train de se faire canarder en bas.

Yahzee avala sa salive et hocha la tête. Enders avait

raison. Il fallait faire modifier la trajectoire de tir de ces obusiers de 105.

Le sergent le regardait droit dans les yeux, sans ciller et, d'une manière ou d'une autre, Yahzee puisa de la force dans ce regard, comme si la volonté de fer de Joe Enders s'était propagée en lui.

Pendant qu'Enders transportait les corps pour les cacher au fond de la grotte, Yahzee transmit ses instructions en code navajo avec la radio japonaise. Les obusiers américains ne tardèrent pas à relever leurs canons avant de reprendre leur pilonnage acharné.

Si ce n'est que leurs projectiles fusaient à présent au-dessus des têtes du sergent tirailleur Hjelmstad et de ses hommes, et qu'ils s'abattaient sur la fortification japonaise. Le soupçonneux sergent nippon fut l'un des premiers à mourir lorsqu'une salve d'obus de 105 réduisit à néant le camp, les tranchées et l'ensemble des soldats japonais.

Sans tarder, l'ex-faux éclaireur japonais et son faux prisonnier abandonnaient la volumineuse radio japonaise et zigzaguaient à toutes jambes au milieu des explosions d'obus qui soulevaient de la poussière et des débris, leur assurant une couverture bienvenue pour rejoindre leurs propres lignes.

CHAPITRE XII

Le lendemain matin, après une nuit moite de pluies tropicales, les hommes du Deuxième de Reconnaissance purent profiter d'une précieuse journée de repos à la base d'artillerie des marines. C'était un déploiement de tentes, d'abris de tirailleurs, de camions et de routes de terre, une ville temporaire implantée au milieu de cocotiers derrière les lignes américaines. On y voyait des uniformes accrochés à des branches pour sécher et s'aérer, on y réglait les problèmes de matériel ainsi que les questions d'ordre médical et les autres besoins personnels.

A l'écart sous un arbre, Whitehorse tenait compagnie à Yahzee qui, torse nu, se familiarisait avec le matériel de remplacement de sa radio de campagne CR-300 qui avait rendu l'âme la veille sur le champ de bataille. Sa « nouvelle » radio était un vieil engin de l'armée de terre appelé TBX – une antiquité de trente-cinq kilos qui se constituait de deux unités ressemblant à des boîtes à outils empilées et reliées par un câble noir. Fort heureusement, le vieux nanar était un poste à piles – sans quoi la transmission d'informations aurait requis au moins deux personnes en plus de Yahzee pour tourner la manivelle – et il permettait des communications de longue distance entre les champs de bataille et les navires sur la côte.

Joe Enders était assis sur une caisse de munitions à côté d'un trou qu'il avait creusé lui-même ; trou approprié pour combattre ou pour dormir – et aisément convertible en tombe, d'ailleurs. Il s'affairait à l'entretien d'un équipement personnel et précieux : ses pieds. Ayant déjà bichonné son pied droit, qu'il avait rangé – orteils et tout le reste bien en ordre – dans sa botte, il s'était attaqué au pied gauche, une assez grande péniche qu'il avait de toute évidence décrassée et soigneusement récurée. Il saupoudra généreusement son pied de talc et il fit pénétrer ce produit aux vertus adoucissantes en massant entre ses orteils délicats. Le sergent entretenait ses pieds aussi bien que ses armes – tenant à les préserver, autant que possible, des effets pervers du climat tropical.

Quelques têtes se tournèrent en entendant le bruit du moteur d'une Jeep à l'approche, mais la plupart de ces hommes – dont Enders et Yahzee – étaient occupés. Hjelmstad, qui se rendait quelque part, fut le premier à remarquer l'emblème sur le véhicule et, à son bord, conduits à la base par un chauffeur, le colonel, bardé de médailles, escorté par son adjudant.

Le sergent tirailleur cria « 'arde à 'ous ! » et tous les hommes dans le secteur s'exécutèrent précipitamment, y compris Whitehorse et Yahzee qui étaient assez éloignés.

Agacé de devoir interrompre ses soins d'hygiène corporelle, Enders soupira, et se leva, le pied gauche déchaussé.

Le colonel, un homme mince au visage buriné, d'une petite quarantaine d'années, raide dans son uniforme, descendit de la Jeep en faisant un salut aux hommes.

— Repos ! Je cherche un certain sergent Enders…, dit-il à la cantonade.

Son adjudant, une version de son supérieur plus jeune et légèrement plus petite, lui tendit un bloc-notes contenant les renseignements.

— Joseph F., ajouta le colonel.

Hjelmstad s'apprêtait à répondre, mais Enders – penaud d'être pris au dépourvu à moitié déchaussé – ne se trouvait qu'à quelques mètres de là, et il leva la main en criant :

— Présent, mon colonel.

L'officier toisa le sergent de haut en bas et s'attarda sur son pied nu couvert de talc. Puis il lui dit :

— Venez donc par ici, sergent… Avec vos deux bottes.

Avançant en sautillant et en se bagarrant avec sa botte dans laquelle il réussit à enfoncer son pied nu – et tant pis pour la chaussette ! –, Enders parvint gauchement à la hauteur du colonel.

Il resta planté là, mal à l'aise comme toujours lorsqu'il était distingué, pendant que le colonel examinait les renseignements sur le bloc que lui avait remis son adjudant.

— On m'a rapporté que vous vous étiez surpassé hier.

— … Mon colonel ?

— L'incident des tirs amis. C'est la deuxième fois que je reçois une recommandation pour vous en deux jours, sergent. C'est une distinction dont aucun autre homme sur cette île ne peut se flatter.

Enders garda le silence.

— Quoi qu'il en soit, les décisions du commandement et cette recommandation coïncidant, il n'y a aucune raison que vous attendiez que les formalités administratives suivent leur cours interminable.

— Je vous demande pardon, mon colonel ?

— Pas quand j'en ai une sous la main.

Le colonel tendit le bras vers l'adjudant sans un regard pour celui-ci, qui déposa dans la main de l'officier une *Silver Star*.

Enders se sentit nauséeux.

Le colonel épingla, non sans mal, la médaille sur sa poitrine en déclarant :

— Félicitations, sergent Enders. Votre dévouement hier derrière les lignes ennemies a sauvé la vie de marines.

Enders déglutit et répondit :

— Je, euh… Je n'ai pas été le seul à me dévouer, mon colonel.

— Oui, sergent ?

Enders fit un signe de tête en direction de Yahzee, qui était toujours à l'écart avec Whitehorse et son poste TBX. Les deux Navajos regardaient le colonel et Enders, mais ils ne pouvaient pas entendre ce qui se disait.

Le colonel jeta un coup d'œil rapide à Yahzee, mais il ne le salua pas. Il se contenta de dire à Enders :

— Ah, oui… Votre radio-codeur indien. Il s'est fait passer pour un Jap.

— C'est exact, mon colonel. L'idée était de lui, ainsi que le plan et la tactique, mon colonel.

— Comme c'est amusant, fit l'officier en gloussant. Ces radio-codeurs ont déjà été capturés par les nôtres à plusieurs reprises. On les avait pris pour des ennemis. Cela s'est produit deux fois à Guadalcanal. C'est bien la première fois que la ressemblance des Navajos avec les Japs est payante.

— Je vous demande pardon, mon colonel, mais Navajo est le nom donné par les Blancs. Ce marine est un Dineh, du Peuple de l'Eau Amère, une tribu du Clan de la Maison Imposante.

— Oui, bien sûr... Un Dineh. La Maison Imposante. Je m'en souviendrai.

Mais Enders savait pertinemment que le colonel avait déjà oublié.

L'adjudant ouvrit alors la porte de la Jeep pour le colonel, qui dit à Enders :

— Félicitez votre radio-codeur pour moi. (Il éleva la voix et s'adressa à l'ensemble des hommes.) Et vous tous, continuez à faire du bon boulot !

Puis la Jeep s'éloigna, emmenant le colonel en lieu sûr.

Enders savait que l'officier n'avait pas envisagé une seconde de recommander Ben Yahzee pour qu'on lui décerne la médaille.

Ayant manifestement compris que son garde du corps avait reçu une récompense, Yahzee suspendit l'examen de sa radio pour lui sourire et lui faire des grands signes. Enders en fut gêné, presque honteux, et il retourna en boitant s'asseoir sur sa caisse.

Il enleva sa botte et était en train d'enfiler une chaussette quand Chick, Pappas, Harrigan et plusieurs autres hommes vinrent lui taper dans le dos et lui dire des banalités pour le féliciter et admirer le morceau d'argent brillant épinglé à sa chemise de treillis.

En fin d'après-midi, sous un ciel chargé et menaçant qui drapait d'ombres bleues la base improvisée, Charlie Whitehorse s'était isolé et jouait de sa flûte en bois, assis sur une caisse de munitions. Les notes voilées et pourtant riches et profondes offraient à l'oreille une mélodie sobre mais obsédante qui toucha et fit sourire de plaisir Pete Anderson, qui s'approchait de son radio-codeur pour se joindre à lui, muni de deux Coca-Cola tièdes.

— C'est vraiment beau, Charlie, dit-il. T'as appris à en jouer tout seul ?

— Oui et non. Mon père en avait une. Il ne m'a pas appris à en jouer, mais je l'ai observé.

— C'est la meilleure façon d'apprendre parfois.

— Ouais… Quand on peut pas faire mieux que les autres, il n'y a qu'à les imiter.

— Ça, c'est bien vrai. (Anderson tira une caisse sur laquelle il s'assit et il sortit son harmonica de la poche de sa chemise militaire.) Mon vieux jouait de ça. Il m'a donné celui-ci. Dans le temps, je jouais un petit air à moi et les cochons débarquaient immédiatement… pour bouffer !

— Je ne crois pas que cela soit si difficile que ça d'attirer des cochons pour manger.

— Non, je te l'accorde. Mais tu vois, je me débrouille avec ce truc, et toi tu joues vachement bien du tien. Nos pères nous ont donné à chacun le goût de nos instruments et on est tous les deux des gars de la campagne… On est nés pour jouer ensemble.

Whitehorse but une lampée de Coca-Cola.

— Alors comment se fait-il qu'on joue de la merde ? demanda-t-il.

Ils avaient déjà essayé de jouer ensemble, dès Camp Tarawa, et cela avait inévitablement eu pour résultat un infâme mélange culturel raté.

Anderson haussa les épaules et joua quelques notes mélancoliques.

— J'en sais rien. On ne peut jouer que sur une seule

tonalité avec les harmonicas, c'est peut-être ça le problème. Allez, essayons un truc différent… Vas-y, Charlie, tu commences.

Et Whitehorse – qui se moquait juste de son garde du corps – entreprit de jouer un air Dineh. Anderson faisait de son mieux pour s'y accorder, mais le résultat était un désastre dissonant. Ils ne renoncèrent pas cependant, bien que même le ciel semblât trouver à y redire, y allant de ses coups de tonnerre et de ses bourrasques de vent.

Mais, au grand dam de tous ceux qui pouvaient les entendre, les deux amis persévérèrent, Whitehorse se pliant au désir d'Anderson de trouver une composition parfaite, une harmonie qui refléterait son amitié avec l'homme qu'il avait fait le serment de tuer si les circonstances l'exigeaient.

Tandis que le crépuscule faisait place à la nuit, sous un ciel qui était déjà si sombre qu'on aurait pu se croire à minuit, Ben Yahzee, couvert de son poncho imperméable, bravait un vent qui menaçait de tourner à la tornade, et il se frayait un chemin dans les herbes hautes qui ployaient, au milieu des ombres qui ondoyaient, traversant en diagonale le périmètre de la base. Il avait vu Enders partir en courant dans cette direction, et il se doutait que quelque chose tracassait son garde du corps – plus encore que d'habitude, même si l'hostilité qui existait entre eux semblait désormais appartenir au passé.

Vêtu de son seul tee-shirt, Joe Enders s'était isolé et, assis dos à un arbre, il buvait à une petite bouteille en porcelaine. Yahzee trouva que son garde du corps avait l'air passablement ivre.

Le ciel était totalement noir à présent, le vent mugissait et bruissait dans les arbres, et un grondement de tonnerre annonçait la pluie.

Yahzee sortit une lettre de sous son poncho :

— On dirait que tu fais exprès de manquer la distribution du courrier, Enders.

Les yeux qui se levèrent sur Yahzee étaient vitreux :

— Ah bon ?

Yahzee huma le parfum subtil de la lettre :

— A en juger par l'odeur, on dirait que tu t'es fait des amis du tonnerre à Hawaï...

Enders tendit le bras et arracha la lettre des mains de Yahzee, comme un enfant reprenant un jouet qu'il ne voulait pas prêter. Mais il se contenta alors de jeter la lettre en provenance de Paradise Cove à côté de lui dans l'herbe. Sans l'ouvrir.

Une bourrasque emporta la lettre, qui s'envola en tourbillonnant. Aussi vif que le vent qui soufflait, Yahzee s'élança et plaqua l'enveloppe au sol, la maintenant prisonnière sous sa botte. Il la ramassa, revint sur ses pas et s'agenouilla à côté d'Enders, qui lui jeta un regard inquisiteur.

Yahzee ouvrit la fermeture éclair du sac à dos de son garde du corps et y fourra la lettre.

— Ça va, te gêne pas, fit Enders.

Assis sur ses talons, Yahzee répondit en refermant le sac :

— Comme dirait ma mère, si quelqu'un a pris le temps de t'écrire une lettre, la moindre des choses, c'est de la lire.

— Tu fais toujours ce que dit ta maman ?

Yahzee hocha la tête, se releva et, se détournant, il s'éloigna, freiné par ce satané vent de face, mais sans lequel il n'aurait pas entendu Enders l'appeler :

— Est-ce que maman autorise son grand garçon à boire un coup ?

Yahzee jeta un coup d'œil à Enders par-dessus son épaule.

— Non, répliqua-t-il. Elle est contre l'eau de feu.

— Même là, tout de suite ?

— … Disons que je ne la vois pas dans les parages.

Quelques instants plus tard, Yahzee était assis à côté d'Enders sous l'arbre, dont le vent agitait les feuilles duveteuses et faisait dodeliner les fleurs aux étamines écarlates. L'Indien accepta un cadeau d'Enders, qui lui offrit une petite bouteille en porcelaine.

Yahzee renifla le goulot du flacon :

— C'est quoi, ça ?

— C'est pas du chianti, mais ça fait l'affaire.

— C'est… du saké ?

Enders acquiesça d'un signe de tête, ce qui sembla lui demander un sacré effort.

— Du bon vieil alcool de riz… ce saké jap.

Yahzee en but une gorgée. C'était fort et ça réchauffait le gosier avant de mettre le feu à la gorge. Il trouva cela tout à fait à son goût.

— Il m'en faut une pleine, fit Enders, qui avait fini sa bouteille.

Il tendit le bras derrière le tronc de l'arbre – simple geste qui lui demanda un effort considérable.

— Mais t'as combien de bouteilles de ce tord-boyaux ? demanda Yahzee, à qui la tête commençait déjà à tourner.

Mais, toujours penché sur le côté, farfouillant derrière l'arbre, Enders parut ne pas entendre sa question.

— Dis-moi, t'aurais pas un petit problème à l'oreille gauche ? lui demanda Yahzee, lorsque le sergent eut trouvé sa nouvelle bouteille et qu'il la débouchait.

— Rien de grave. Un truc dans l'oreille interne. Ça me fait perdre l'équilibre parfois.

A Camp Tarawa, Whitehorse avait confié à son ami qu'Enders avait un problème auditif, et Yahzee avait écarté cette hypothèse d'un haussement d'épaules. Mais Whitehorse avait insisté en arguant que la propension d'Enders à agir en solitaire venait en partie de l'isolement que les personnes affligées d'une audition déficiente subissaient.

Souhaitant sans doute changer de sujet, Enders leva sa petite bouteille de saké :

— Tu t'es débrouillé comme un chef, Yahzee… Là-haut, sur la colline.

— Arrête. J'ai encore été paralysé par la peur.

— Ça a pas duré. Tout le monde doit dépasser certaines choses au combat… Mais tu t'en es très bien sorti. T'as sauvé ma vieille couenne.

— Ouais… (Yahzee sourit, peut-être un peu éméché lui-même.) Ouais, c'est vrai, t'as pas tort.

Et ils trinquèrent et burent ensemble – mais Enders but plus longuement, plus excessivement. Yahzee était content de voir son garde du corps se lâcher enfin, même s'il lui avait fallu de la gnôle japonaise pour y parvenir…

Sauf que, dans l'immédiat, Enders fixait le vide et que Yahzee discernait une lueur tourmentée dans ses yeux vitreux.

L'Indien suivit le regard soucieux du sergent à travers les hautes herbes et les arbres tropicaux jusqu'à une petite clairière non loin de là, dans laquelle un autre cimetière de fortune avait été établi, signalé par une rangée de fusils plantés dans la terre, armes réduites au silence et coiffées de casques vides…

Enders avala une bonne lampée de saké, puis il

regarda fixement quelque chose dans sa main : une médaille. La *Silver Star*. Yahzee avait déjà remarqué un accroc sur sa chemise, à l'endroit où Enders avait arraché sa médaille. Depuis combien de temps le sergent était-il assis là sous ce ciel noir et grondant, à contempler ce morceau d'argent et à fixer ces tombes en picolant ?

— Et si tu la prenais ? suggéra Enders en lui tendant sa décoration.

— Tu ne peux pas me donner ta médaille…

— Mais ce putain de plan était le tien.

— Non, non. Il y a ton nom gravé dessus.

Enders considéra la *Silver Star* et s'esclaffa en grognant :

— C'est ma deuxième, tu sais.

— Ah bon ?

— Ouais. Et je crois bien que je vais la ranger avec le reste de ma collection.

Il tendit alors le bras en arrière et se débarrassa de la médaille en la lançant de toutes ses forces. La *Silver Star* fusa vers les tombes fraîches et atterrit quelque part dans les hautes herbes avoisinantes.

Yahzee regarda dans la direction vers laquelle Enders avait expédié sa médaille, puis il lui demanda doucement :

— Tu l'as eue pour quoi, l'autre ?

— Parce que j'ai survécu à une bataille… Oh, naturellement, quinze autres gars qui avaient combattu ce jour-là ont aussi reçu chacun une médaille. Mais on la leur a décernée parce qu'ils sont *morts*… Tu trouves pas que ça n'a vraiment pas de sens ?

Enders avala une bonne gorgée de saké et, s'adossant à nouveau contre l'arbre, il leva les yeux vers les branches qui se balançaient au vent, se détachant à peine du fond noir du ciel. Les feuilles jouaient une musique frissonnante.

Yahzee se tut. Il sentait qu'Enders voulait se confier, mais il ne le bouscula pas, profitant simplement avec le sergent de la nuit et de ses bruits.

Finalement, Enders se mit à lui raconter. Il décrivit une terrible bataille sur une plage de Guadalcanal. Yahzee écouta en silence le récit de son garde du corps, qui s'interrompait de temps à autre pour boire du saké, tandis qu'au loin, des tirs d'artillerie se mêlaient aux sons de la nuit tropicale dans de fulgurants éclairs blancs.

— Tous les hommes sous mon commandement étaient mes amis… Ils me faisaient confiance… et ils m'ont supplié de nous replier, de laisser tomber, mais j'ai refusé. J'ai suivi les ordres. Et tu sais quoi ? Pas un de ces hommes n'a quitté cette plage vivant… Enfin si, un seul a survécu… Un pauvre fils de pute s'en est tiré… Et il est là, devant toi.

Yahzee ne dit rien.

— C'est comme ça que j'ai eu la *Silver Star*.

Enders rit, mais son rire n'était pas motivé par quoi que ce soit de comique. Puis il garda le silence, à moitié taciturne et à moitié ivre.

— Joe… Joe, dis-moi leurs noms.

— Leurs noms ?

— Ça peut te faire du bien. Ça peut aider de parler de ces gars… de qui ils étaient… de comment ils étaient.

— Et pour quoi faire, bon Dieu ?

— Pour leur rendre hommage… C'est drôle. Ça, c'est quelque chose que ton peuple a donné au mien, et qui a changé quelque chose en nous… à cause de cette guerre.

— Qu'est-ce que tu veux dire ?

— Eh bien… Je t'ai parlé de notre rapport à la mort. Les dangers, les mauvais esprits… Mais nous avons bien vu, quand les corps des soldats blancs étaient rapatriés, que le pays rendait hommage à ses morts et qu'ils étaient enterrés avec des cérémonies commémorant leur mémoire et l'amour qu'on leur portait. Pourquoi les Navajos se verraient-ils refuser le droit à de tels honneurs ? Et cette… question de prestige a brisé les tabous anciens.

— Ah ouais ?

Yahzee hocha la tête en poursuivant :

— Dans nos maisons, les photographies des fils et des frères qui sont morts dans cette guerre sont maintenant exhibées sur le dessus des cheminées. On se souvient d'eux… On honore leur mémoire… Te rappeler tes amis, c'est leur faire honneur, Joe. Cela les fait exister dans ta tête et dans ton cœur d'une manière positive… Tu n'es pas responsable de leur mort, tu suivais les ordres, comme n'importe quel bon marine.

— Oh, je suis un bon marine, c'est sûr. Un putain de marine de premier ordre.

Enders regarda alors Yahzee droit dans les yeux ; son regard était perçant et terrible, en dépit de l'ébriété qui le rendait vitreux.

— Pourquoi donc crois-tu qu'ils m'ont refilé cette mission de merde ? lança-t-il.

Enders descendit le reste de l'alcool de riz, jeta la bouteille et se leva en s'appuyant sur l'arbre, les jambes en coton à cause du saké.

En le voyant s'éloigner en titubant, Yahzee se sentit profondément proche de cet homme qui, lui, fuyait au contraire obstinément toute forme d'intimité dans les rapports humains. L'Indien se remémora le moment où il avait contemplé le visage du Japonais mourant en se disant que le pauvre bougre aurait pu être son frère… Mais il savait à présent, de manière forte et même mystique, il comprenait que ce héros anglo-américain tourmenté qui s'enfonçait dans la nuit d'un pas chancelant était son vrai frère… au même titre que Charlie Whitehorse ou même que ses véritables frangins…

Enders n'avait aucune révélation de ce genre. Bourré au saké, il se dirigeait en zigzaguant vers la base. Le sol était humide et glissant, les arbres autour de lui devenaient monstrueux et démoniaques et faisaient ressembler le valeureux marine à Blanche-Neige perdue dans la forêt. Le vent enfla encore et il soufflait dans les plantes grimpantes qui donnaient à Enders l'impression de vouloir l'attraper et dont il percevait les chatouillements comme des gifles. Il chercha son poignard de combat à tâtons en titubant, s'en empara et se mit à taillader les plantes, comme si c'étaient des ennemis, comme s'il traversait un champ de bataille dangereux et sanglant. Mais ses jambes avaient bien du mal à le porter et, rongé une fois encore par le souvenir obsédant du tumulte indécent de la bataille de Guadalcanal, le fracas dans sa tête submergeait les bruits que ses oreilles auraient pu percevoir…

Il fit un grand pas en avant, mais sans succès. Le monde tropical autour de lui se mit à tourner et il perdit le peu d'équilibre qui lui restait. Il bascula en avant et s'étala violemment de tout son long sur le sol pierreux en cognant son oreille gauche.

Ben Yahzee courut jusqu'à lui et, se penchant sur son ami à demi conscient, il fut horrifié de voir du sang couler de cette oreille déjà endommagée.

— Nom de Dieu, Joe… Tu saignes ! Il faut que j'aille te chercher un toubib…

Se démenant et se retournant comme s'il était en plein dans un de ses cauchemars, Enders regarda le radio-codeur droit dans les yeux et la confusion qui régnait dans son esprit se mua en colère :

— Non ! Bordel, non… J'ai pas besoin d'un toubib. Contente-toi de me ramener à mon putain de trou, tu m'entends ? Ramène-moi à mon trou !

Et, en dépit de sa propre ébriété, Yahzee parvint tant bien que mal à remorquer Enders à travers la végétation tropicale, affrontant le vent, jusqu'à ce qu'ils parviennent au campement où, à l'exception de quelques sentinelles, tout le monde dormait.

Haletant, Yahzee déposa Enders dans son trou semblable à une tombe aussi délicatement et tranquillement que possible. Le peu de conscience qui restait à Enders se dissipa lorsque son corps toucha la terre-mère.

Yahzee resta là pendant un moment, reprenant son souffle, les mains sur les genoux – il était autrement plus éprouvant de traîner son garde du corps à travers la base que de se trimballer un poste TBX. Puis il s'étira, délassant ses muscles fourbus, et regarda avec satisfaction et de l'affection Enders qui cuvait en dormant, respirant régulièrement.

Pourtant, même dans son sommeil, l'expression du sergent était tourmentée et renfrognée.

S'assurant qu'il pouvait accomplir ce qu'il avait en tête à l'abri des regards indiscrets – et ne voyant que des marines endormis partout autour de lui –, Yahzee s'éloigna à pas furtifs. Il revint avec un morceau de bois calciné, dont il émietta le bout dans sa paume tout en plongeant les doigts de son autre main dans les cendres, comme une femme s'apprêtant à se maquiller.

Yahzee appliqua alors doucement la poudre noire

sur le front d'Enders endormi et y laissa une traînée sombre ; si quelqu'un avait bien besoin de la cérémonie de la Voie du Mal, c'était bien cet homme qui disait de lui-même qu'il n'était qu'un « *pauvre fils de pute* ».

Alors que Yahzee était sur le point de tracer une deuxième strie noire sur son front, la main d'Enders jaillit et attrapa le poignet de l'Indien en le serrant comme un étau.

— Hé ! Je suis pas si bourré que ça.

Surpris, Yahzee se recula.

— Alors, t'arrêtes… t'arrêtes tes conneries…

Et Enders se rallongea, prêt à passer une autre nuit agitée, à cause de ses cauchemars, de la pluie et du vent.

Yahzee attendit un bon moment, puis, doux comme une mère, il recommença à étaler la poudre de cendres sur le visage de son garde du corps, aussi têtu qu'Enders en personne.

Quand il eut terminé, Yahzee dégotta le poncho de son ami et l'en couvrit, comme s'il bordait un enfant. Puis il s'installa dans son propre trou et y passa une excellente nuit.

CHAPITRE XIII

Jusqu'à l'incident du village, les jours qui suivirent furent divinement exempts de combats intenses. Le Deuxième de Reconnaissance explora le terrain à couvert, consignant les positions de l'armée ennemie ainsi que son matériel de guerre et ses déplacements, renseignements transmis par Enders et Yahzee sur des points en hauteur. De temps en temps, les marines repéraient un tireur embusqué et Chick Rogers canardait avec son Browning, mais leur tâche se limita, en grande partie, à des opérations aussi excitantes que la découverte d'un blindé ennemi dissimulé sous un treillis de camouflage par les jumelles de Hjelmstad.

Le terrain représentait tout ce que les soldats américains en étaient arrivés à exécrer dans cette guerre du Pacifique : des marécages, des champs de canne à sucre, des montagnes couvertes de végétation tropicale, des ravins abrupts et de nombreuses grottes que les Japonais utilisaient comme bunkers ou comme positions de tirs. Les combats avaient été ralentis par la pluie incessante – qui durait parfois deux minutes, parfois deux heures –, mais la bataille continuait toutefois. Le Deuxième Régiment de marines se servait des renseignements que leur fournissait leur peloton de reconnaissance et, à la base, sur le plateau de jeu qu'était la carte de stratégie militaire, les petits drapeaux de l'empire du Soleil-Levant reculaient à mesure que les positions japonaises tombaient.

Il y avait des moments paisibles. Harrigan s'en grillait une sous un arbre – à défaut de cramer des pauvres salopards avec son lance-flammes – et s'accordait une pause de cinq minutes avec les gars. Pas plus de cinq minutes, car Hjelmstad ne manquait jamais de donner un petit coup sur le casque de l'un d'entre eux pour leur rappeler qu'ils étaient en guerre et qu'il fallait se remettre en route.

Après sa confession arrosée au saké à son radiocodeur, Joe Enders avait trouvé un certain équilibre et un apaisement. A la fin de la journée, il s'asseyait sous un arbre, face à un soleil tropical brûlant qui se couchait dans un chatoiement humide, et il contemplait la beauté de la nature, observant les spores, les minuscules cosses de graines, les insectes, tout ce petit monde qui, à l'intérieur du vaste monde, se moquait éperdument des vaines querelles des humains. Le sergent se surprenait à se laisser transporter par la grâce rauque des airs lancinants que Whitehorse jouait sur sa flûte et qui lui semblaient à la fois exotiques et très américains. Et le crépuscule le trouvait assis à lire et à relire les lettres de Rita...

C'étaient des courriers pleins de bavardages, des lettres optimistes et pourtant mélancoliques. « *Les journaux disent que nos gars s'en tirent très bien, mais je ne crois pas que les reporters soient allés faire un tour du côté de l'hôpital naval de Kaneohe Bay.* » Rita avouait s'empêcher de penser à lui et à ce qu'il pouvait bien être en train de faire, tout en admettant que, le soir, lorsqu'elle était couchée, elle se demandait comment sa journée s'était passée et où il dormait...

A vrai dire, Joe aurait aimé pouvoir lui répondre. Elle disait que cela la rendait folle de ne pas savoir s'il lisait les lettres qu'elle lui envoyait, ni même si elles lui parvenaient.

Et elle lui avait fait un aveu : « *Le vœu que j'avais fait avec l'étoile filante n'était pas vraiment que tu sois un peu moins balourd… J'avais fait le vœu que tu me reviennes vivant, et sans avoir besoin de moi comme infirmière, mais simplement comme amoureuse… »*

Ainsi, progressant sur des chemins envahis par la végétation tropicale que le vent faisait bruire, Enders et ses compagnons apprirent peu à peu à se connaître non seulement en tant que soldats, mais aussi en tant qu'hommes… Des hommes avec des projets d'avenir : Anderson se triturait les méninges pour incorporer les fraises de son père à un produit appelé yaourt, association qui, selon lui, « *rapporterait à coup sûr gros, si seulement l'Amérique acceptait de prendre goût à ce truc sirupeux* ». Whitehorse attendait impatiemment de retourner s'occuper de ses moutons – sa famille étant, d'après Yahzee, propriétaire du « *plus gros cheptel du territoire des Four Corners* ». Pappas, qui était conducteur de taxi, rêvait de monter une société « *avec une flopée de taxis* », après quoi il irait visiter la terre de ses ancêtres et s'achèterait une villa « *sur les falaises de Santorin* ». Chick envisageait de faire carrière chez les marines – ce qui lui valut des sifflets et pas mal de railleries. Harrigan voulait juste finir sa formation à l'université où, manifestement, il étudiait surtout les filles.

Yahzee souhaitait également terminer ses études, mais il avait l'intention d'enseigner.

— Enseigner ? s'était étonné Anderson, alors qu'ils cheminaient en essayant d'éviter les quelques trous de vase sur leur chemin. Tu veux introduire un petit quelque chose du monde extérieur dans la réserve, c'est ça ?

— Non, plutôt introduire la réserve dans le monde extérieur. J'aimerais enseigner l'histoire américaine à l'université.

Chick, qui portait un bandage sur la tempe car il avait été égratigné par un éclat d'obus, s'esclaffa et dit :

— Ouais, tout à fait ce qu'il nous faut ! Monsieur Yahzee, ici présent, expliquant aux petits Blancs le dernier combat de Custer.

— Non, je pensais plutôt à Kit Carson, répliqua Yahzee. Et à la Longue Marche[1]. T'as déjà lu des choses là-dessus, Chick ?

Il va sans dire que le Texan – qui n'avait pas lu grand-chose, à l'exception peut-être de *Police Gazette* ou d'histoires policières sous forme de bandes dessinées – ne répondit pas.

Quant à Enders, lorsque Yahzee lui demanda ce qu'il projetait de faire après la guerre, il s'aperçut avec surprise qu'il n'y avait pas vraiment réfléchi.

— Tu ferais bien d'y penser, Joe, fit Yahzee. Cette guerre ne va pas durer éternellement.

Mais Enders savait que, pour nombre d'entre eux, la guerre serait éternelle. Les rêves et les aspirations que ses compagnons évoquaient lui auraient semblé banals avant les missions qui l'avaient conduit dans des endroits tels que Guadalcanal et Saipan. A présent, les projets de ce genre lui paraissaient futiles. A quoi bon

---

1. Nom donné à la déportation des Navajos en 1864 par l'aventurier Kit Carson et les troupes américaines. Les Dinehs furent exilés dans le désert de Bosque Redondo à 500 kilomètres de leur territoire, et beaucoup périrent au cours de cette longue marche. *(N.d.T.)*

penser à demain quand, dans l'immédiat, la seule chose qui importait était de rester en vie à tout prix ?

Les marines du Deuxième de Reconnaissance se dirigeaient péniblement vers les ruines d'un village qui avait été bombardé et dont ils distinguaient les décombres derrière un torii – un de ces hauts portiques ornementaux japonais si souvent érigés aux abords des temples shintoïstes et constitués de deux colonnes soutenant un toit aux bords relevés.

Le village avait été habité par des Japonais, mais aussi par des ouvriers coréens ou chamorros – des indigènes de la région – qui travaillaient dans les plantations de canne à sucre ou dans les raffineries avoisinantes. C'était à présent un tas de ruines de bâtiments en tôle ondulée et de cases en bois. Les cheminées des raffineries de sucre dévastées par les bombes partageaient le ciel avec les cocotiers. Cette petite communauté florissante était devenue une ville fantôme, silencieuse et surnaturelle, une victime de la guerre parmi tant d'autres.

Au bruit d'ornements suspendus qui tintaient comme des carillons sonnant faux, les marines passèrent sous le torii avec méfiance en déverrouillant le cran de sûreté de leurs armes. A l'intérieur des maisons et des édifices détruits, des yeux les observaient avec inquiétude, et ils sentaient ces regards peser sur eux comme l'air moite et lourd.

Le sergent tirailleur Hjelmstad fit signe à ses hommes de se disperser pour inspecter le village sinistré. Fusils, mitraillettes et lance-flammes prêts à faire feu, les marines le traversaient avec précaution lorsqu'un comité d'accueil fit son apparition, constitué de vauriens hébétés semblables à des fantômes commotionnés et surgissant d'un peu partout. C'étaient des Chamorros, des villageois indigènes à la peau basanée, échevelés, sales dans leurs vêtements en loques et pieds nus – les Coréens se cachaient sans doute, craignant d'être pris pour des Japonais. Un bébé pleurait quelque part et, ailleurs, une chèvre bêlait, comme s'ils se faisaient part de leur détresse commune.

Enders vit une femme en haillons qui portait un petit garçon dans les bras traverser une cour à toutes jambes. La tête de l'enfant était entourée d'un bandage et la femme, manifestement terrifiée, se rua à l'intérieur d'un entrepôt à moitié détruit par une explosion. Le sergent endurci était habitué à voir des scènes de guerre, les cadavres des ennemis ainsi que les corps de ceux qui défendaient la même cause que lui. Mais la vue de ces innocents qui se retrouvaient impliqués par hasard dans un conflit qui ne les concernait pas le remplissait de dégoût et lui nouait les tripes.

Après avoir pris le contrôle du village et installé un poste de commandement, la deuxième section fit une halte, tandis que la première partait en patrouille en emmenant Harrigan et son lance-flammes, tous deux réquisitionnés pour cette mission de reconnaissance. Anderson et Whitehorse profitèrent de la trêve pour se livrer à une autre de leurs répétitions improvisées et, jusque-là, totalement infructueuses, s'installant pour l'occasion dans les décombres d'un temple.

Ils étaient assis côte à côte sur ce qu'Anderson supposait être l'équivalent bouddhiste d'un banc d'église, et ils s'appliquaient à harmoniser la flûte navajo et l'harmonica cent pour cent américain, obtenant le résultat discordant habituel. Whitehorse renonça le premier, puis Anderson finit par capituler aussi.

— Peut-être que j'avais les lèvres trop mouillées, fit Anderson.

— Ça n'est pas étonnant avec le climat d'ici.

— Ouais… Et merde ! (Anderson baissa la tête et la secoua d'un air morne.) Peut-être qu'on n'est pas faits pour jouer ensemble. Comme je te l'ai dit, cet instrument ne peut se jouer que sur une seule tonalité…

Ils restèrent assis pendant quelques instants sans parler, puis Whitehorse dit d'une voix égale :

— Avant, je jouais pour mes moutons.

— Quoi ? Tu veux dire que tu faisais comme moi avec mes cochons ?

L'Indien au visage rond acquiesça d'un signe de tête :

— C'est pas difficile non plus d'attirer les moutons pour les faire manger.

Soudain plus du tout contrarié, Anderson avait retrouvé le sourire :

— Non, c'est dingue ! Comme moi et les cochons… toi et les moutons… Dis-moi, Charlie, t'as jamais rien fait d'autre avec tes moutons ?

Chose rare, Whitehorse se laissa aller à sourire :

— Non, Ox. Je jouais simplement pour eux. Et toi avec tes cochons ?

Anderson leva les yeux au ciel en souriant en coin :

— Ben, disons que ça m'est arrivé de faire joujou avec quelques cochons, mais jamais à la ferme.

Whitehorse gloussa.

— Tu sais quoi ? Pourquoi ne jouerais-tu pas pour les cochons ? Et moi je joue pour les moutons. Et puis on voit ce que ça donne.

Anderson, qui avait retrouvé son enthousiasme, porta son harmonica à ses lèvres et attaqua un petit air campagnard, tandis qu'une mélodie lancinante typiquement indienne s'échappait de la flûte de Whitehorse… Leurs musiques apparaissaient aussi dissemblables que Whitehorse et Anderson étaient différents et pourtant, d'une certaine façon, elles semblaient unies, comme l'étaient les deux marines. L'harmonie se produisit, immédiatement…

Ce n'était pas parfait ; après un bon début, quelques notes ne s'accordèrent pas et il leur fallut se régler l'un sur l'autre. Whitehorse fit une pause, laissant Anderson jouer quelques mesures avant de l'accompagner, et l'harmonie survint et s'épanouit ; les deux instruments jouèrent à l'unisson une musique rouge et blanche – et un peu blues –, une mélodie simple qui sonnait, ainsi que le dit Anderson après coup, « *vachement bien à l'oreille* ».

Le radio-codeur Ben Yahzee avait, quant à lui, échappé à la surveillance de son garde du corps, dont il avait à présent perdu la trace. Il décida de vérifier s'il le trouvait dans l'entrepôt, ayant remarqué que l'attention d'Enders s'y était arrêtée quand ils avaient arpenté le village. Et, alors qu'il longeait le bâtiment détruit sur le trottoir en bois, un bruit provenant de l'intérieur de l'entrepôt le poussa à regarder par une fenêtre.

A travers une déchirure dans le papier de riz, Yahzee découvrit Enders agenouillé à côté d'un enfant du village. Accroupi et plié en deux par la douleur, le gamin était aussi mat qu'un Navajo et il portait un chiffon ensanglanté enroulé autour de la tête. Bien qu'il ne cherchât pas à s'enfuir, le petit garçon eut l'air méfiant lorsqu'il vit le soldat américain plonger la main dans sa poche de chemise et en sortir un flacon.

Même s'ils n'avaient jamais abordé ce sujet ensemble – en tout cas pas directement –, Yahzee savait que la petite bouteille contenait des analgésiques, et qu'Enders avait recours à ces médicaments lorsque son oreille endommagée le faisait vraiment souffrir. Yahzee le vit offrir un comprimé d'une main et sa gourde d'eau de l'autre au petit garçon.

L'enfant étudia Enders pendant un bon moment, sondant le regard de l'Américain. Puis finissant par juger que le marine voulait simplement l'aider, il tendit la main, prit le comprimé et l'avala avec une gorgée d'eau de la gourde que lui avait tendue Enders.

Quand Yahzee pénétra dans l'entrepôt, le gamin recula vers le fond de la pièce, où il rejoignit sa mère terrifiée. Enders se tenait debout à côté d'une table dont le plateau était couvert de farine, dans laquelle la jeune femme avait dû pétrir de la pâte. La mère et le fils vivaient là, leur maison ayant vraisemblablement été réduite en miettes dans le bombardement. Quelques ornements catholiques – une statue de la Vierge Marie, une croix – étaient disposés çà et là sur des rebords de fenêtre, au milieu de restes de meubles de récupération cabossés.

Enders, qui traçait distraitement un dessin dans la farine sur la table, leva les yeux vers Yahzee et demanda :

— Où est-ce que t'étais passé, bordel ?

— *Na-nil-in*, répondit Yahzee.

— Tu peux me décoder ?

— J'avais un truc personnel… intime… à faire. J'avais besoin de pisser et je n'ai pas pensé que ça t'intéresserait de me regarder.

— Hé, tu me consultes d'abord avant de partir en vadrouille… C'est la consigne.

Mais il n'y avait désormais plus aucune animosité dans les paroles d'Enders ; ils étaient amis et leur relation fonctionnait sur un autre mode.

Yahzee regarda le dessin qu'Enders traçait sur la

table : il représentait, pas trop mal d'ailleurs, une église ; l'extérieur d'une église catholique.

— T'es catholique ? lui demanda l'Indien.

— Je l'étais… J'ai fait ça pour que ces deux-là se sentent à l'aise avec moi. (Il désigna de la tête le petit garçon qui, à présent soulagé de sa douleur, était sur les genoux de sa mère qui le berçait.) Ils sont catholiques, c'est pour ça.

— Je croyais que les gens ici étaient bouddhistes ou quelque chose du genre.

— Uniquement les Japs. Les missionnaires ont converti les indigènes il y a longtemps de cela.

— Tu m'en diras tant, fit Yahzee. J'ai moi-même reçu une éducation catholique dans une école de missionnaires établie dans la réserve.

Enders répliqua avec un petit sourire narquois :

— Tu sais quoi ? Je suis un ancien d'Archbishop Keenan, une école de bonnes sœurs. Les foutues nonnes me filaient des coups sur la tête à chaque fois que je l'ouvrais alors, à force, j'ai comme qui dirait perdu la foi.

Yahzee hocha la tête.

— Les Pères ne voulaient pas qu'on parle navajo à la messe, et un dimanche j'ai oublié, alors ils m'ont enchaîné à un radiateur dans la cave pendant deux nuits.

— C'est pas beau le christianisme ?

— Je crois bien que je devais avoir huit ans.

Enders dit dans un éclat de rire :

— Quand j'avais huit ans, on m'a fait faire ma confirmation et on m'a frotté avec de l'eau bénite et…

— Avec de l'huile.

— Hein ?

— La confirmation, c'est avec de l'huile sainte, pas avec de l'eau bénite.

— Ouais. Enfin, peu importe ! Toujours est-il qu'après ça, on m'a annoncé que j'étais un Soldat du Christ. (Il montra sa tenue militaire.) Il faut croire qu'à un moment donné j'ai changé de régiment.

— Moi aussi. Maintenant la question est : a-t-on changé de camp ?

Enders réfléchit au problème pendant un court instant, puis il dit :

— Eh bien, ce qui est sûr, c'est que l'homme blanc veut que tu parles navajo maintenant.

Assis à la table recouverte de farine, les deux amis taillèrent une bavette pendant un bon quart d'heure, les masques et les barrières entre eux ayant fini par tomber complètement. Yahzee invita Enders à venir chez lui à Monument Valley après la guerre, pour faire des choses qu'on ne pouvait pas faire dans les marines, telles que monter à cheval, manger du pain frit, aller à la chasse…

— Quoique…, fit Yahzee en lorgnant la Thompson d'Enders posée sur la table à côté de l'église dessinée dans la farine. On laissera peut-être tomber la chasse.

Enders fit un léger sourire :

— Ça fait quand même un bon bout de Philadelphie jusqu'à l'Arizona.

— Ça en vaudrait la peine. Tu ferais la connaissance de mon fils… Et lui pourrait rencontrer Joe Enders, le type à qui l'Oncle Sam avait donné pour mission de veiller sur les petites miches de son paternel.

Enders souriait toujours ; au bout d'un moment, il déclara :

— Je suis sûr que t'es un sacrément bon père, Ben.

Entendre Enders l'appeler par son prénom fit un choc

à Yahzee ; c'était la première fois... et, sans qu'il sache vraiment pourquoi, la familiarité amicale que cela traduisait toucha profondément le Navajo.

— Et sinon, c'est de quelle origine Enders, comme nom ? demanda-t-il.

— Italienne. C'était Endrolfini, jusqu'à ce qu'un con à Ellis Island [1] nous sorte ce nom de son chapeau.

Un sous-officier d'une autre compagnie passa la tête par la porte de l'entrepôt, un peu essoufflé ; il les avait visiblement cherchés partout, ou tout au moins l'un d'entre eux, puisqu'il s'adressa à Yahzee.

— Le capitaine a besoin d'envoyer un message codé au PC. C'est toi, l'Indien ?

Yahzee regarda son ami en arquant un sourcil et Enders rit en secouant la tête.

— Ouais, fit Yahzee. C'est moi l'Indien.

Le radio-codeur partit alors avec le sous-off sans remarquer l'expression inquiète sur le visage de son garde du corps, qui resta assis là à regarder fixement le dessin de l'église dans la farine.

Puis il l'effaça avec sa paume, se releva promptement et sortit dans la rue de ce village mort. Il ne vit aucune trace de Yahzee, mais le sergent Fortino revenait de patrouille avec ses hommes et Harrigan.

Ce dernier quitta les rangs de la première section pour rejoindre la seconde et, en passant, Enders l'entrevit du coin de l'œil qui s'arrêtait à l'angle de la rue pour offrir des sucreries à une petite fille en haillons.

— Tiens, prends ça, lui dit Harrigan en se baissant. Ce sont des friandises. C'est du chocolat... C'est bon.

---

1. Ile dans le port de New York qui servit de centre d'accueil et d'immigration entre 1892 et 1943, et par laquelle transitèrent vingt millions d'immigrants. (N.d.T.)

La petite fille hésita avant d'arracher la barre de chocolat à Harrigan, de la fourrer tout entière dans sa bouche et de l'avaler presque sans l'avoir mâchée. Puis elle tendit sa petite main sale pour en avoir encore.

Harrigan secoua la tête en souriant et sortit une autre barre de chocolat dont il cassa un petit morceau qu'il donna à la fillette.

— Cette fois, il faut que tu mâches, lui expliqua-t-il en mimant les mouvements avec sa bouche.

Pendant ce temps, Enders s'était rendu jusqu'au bâtiment presque entièrement détruit (cela avait-il été un café ?) dans lequel le poste de commandement du Deuxième de Reconnaissance avait été établi. Hjelmstad et le reste de la deuxième section s'y trouvaient et s'y reposaient. Assis ici et là, adossés aux murs, ils flemmardaient.

Le sergent tirailleur essayait d'ouvrir une conserve de poisson, de laquelle émanait une infecte puanteur de lessive de potasse. Il avait un problème avec l'ouvre-boîtes et ne s'en sortait pas.

Quand Enders s'approcha, Hjelmstad s'interrompit et lui demanda :

— T'as déjà mangé du *lutefisk*, Joe ?

— Je dois admettre que non. Il faut que je te parle.

— J'ai reçu ça par le courrier aujourd'hui. Tant que t'as pas mangé de *lutefisk*, tu n'as rien goûté.

— Il faut que je me tire.

Hjelmstad leva brusquement la tête :

— Qu'est-ce que tu racontes ?

Enders sentait les muscles de ses mâchoires trembler.

— Cette escorte… ma mission. Je ne peux plus l'assurer.

Le sergent tirailleur le dévisageait, comme s'il ten-

tait de savoir si Enders lui faisait une mauvaise blague.
Puis il dit :

— Tu t'en es remarquablement sorti jusque-là. T'as
récolté des médailles à droite et à gauche.

Enders se raidit et prit un ton plus formel :

— Sergent, je veux demander au commandant du
bataillon à être démis de mes fonctions.

— Ah oui ?

— Je veux arrêter.

— Tu veux arrêter ? Bienvenue au club. Toi, moi,
tout le monde sans exception veut se tirer de cette
guerre. Mon cousin à Oslo voulait se tirer aussi, mais
au lieu de cela, les nazis les ont fait aligner contre un
mur, lui et une dizaine de ses copains, et ils les ont fau-
chés comme du blé pourri.

— Je n'ai pas dit que je voulais échapper à la guerre.
Je n'ai pas dit que je ne voulais plus me battre. Tu ne
comprends pas ce que je dis...

— Oh que si, je comprends. Maintenant, écoute-
moi : il y a une putain de guerre, une guerre mondiale,
au cas où cela t'aurait échappé. Et on ne fait pas cette
guerre en fonction de tes désirs et de ton emploi du
temps. Alors tu vas me faire le plaisir d'aller roupiller
un peu pour te remettre les idées en place et arrêter de
dire des conneries... C'est un ordre !

Après cette tirade sans appel, Hjelmstad se retourna
et s'employa à ouvrir la boîte de *lutefisk* ; il ne s'attendait pas du tout à ce que la main d'Enders lui serre le
poignet comme un étau et le fasse brusquement pivoter,
envoyant valdinguer la conserve de poisson au passage.

— Putain de merde, écoute-moi ! (Enders avait sou-
levé du sol l'officier qui lui était supérieur en l'agrippant
par le devant de sa veste.) Je ne peux plus accomplir ma
mission !

Hjelmstad, sous le choc, dévisageait simplement Enders, suspendu au bout des poings de celui-ci comme un costume vide. Quant aux hommes de la deuxième section qui traînaient à deux pas de là (et qui avaient petit à petit suivi leur échange explosif), ils assistèrent à la scène bouche bée et les yeux écarquillés. L'homme le plus courageux de la section avait sérieusement perdu la boule et était devenu aussi fou qu'un Asiate…

Gêné et humilié d'avoir perdu le contrôle de lui-même, Enders avala sa salive et lâcha Hjelmstad. Il resta planté là, les épaules rentrées, à attendre son blâme.

Qui ne vint pas : des tirs d'armes légères se firent entendre et détournèrent leur attention de l'incident.

Harrigan, qui partageait son chocolat avec la petite fille dans la rue, avait reçu une balle dans le mollet et il s'effondra sur le trottoir poussiéreux. Les coups de feu faisaient rage dans tout le village, semblant venir de toutes parts, et les hommes de la deuxième section se hâtèrent de se mettre à couvert.

Seule la fillette ne chercha pas un abri. Terrifiée, elle resta debout, figée, à fixer l'homme blessé qui tenait une barre de chocolat dans la main.

CHAPITRE XIV

Les hommes de la deuxième section n'avaient pas encore eu le temps de s'emparer de leurs armes que la mitraillette d'Enders crépitait déjà ; mais il ne leur fallut que quelques secondes pour joindre leurs tirs au sien et, à couvert derrière le pan de mur éboulé de leur poste de commandement, les marines ripostèrent à leurs assaillants invisibles, en s'appliquant à ne toucher ni Harrigan ni l'enfant pétrifiée et prise entre deux feux.

A plat ventre au milieu de la rue, ressemblant à un cafard humain avec les encombrantes bonbonnes de son lance-flammes sur le dos, Harrigan tenait son mollet pour empêcher le sang de s'écouler de sa blessure et il criait à la fillette :

— Eloigne-toi ! Va-t'en !

Il avait beau hurler et lui faire signe de s'en aller, la petite fille ne bougeait pas et restait plantée là à fixer Harrigan, debout au milieu des balles qui sifflaient.

Enders pensait savoir pourquoi elle ne bronchait pas : dans son autre main, Harrigan tenait toujours la barre de chocolat...

Posté près de la porte d'entrée du mur défoncé, Pappas était le plus proche d'Harrigan et de l'enfant.

— Elle veut cette putain de barre de chocolat, lui dit Enders. (Puis il hurla à Harrigan :) *Elle veut le chocolat !*

Pappas se rua sur le trottoir tout en faisant feu et s'approcha d'Harrigan aussi près qu'il osa ; ce dernier lui lança la barre de chocolat, que le Grec attrapa d'une main entre deux rafales de son fusil M-1.

Enders avait raison : alléchée par le chocolat, la fillette courut vers Pappas qui s'élança vers elle, la souleva de terre et l'emmena à l'abri derrière le pan de mur détruit.

En dépit du vacarme des tirs des deux camps, Enders et le reste de la deuxième section entendirent un son métallique caractéristique et ils se figèrent momentanément sous le choc : une balle avait perforé l'une des bonbonnes qu'Harrigan portait sur le dos et le gaz s'en échappait. Harrigan prit le risque de se lever au milieu des feux croisés et, sautillant sur une jambe, il s'efforça de se débarrasser des réservoirs dont il était harnaché.

La détonation fut étonnamment faible, comparée aux explosions auxquelles leurs oreilles étaient soumises au cours des combats. Enders l'entendit même uniquement de son oreille droite.

Toutefois, ceux d'entre eux qui survécurent à cette journée n'oublieraient jamais cette déflagration. Ils se rappelleraient aussi les hurlements de douleur déchirants que poussa Harrigan lorsque les bonbonnes explosèrent en une terrible boule de feu l'embrasant comme le bout d'une allumette qui s'enflamme. Le fait que la mort de leur copain fût rapide ne représentait à leurs yeux qu'une maigre consolation dans cette guerre impitoyable.

Aussi endurci fût-il par les combats, Enders resta pétrifié pendant un long moment, comme cette petite fille basanée l'avait été en regardant la barre de chocolat. Cette vision d'horreur fit blêmir tous les hommes de la deuxième section, même si personne n'aurait pu s'en rendre compte à cause de la lumière orangée que les flammes reflétaient sur leurs visages.

Alors qu'il promenait son regard autour de lui, Enders réalisa soudain que Yahzee n'était pas revenu de la mission de communication pour laquelle il avait été mandé. Et pour couronner le tout, il ne savait pas exactement pour quelle compagnie Yahzee était parti transmettre un message codé !

Les tirs reprirent au carrefour, au milieu duquel le corps carbonisé de l'un des leurs flambait en grésillant, et Enders hurla à Hjelmstad entre deux salves :

— Où est planquée la première section ?

— Un peu après ce qu'il reste de ce temple boud-dhiste, répondit le sergent tirailleur en déchargeant son colt 45 – son fusil à pompe n'étant pas adapté à la distance de tir. Chick est là-bas avec eux…

— Il faut que je retrouve Yahzee, fit Enders en jetant un coup d'œil contrit à son supérieur. Mes ordres…

— Je suis bien content de voir que tu les suis, le coupa Hjelmstad, qui hocha la tête pour lui signifier son accord, tout en continuant à canarder.

En haut de la colline, dans la cour devant le temple bouddhiste, la poignée de marines de la première sec-tion – dont Anderson et Whitehorse – était dans le feu de l'action, à couvert derrière des pans de murs détruits. La fusillade tournait au combat rapproché car, arrivant de toutes parts, les Japs gravissaient les ver-sants de la colline.

Chick était posté derrière un puits, dont la forme arrondie lui permettait d'effectuer des tirs circulaires sur les soldats de l'Empire qui affluaient de diverses directions et qu'il abattait avec succès les uns après les autres. Le magasin de son Browning étant vide, le

Texan s'accroupit pour changer de chargeur lorsqu'il reçut un coup de crosse de fusil qui le précipita à terre.

Sonné, Chick reconnut néanmoins dans les lèvres rondes et froides qui l'embrassaient intensément dans le cou le baiser d'un canon de fusil ; il sut également que le son du Jap déverrouillant son arme signifiait qu'il ne lui restait plus que quelques secondes à vivre…

… Mais le bruit qu'il entendit ensuite ne fut pas une détonation lui trouant la peau, mais un bruit sourd. Quelque chose s'effondra pesamment juste à côté de lui, et Chick se retrouva à regarder dans le blanc des yeux le soldat ennemi qui, quelques instants auparavant, s'apprêtait à mettre un terme à sa vie. Un couteau à manche d'os – une arme blanche navajo – sortait du cou du Japonais mort.

En se relevant pour se remettre en position de tir, Chick vit Whitehorse de l'autre côté de la cour. Celui-ci faisait feu en tenant son fusil M-1 à deux mains, mais le Texan savait que l'une de ces mains avait lancé le couteau qui lui avait sauvé la vie… Son regard rencontra celui de l'Indien et les deux hommes se firent un signe de tête avant de reprendre la bataille, Chick finissant par introduire d'un coup sec un nouveau chargeur dans son arme.

Sachant leur cause quasiment perdue à cette position, Chick s'esquiva en direction du poste de commandement, espérant pouvoir filer un coup de main à la deuxième section avec son puissant fusil automatique.

Ce faisant, Enders suivit le chemin inverse une rue plus loin. Il remontait le trottoir à vive allure, restant dos à ce qui restait des murs de cette ville déjà presque rasée, fauchant les soldats ennemis et les expédiant droit dans l'autre monde avec sa Thompson, dont le canon fumant et pétaradant était plus brûlant que l'enfer.

Il repéra un marine qui descendait la rue en boitant, talonné par trois Japs. Etait-ce Ben ?

— Yahzee ! hurla-t-il, prêt à voler à sa rescousse.

Mais l'artillerie donnant à présent main-forte aux armes légères, un obus explosa dans la rue et Enders décolla du sol et fut soufflé, tel un gros débris parmi les autres. Il ne vit pas le pauvre marine – qui n'était pas son radio-codeur – se faire abattre par une rafale. Enders fut violemment projeté contre un mur de brique, sa mitraillette emportée dans la tourmente atterrissant ailleurs, et il perdit connaissance.

Pendant ce temps, Chick avait rejoint la deuxième section et s'installait dare-dare avec son arme redoutable aux côtés de Hjelmstad derrière la moitié d'un mur.

— J'me suis dit que cette petite mignonne pourrait vous être utile, sergent, fit le Texan en tapotant son arme.

Hjelmstad rechargeait son fusil à pompe :

— T'arrives juste à temps pour partir, Chick... On se replie ! *On se replie !*

Dans la cour en haut de la colline, près des ruines du temple bouddhiste, le sol était couvert de corps, tant américains que japonais. Mais le site grouillait de Japs et il ne restait plus que quelques marines – vivants, en tout cas.

Derrière un piètre mur en ruine, assiégés par une meute de soldats de l'Empire, Pete Anderson d'Oxnard en Californie, se battait aux côtés de Charlie White-horse, Navajo d'Arizona. Même dans le feu de l'action, Anderson prêta l'oreille à la voix qui hurlait dans sa tête : *les salopards ne doivent surtout pas capturer un radio-codeur*…

Une balle toucha Anderson au côté gauche ; il chancela, ayant l'impression d'avoir reçu un violent coup de poing.

— Fils de pute, lâcha-t-il.

C'est alors qu'il vit, à quelques pas de là, un Jap en position de tir qui visait Whitehorse. Evaluant instantanément leurs chances de s'en tirer, Anderson comprit que la situation était désespérée et qu'il devrait laisser ce soldat ennemi faire ce dont il se savait absolument incapable. Mais, au lieu de cela, il fit pivoter sa mitraillette et tira un seul coup – car il ne lui restait pratiquement plus de munitions. La balle atteignit le Jap à la tête, le faisant tressauter puis s'affaisser dans des éclaboussures écarlates.

Whitehorse et Anderson échangèrent un très bref regard, dans lequel passa curieusement une amitié éternelle, et une autre balle transperça alors le côté droit d'Anderson. Cette fois-ci, cela le fit souffrir, terriblement souffrir ; à tel point que la douleur fulgurante le mit à genoux, le sang s'écoulant de ses deux blessures ressemblant à des rubans de décorations militaires. Le sergent aperçut alors un Jap qui fondait sur Whitehorse et il leva à nouveau sa mitraillette.

L'Indien, lui, vit autre chose : un autre soldat ennemi assaillait Anderson par-derrière, tenant une épée de samouraï de biais, à la manière d'un bourreau. Le soleil faisait étinceler la lame fourbie qui était si proche que Whitehorse vit son propre visage s'y refléter.

Le Navajo cria :

— Ox !

Anderson plissa les yeux, mais il ne sentit absolument rien quand la lame oscilla et lui trancha la tête d'un coup. La dernière chose qu'il perçut, ne se doutant pas que son esprit et son corps étaient séparés, fut le son du fusil de Whitehorse tirant sur quelqu'un qui arrivait sans doute juste derrière lui. Puis il bascula dans les ténèbres.

Pendant que Hjelmstad et la deuxième section se repliaient en terrain plus sûr, Enders, totalement hébété, parcourait d'un pas lourd et traînant les rues de cette petite ville noyée dans la poussière des combats, et jonchées de cadavres des deux camps. Les coups de feu et les tirs d'obus avaient cessé. Une bataille avait été gagnée dans ces rues dévastées, et Enders ne faisait pas partie des vainqueurs.

Il cria le nom de son radio-codeur, en vain. A cause de cet obus ennemi, son ouïe était encore plus altérée que d'ordinaire ; pourtant, le sergent Joe Enders chercha avec obstination, avançant péniblement, se sentant étrangement en décalage avec le village autour de lui — et, à vrai dire, avec le monde entier…

Finalement, ayant perdu sa mitraillette, son 45 étant vide et ne disposant pas de munitions pour le recharger, Enders parvint en titubant en haut de la colline. Passant un demi-mur, il pénétra dans la cour du temple bouddhiste où la première section avait résisté pour la dernière fois à l'ennemi — lieu sacré transformé en charnier, couvert de cadavres et de membres épars de marines et de soldats de l'empire du Soleil-Levant. Il faillit trébucher sur le corps du sergent Fortino qui gisait à côté d'un Jap mort ; les deux hommes tenaient à la main des poignards de combat ensanglantés.

La fumée et la poussière flottaient sur cette scène de carnage qu'Enders traversa en chancelant. Il ne voyait

pas de Japs vivants mais il entendait parler japonais.
Puis il entendit autre chose : *Yahzee*.

Lointaine et étrange, la voix de Yahzee se frayait un
passage en grésillant dans le nuage de poussière, et
Enders se dirigea vers elle, allongeant le pas et avançant baissé jusqu'à un puits derrière lequel il se laissa
tomber.

A environ trente mètres de lui, il vit bel et bien un
Navajo : Whitehorse. On distinguait la voix de Yahzee
dans le bruit de friture de la radio de campagne à côté
du grand Indien, qui était étalé de tout son long, criblé
de balles et haletant ; Charlie Whitehorse entendait
manifestement les appels implorants de son ami, mais
il était incapable d'y répondre.

Auprès du guerrier indien blessé, regardant droit
vers Enders, il y avait Pete Anderson. Ou du moins, la
tête de Pete Anderson.

Enders n'eut pas le temps d'assimiler cette dernière
horreur car d'autres voix se firent entendre dans le
brouillard de fumée et de poussière ; elles ne parlaient
toutefois pas navajo, mais bien japonais.

Et il y avait plus encore que des voix : il y avait des
coups de feu. Un petit groupe de Japs traversaient les
décombres en discutant, enjambant et contournant les
corps, et tirant sur tous les Américains encore vivants
qu'ils trouvaient sur leur passage au milieu des morts
et des mourants.

Sans armes, Enders se tapit derrière le puits et chuchota :

— Whitehorse !

Le Navajo, réagissant déjà aux voix et au crépitement des fusils des Japonais, s'était légèrement relevé.
En entendant Enders, il essaya de ramper jusqu'à cette
voix familière. Ses jambes ne répondant plus, il tenait

son couteau à manche d'os dans une main et il s'aidait de la lame qu'il plantait dans le sol en tirant pour faire avancer son corps meurtri et sanglant.

Atterré, Enders vit le groupe de soldats arriver à la hauteur de Whitehorse et l'un d'eux braquer son fusil sur l'Indien…

Ce ne furent pas des balles mais des paroles en japonais qui fusèrent quand un officier supérieur portant des lunettes rondes avec une monture en plastique et un képi surgit au milieu des exécuteurs désinvoltes.

Enders comprenait très peu le japonais ; mais il savait lire sur les visages. Et l'expression jubilatoire de ce gradé – sans nul doute un officier des Renseignements – prouvait à Enders que l'homme aux lunettes à la Tojo avait compris qui était Whitehorse.

La voix de Yahzee parlant en code navajo émanait en grésillant de la radio de campagne et fit sourire l'officier, qui s'agenouilla, conforté dans son jugement sur la signification et l'importance de la découverte d'un radio-codeur américain encore vivant.

Les oreilles bourdonnantes, sans armes, seul, Enders promena son regard autour de lui, affolé. Tous ces marines, jetés là comme si on s'était négligemment débarrassé d'eux, avaient-ils utilisé leurs munitions jusqu'au bout dans leur dernière bataille ? Il devait bien y avoir une arme quelque part, une arme à portée de main…

C'est alors qu'il la vit ; à moitié enterrée sous les décombres, entre les doigts d'un marine qui la serrait fort mais n'avait pas pu s'en servir : une grenade.

Enders rampa tant bien que mal jusqu'au corps et arracha la grenade à la main morte de son compatriote. C'était déjà bien, mais une arme à feu serait mieux… Elle lui permettrait de sauver Whitehorse.

Toutefois, lorsqu'il leva les yeux, Enders sut qu'il était trop tard. Les Japs emmenaient le Navajo en le traînant – deux soldats menés par un officier des Renseignements content de lui qui savait qu'il détenait, contenues dans la tête d'un prisonnier blessé, les informations qui pourraient changer le cours de cette guerre…

Il n'y avait pas de tirs d'obus, mais Enders entendait dans son oreille gauche un martèlement sourd et sinistre qui semblait souligner le fait qu'il n'avait aucune alternative. Il dégoupilla maladroitement la grenade et suivit ses ordres, ceux-là mêmes auxquels Pete Anderson avait été incapable d'obéir.

Enders lança la grenade.

Il ne vit pas, émergeant de la fumée et de la poussière en suspension, apparaître un autre visage navajo. Luttant pour y voir clair dans cette atmosphère nébuleuse, Ben Yahzee atteignit le sommet de la colline et fut témoin d'une scène qu'il ne pouvait pas comprendre : Joe Enders jetait une grenade sur Charlie Whitehorse.

Lorsque la grenade atterrit à ses pieds, Whitehorse, encadré de ses chaperons japonais, baissa la tête, ses yeux hébétés faisant un effort pour identifier le projectile de l'USMC[1]. Puis il se retourna et aperçut Joe Enders. Leurs regards se rencontrèrent et les deux hommes se fixèrent pendant un long moment, pour la dernière fois.

Enders ne sut pas s'il se faisait des idées ou si cela l'arrangeait de le croire, mais il crut lire de la compréhension et de l'approbation dans les yeux imperturbables de ce visage rond et solennel.

Yahzee poussa un hurlement de protestation et Whitehorse ferma les yeux. La grenade explosa, emportant le Navajo et les Japs.

---

1. USMC : *United States Marine Corps. (N.d.T.)*

Quand la fumée commença à se dissiper, Ben Yahzee regardait fixement, l'air incrédule, l'emplacement vide où son ami se trouvait quelques instants auparavant. Et lorsque le doute s'évanouit, la rage monta en lui, l'envahit, et il braqua ses yeux sur Joe Enders qui, le dos voûté et la tête basse, soutint stoïquement son regard. L'Indien s'élança vers son soi-disant garde du corps.

Lorsque Yahzee, hurlant de fureur et de douleur, se jeta violemment sur lui, Enders lui opposa une résistance feinte en le saisissant à bras-le-corps, et les deux hommes dégringolèrent ensemble en roulant jusqu'au bas de la colline, heurtant brutalement des pierres et traversant des broussailles.

Quand ils s'immobilisèrent enfin, Yahzee était sur Enders, le plaquant au sol avec ses genoux, et il frappa son garde du corps de ses poings, essayant même de lui griffer le visage, laissant sa colère exploser sauvagement. Et Enders, le plus grand, le plus fort des deux, ne fit rien pour se défendre.

Ils avaient atterri sur un terrain plus plat, un champ de bataille jonché de corps des deux camps, un cimetière à ciel ouvert dans lequel deux cadavres donnaient l'impression de se battre… Ou plus exactement, où un cadavre rouait de coups l'autre, qui semblait aussi mort que tous ceux qui l'entouraient.

Epuisé par cette explosion de rage primitive, Yahzee finit par sortir son 45 de son étui d'un geste sec. Il colla le canon contre la tempe du visage ensanglanté et impassible d'Enders, à côté de son œil droit.

— Vas-y, grommela Enders. Fais-le… C'est ce que je ferais à ta place.

Toujours à califourchon sur son garde du corps, haletant comme s'ils faisaient l'amour et non pas la guerre, Yahzee appuya lentement sur la détente… Puis, tremblant, le doigt de l'Indien relâcha la pression, mais le canon du revolver resta où il était.

— *Na-nil-in*, dit Enders, les yeux mi-clos, malheureux.

Yahzee se contenta de le dévisager, son arme toujours braquée sur le sergent.

— Il s'agit d'un truc secret, poursuivit Enders d'une voix râpeuse. D'un truc confidentiel.

— Putain, de quoi tu parles ?

— Je te parle de mes ordres, Ben. (Il expira dans une sorte de soupir qui tenait presque du rire sans gaieté.) Vous, les radio-codeurs, vous êtes importants. Mais pas aussi importants que votre code. Si les Japs capturaient l'un d'entre vous et qu'ils parvenaient à lui délier la langue... le code serait inutile.

— Qu'est-ce que... qu'est-ce que tu dis ?

— Ce que tu *penses* que je dis. Je n'avais pas le choix, Ben. Je n'ai pas pour ordre de te protéger. Je dois protéger le code.

Yahzee sentit quelqu'un se ruer sur lui par-derrière, mais il ne réagit pas assez vite. Des mains l'empoignèrent et le soulevèrent brusquement du corps d'Enders, lui faisant également lâcher son 45.

Et quand Enders parvint à s'asseoir, crachant le sang et sonné par les coups, il vit Pappas, debout derrière Yahzee, qu'il entourait fermement de ses bras, le maintenant dans une étreinte d'ours grec.

Hjelmstad s'approchait à grandes enjambées en naviguant entre les corps.

— Qu'est-ce qui se passe, ici ? demanda-t-il.

Enders se releva.

Presque nez à nez avec le garde du corps, Hjelmstad insista :

— Eh bien, sergent ?

Enders haussa les épaules – ce qui lui fit à peu près aussi mal que de se faire arracher une dent.

— Il ne se passe rien du tout… Lâche-le, Pappy.

Yahzee avait cessé de se débattre, mais Pappas restait pourtant sceptique. Il se tourna donc vers Hjelmstad, le plus haut en grade, pour avoir son avis.

Mais Enders beugla :

— Laisse-le, putain de merde !

Pappas lâcha prise et recula. Yahzee resta planté là à regarder Enders d'un air furieux. Puis il commença à gravir la colline.

— Yahzee, l'interpella Hjelmstad. Où crois-tu donc aller comme ça ?

Le Navajo ne répondit pas et continua à monter la côte avec obstination.

Hjelmstad lança à Enders un regard qui exigeait une explication, mais celui-ci se borna à marmonner :

— Il y a de grandes chances pour qu'il veuille récupérer le couteau de son copain.

— Whitehorse ?

Enders hocha la tête :

— Ils l'ont eu. Et Anderson aussi.

— Nom de Dieu, fit le sergent tirailleur. D'abord Harrigan, et maintenant eux deux.

Mais Enders ne l'écoutait pas. Entouré par les morts de Saipan, il observait la silhouette de son radio-codeur. Yahzee se baissa puis se releva, le couteau de chasse navajo à la main.

CHAPITRE XV

En haut d'une colline qui lui offrait une vue imprenable sur l'océan Pacifique – sombre étendue maussade se fondant à un ciel d'après-midi tout aussi ténébreux et menaçant –, Ben Yahzee, ignorant les nuages de fumée et les jets de flammes au loin en contrebas, signes d'une île toujours plongée dans la guerre, saupoudra le sol de pollen qu'il prit dans sa bourse en cuir, s'agenouilla et rendit hommage aux quatre directions et à son ami défunt, Charlie Whitehorse.

Puis il se leva, descendit la colline en mettant son casque et rejoignit les hommes du Deuxième de Reconnaissance qui pansaient leurs blessures, comptaient leurs morts et se ressaisissaient pour repartir au front.

En dépit des lourdes pertes subies dans ce village dévasté, le bilan général de l'Opération Forager était bon. Bien qu'elle fût nettement plus longue que ne l'avait envisagé le commandement, la prise de Saipan était bien avancée, et les marines refoulaient les Japonais vers la mer. Des chars d'assaut américains progressaient sur le terrain accidenté en broyant de temps à autre un cadavre ennemi sous leurs grinçantes chenilles en acier. Ils étaient suivis par des camions d'intendance remorquant l'artillerie lourde, et des soldats à pied fermaient le cortège ; les rescapés du Deuxième

de Reconnaissance se joignirent à une section de fusiliers de la Huitième Division de marines.

Scrutant lentement et attentivement les fourrés verts
de part et d'autre du chemin pour débusquer des tireurs
isolés, Joe Enders avançait péniblement sur un chemin
complètement défoncé, maculé de boue sèche et friable
– le ciel avait beau être plombé, il n'avait pas plu
depuis un bon moment. Chick Rogers, dont l'attitude
de bravade fonceuse était retombée après de trop nombreux jours sur cette maudite île, vint se ranger à ses
côtés.

— T'aurais pas une de tes roulées pour moi, sergent ?
demanda le Texan. J'pense pas que ta salive me tuera.

Chick n'avait plus de tabac à chiquer depuis longtemps.

Enders hocha la tête, tira son étui à cigarettes
cabossé de sa poche, l'ouvrit et laissa Chick se servir.

— T'as du feu, Joe ? (Chick lui adressa un sourire
niais.) Je chique cette saloperie d'habitude, tu sais…

Tout en continuant à marcher, Enders sortit son
Zippo et alluma la cigarette de Chick.

Ils marchèrent un moment, deux marines avançant
en cliquetant parmi les autres. Puis Chick demanda sur
un ton peut-être un peu trop désinvolte :

— Il paraît que toi et ton radio-codeur vous vous
êtes comme qui dirait colletés ?

— On pourrait dire ça.

— On m'a dit que ça a été une sacrée bagarre.

— Ah bon.

Ils continuèrent à marcher et, quand il eut compris
qu'Enders n'avait rien de plus à dire sur le sujet, Chick
s'esclaffa, d'un rire creux et forcé.

— Tu sais, ce vieux Whitehorse, il m'a sauvé les
miches, tout à l'heure… T'aurais vu ce Peau-Rouge

lancer son couteau. J'ai jamais vu un truc pareil, à part dans un cirque.

Enders ne répondit rien, toujours à l'affût de tireurs embusqués.

— J'me demande bien ce que le vieux George Armstrong Custer penserait d'un sauvage comme Whitehorse sauvant la peau d'un Texan comme moi ? poursuivit Chick. … J'me souviens de mon grand-père assis sous son porche dans sa ferme… Il parlait des Indiens comme si c'était des putain de rongeurs. Il racontait qu'à lui et à ses potes à cheval, on leur filait trois dollars par oreille.

— … Quoi ?

— On leur donnait trois dollars par oreille de Comanche.

— Sacré moyen de se faire de l'argent.

— Ouais… Ça fait réfléchir.

— Ah bon ?

Chick hocha la tête en disant :

— T'arrives à te dire que, si ça se trouve, dans cinquante ans, quand cet enfer sera très loin derrière nous, on sera peut-être copains avec les Asiates ? A boire du saké, à se passer des bols de riz et à déconner les uns avec les autres ?

Enders lui lança un regard de côté.

Ouvrant grands les yeux, Chick était plongé dans ses pensées.

— Et peut-être que les Japs seront nos alliés et qu'on ira tous ensemble foutre la pâtée à d'autres.

Enders avait haussé les sourcils :

— Caporal ?

— Ouais ?

— Tu réfléchis tellement que c'est *à moi* que tu donnes mal à la tête.

Et Enders allongea le pas, laissant le Texan derrière lui.

Se souriant à lui-même, Chick secoua la tête et gloussa en tirant une longue bouffée de la roulée. Il réalisa que c'était une grande première : personne ne lui avait jamais reproché de trop réfléchir auparavant.

Au coucher du soleil, alors que les obusiers de 105 continuaient de pilonner l'ennemi avec constance, le Deuxième de Reconnaissance faisait partie de la compagnie qui bivouaquait derrière l'artillerie. Fourbus après leur périple à travers cette maudite jungle tenue par les Japs, les marines de la Huitième Division mangeaient leur ration, assis sur leurs bardas, en admirant le coucher de soleil. Nombreux étaient ceux qui se demandaient si cette boule de feu pouvait être la même que celle qui brillait chez eux, au-dessus des têtes des êtres qui leur étaient chers.

Debout juste à la lisière du campement, Yahzee regardait fixement l'intérieur de son casque, qu'il tenait à deux mains comme une balle qu'il aurait attrapée, les yeux braqués sur la photo de sa femme et de son fils. L'Indien sentit que quelqu'un approchait et, sans savoir pourquoi, il fut certain que c'était Joe Enders. Mais il ne prit pas la peine de lever les yeux, et encore moins de se retourner.

— Je croyais t'avoir dit de ne pas partir tout seul en vadrouille, fit Enders.

Mais son ton était dénué d'animosité et empreint de lassitude.

Yahzee leva la tête vers le ciel empourpré et dit :

— Qu'est-ce qui se passe, Joe ? T'as peur de rater une cible mouvante ?

Enders s'avança à la hauteur de son radio-codeur et

alluma nonchalamment une roulée, sans relever le sarcasme de Yahzee.

— Ciel rouge la nuit, marins ravis, fit-il.

— Dommage qu'on soit pas marins.

Enders haussa les épaules :

— Les marines sont des hommes de la Marine. Mais garde ça pour toi, ça gâcherait pas mal de bagarres dans les bars.

Yahzee baissa à nouveau les yeux vers son casque :

— Charlie avait béni mon fils selon la tradition navajo le jour où George est né.

Enders hocha la tête et soupira. Puis il dit :

— Charlie a sauvé la vie de Chick aujourd'hui, tu le savais ?

L'Indien mit son casque et, sans regarder son garde du corps, il répondit :

— Quand Charlie s'interrogeait sur les « cow-boys protégeant des Indiens », je croyais seulement qu'il faisait son Charlie.

— Ce n'est pas une histoire d'hommes blancs et d'hommes rouges, Ben, et tu le sais.

Yahzee finit par se tourner pour regarder Enders :

— Tout ça est aussi ma faute, dit-il.

— Quoi ?

— Charlie ne voulait pas venir à cette guerre des Blancs – pas au début.

— ... Et tu l'as convaincu de s'engager ?

Yahzee acquiesça d'un signe de tête en avalant sa salive avec peine.

— Tu as peut-être fait une erreur, dit Enders.

— Peut-être qu'on en a tous fait une.

Enders secoua la tête :

— Ben, tu es un soldat. Tu es un marine. Tu devrais comprendre ça : j'ai suivi mes ordres.

Le radio-codeur gratifia son garde du corps d'un sourire terrible qui n'avait rien à voir avec les raisons pour lesquelles on sourit habituellement :

— Bien sûr, Joe. Tu es un bon marine. « *Un putain de marine de premier ordre* », tu te souviens ?… Pourquoi donc crois-tu qu'ils t'ont refilé cette mission de merde ?

Puis Yahzee dévisagea Enders pendant un long moment, une éternité. Et Enders n'aima ni la dureté nouvelle dans les traits du Navajo, ni son cynisme. Il avait trop l'impression de voir son reflet dans un miroir…

Yahzee s'éloigna. Enders ne le suivit pas.

Peu après, ils se retrouvèrent au sein de leur unité réduite – la première et la deuxième section ne faisaient désormais plus qu'une. Enders utilisa sa baïonnette pour ouvrir une boîte de ration et ne prit pas la peine d'assaisonner sa pitance d'une livre de sel comme à son habitude. Avec le martèlement perturbant des obusiers comme toile de fond, assis seul dans son coin, il mangea sa tambouille froide. Gardant ses distances, Yahzee sauta quant à lui carrément le repas, affairé à enrouler de la ficelle autour du manche du couteau de Whitehorse. L'os avait volé en éclats au cours de la bataille sur la colline et la réparation s'imposait.

Satisfait de son raccommodage, Yahzee glissa l'arme dans une autre des affaires personnelles de Whitehorse dont il avait hérité : la gaine qu'il portait à présent sur le mollet droit.

Enders, qui faisait semblant de ne pas voir Yahzee, sursauta lorsque Pappas se pencha vers lui et le tira de sa rêverie déprimante.

— Le Viking te demande, fit le Grec.

Tête nue et son fusil à pompe à ses pieds, Hjelmstad

était assis à l'écart sur son paquetage et faisait le plein de munitions.

Enders s'approcha de lui.

— Tu veux me voir ?

Hjelmstad continua à garnir consciencieusement une cartouchière de balles et répondit :

— On nous a confié une mission matinale. On se met en mouvement demain à sept heures tapantes, une bonne heure avant le reste du régiment.

Pendant qu'ils discutaient, les canons continuaient à tonner. Les hommes du Deuxième de Reconnaissance soufflaient peut-être entre deux batailles, mais la guerre se poursuivait sans eux.

— On sait de quoi il s'agit ? demanda Enders.

— Notre objectif, c'est ce gros rocher là-bas.

Le sergent tirailleur désigna de la tête une montagne dont la cime se dessinait au-dessus des arbres, inquiétante dans le brouillard généré par le bombardement. C'était précisément la cible des obusiers.

— C'est le Tapotchau, le point culminant de l'île, ajouta Hjelmstad.

— Si on le prend, fit Enders en hochant la tête, l'île est à nous.

— C'est, en gros, ce que pensent ceux qui sont plus malins que nous, assez malins en tout cas pour ne pas se retrouver au cœur de ce merdier. (Le Norvégien entreprit d'approvisionner une deuxième cartouchière.) Malgré tout, les huiles s'inquiètent. Ils s'attendaient à une résistance plus active.

— Et c'est là qu'on entre en piste. Reconnaissance du terrain.

— Ouais. Ils veulent qu'on jette un œil de l'autre côté de cette colline améliorée, au cas où on repérerait quelque chose que la surveillance aérienne n'a pas pu détecter... On doit s'assurer que Monsieur Moto ne nous réserve pas une mauvaise surprise.

— Dans tous les films que j'ai vus, Monsieur Moto réservait *toujours* des mauvaises surprises.

— Eh bien, c'est notre boulot de découvrir ce qu'il mijote. (Le sergent tirailleur interrompit sa tâche pour regarder Enders dans les yeux.) Ecoute, Joe... C'est une mission vitale, et elle repose sur toi et le radio-codeur. Sans lui et ses compétences, nous – et ça veut dire tous les marines sur l'île – nous sommes totalement foutus.

Enders garda le silence.

— Joe, s'il y a un problème entre toi et Yahzee, tu ferais bien de m'en parler.

Enders jeta un bref regard à l'Indien qui, de l'autre côté du campement, se préparait pour la nuit. Puis il regarda Hjelmstad et haussa les épaules.

— Y a aucun problème, sergent.

— On avait pourtant l'impression qu'il y en avait un, tout à l'heure. Je me souviens vaguement d'un trou du cul qui a déjà fait preuve d'insubordination.

Enders se sentit rougir de honte :

— Tu as le droit de me faire enlever ces galons, sergent. Je ne dirai pas un mot.

Hjelmstad se contenta de sourire en secouant légèrement la tête :

— Tu es le meilleur sur cette île, Joe. Je ne vais pas être celui qui va rétrograder en simple deuxième classe l'homme qui est un véritable aimant à médailles.

— Merci, sergent.

— Tu m'as bien entendu, Joe ? Tu as bien saisi la responsabilité qui pèsera demain sur toi et Yahzee ?

Enders hocha la tête.

Hjelmstad reporta son attention sur sa cartouchière en disant :

— Allez, va dormir un peu, sergent.

Enders se retourna et s'éloigna, mais le Norvégien le rappela :

— Hé, j'ai failli oublier ! Il y a une autre lettre pour toi, Enders… Elle sent rudement bon !

Mais Enders ne répondit pas. Peut-être n'entendit-il pas ce que lui avait dit Hjelmstad à cause de sa mauvaise oreille ; ou peut-être n'avait-il pas le courage de lire une autre de ces maudites lettres. Il n'était sans doute pas d'humeur à ce qu'on lui rappelle qu'il existait un monde meilleur et plus agréable alors qu'il était coincé dans cet enfer.

Enders et Yahzee ne se parlèrent pas davantage ce soir-là, et ils dormirent chacun à un bout du bivouac du Deuxième de Reconnaissance. Quoi qu'il en soit, aucun des hommes de la section ne fut très bavard : la mort de leurs compagnons de bataille, leurs amis, planait sur eux, aussi ténébreuse que le linceul noir du ciel.

Yahzee s'était installé pour la nuit en suivant un rituel bien précis. Il avait vérifié que son M-1 était en parfait état de marche ; il avait posé son casque afin de pouvoir s'en servir d'oreiller ; il avait placé son fusil en travers de son corps, de manière à ce que sa main repose sur la détente ; son poignard de combat était planté dans la terre juste à côté de sa main droite, et ses grenades étaient soigneusement disposées près de sa main gauche.

Il avait juste apporté une modification à cette routine des marines : son *K-bar* était désormais remplacé par le couteau de Whitehorse au manche d'os entouré de ficelle.

Exténué par les combats et accablé de chagrin, Yahzee ne se rendit pas compte que c'était de l'homme qui avait tué Whitehorse qu'il tenait ce rituel.

CHAPITRE XVI

Vigilants, courbés et silencieux, les marines du Deuxième de Reconnaissance traversaient à pas lents la végétation tropicale qui ondulait en terrain découvert au pied du Tapotchau. Les hautes herbes ondoyaient comme des serpents dans leur nid, balayées par le murmure moqueur du vent qui semblait leur souffler des recommandations inintelligibles. Armé de son Browning, Chick ouvrait la marche comme d'habitude. Il émergea avec méfiance dans une clairière boueuse où le soleil du petit matin faisait miroiter les flaques.

La voix de Hjelmstad claqua dans le silence comme un coup de fusil :

— Chick !

Le Texan se figea, un pied encore en l'air. Il baissa les yeux et découvrit la lueur métallique du détonateur d'une mine terrestre qui saillait à peine du sol détrempé par la pluie.

Pendant que Chick retirait précautionneusement son pied et le reposait tout aussi prudemment, Joe Enders parcourait lentement des yeux ce qui s'avérait être un champ de mines. Maintenant qu'ils savaient ce qu'ils cherchaient, les marines réalisèrent que le sol était truffé de ces trésors cachés, petits monticules à peine visibles dans le terrain boueux. L'averse les avait rendues juste assez repérables pour leur permettre de traverser cette étendue fangeuse et meurtrière. Peut-être…

— Je vous parie que pour chaque mine qu'on voit, il y en a une qu'on ne voit pas, fit Enders.

Les marines étaient pétrifiés dans les herbes hautes au bord de ce bourbier au-delà duquel se trouvait la montagne.

— Bordel, lâcha Pappas. Me tuer… c'est une chose… Faire sauter mes putain de couilles, c'en est…

Mais, commençant une crise d'hyperventilation, le Grec se mit à haleter.

— Calme-toi, Pappy, lui dit Hjelmstad. Chick nous a conduits jusqu'ici et il va nous guider jusqu'au bout. Pas vrai, Chick ?

Le Texan inspira et sortit son *K-bar*. Il s'agenouilla, s'apprêtant à ouvrir la voie dans cette gadoue en se servant de son poignard pour repérer les mines qui n'étaient pas visibles à l'œil nu…

Puis il se lança et avança à quatre pattes, maculé de boue mais toujours vivant. Hjelmstad le suivit. Pappas, lui, ne bougeait pas ; sa respiration était redevenue régulière, mais il semblait incapable d'ordonner à ses jambes de se mouvoir, comme si la boue était de la colle.

Juste derrière lui, Yahzee – et ses trente-cinq kilos d'équipement radio sur le dos – poussa le Grec de son avant-bras :

— Bouge-toi !

Pappas manqua perdre l'équilibre – ce qui n'était pas vraiment la meilleure chose dans un champ de mines –, mais il finit par avancer. Il se retourna en jetant un regard furieux au Navajo :

— Bon sang, quelle mouche t'a piqué, Grand Chef ?

— Je ne suis pas un putain de Grand Chef, grogna Yahzee.

Sur les talons de l'Indien, Enders constata que le changement d'attitude de son radio-codeur – l'implacabilité qu'il avait notée la veille – n'était apparemment pas passager et qu'une nuit de sommeil n'y avait rien changé. Il remarqua également l'intrépidité avec laquelle Yahzee se frayait un chemin dans le champ de mines. Il est vrai que Chick ouvrait la voie, mais Yahzee ne regardait même pas où il mettait les pieds...

Trois coups de feu d'armes automatiques provenant des broussailles sur le versant de la montagne mirent fin aux questions que se posait Enders quant à l'éventualité que son radio-codeur fût subitement devenu suicidaire. Les marines qui lui emboîtaient le pas sombrèrent dans les herbes hautes, disparaissant pour toujours. Quant à ceux qui suivaient Chick dans le champ de mines, ils essuyaient des tirs provenant d'audessus et qui les visaient moins, eux, que les mines. L'une d'elles explosa sur leur gauche, projetant de la boue et du shrapnel, puis une autre sauta à droite...

Hjelmstad brailla :

— Allez, allez, allez, nom de Dieu !

Alors Chick se releva et, faisant autant que possible abstraction des mines, il traversa la clairière boueuse à toutes jambes, talonné par le reste de la section de reconnaissance qui zigzaguait entre les balles ennemies et la terre qui explosait de tous côtés.

Après avoir joué à la marelle par-dessus les mines qu'ils voyaient et à une variante de colin-maillard avec celles qu'ils ne distinguaient pas, les hommes du Deuxième de Reconnaissance se retrouvèrent sur la terre aride mais ferme de l'autre côté du bourbier. Quelques rochers épars leur offraient des abris potentiels, et

Enders était sur le point de se mettre à couvert derrière l'un d'eux quand il s'aperçut, non sans irritation, que Yahzee poursuivait son chemin, courant droit vers la source de tirs la plus proche.

En dépit du poste TBX fixé sur le dos du Navajo comme un porte-bébé indien, Enders dut forcer pour suivre son rythme. Yahzee déchargeait son M-1 en direction des tireurs en hauteur et il dégomma un Jap qui était embusqué dans un abri de tranchée.

Deux autres soldats nippons faisaient feu dans un même abri un peu plus haut sur la pente. Enders savait que la meilleure chose à faire était d'extirper le soldat mort de son trou et de s'y mettre à couvert pour riposter aux deux tirailleurs… Mais ce maudit Yahzee continuait à courir, comme si les balles ne fusaient pas dans sa direction – dans leur direction à tous les deux –, et Enders n'eut pas le choix. Il avait des ordres…

Yahzee tua un Japonais d'une balle dans la tête et Enders abattit l'autre avec sa mitraillette. L'Indien s'arrêta enfin, se plaquant au sol pour s'abriter derrière un tas de rochers qui entouraient le repaire dans lequel les cadavres des deux soldats de l'Empire étaient effondrés, les yeux inexpressifs. Enders se précipita aux côtés de son protégé.

Yahzee rechargea son fusil d'un coup sec et, entendant au-dessus d'eux le crépitement de tirs qui arrosaient ses camarades, il leva la tête en plissant les yeux pour localiser la provenance exacte des balles ; son expression était aussi figée et impénétrable que celle d'un visage gravé sur un totem.

Le souffle court, Enders dévisageait l'homme qui se mouvait avec une charge de trente-cinq kilos sur le dos comme si de rien n'était. Et dans les yeux de Yahzee, il vit de la rage, une colère attisée en partie par de la haine de soi, et un besoin inconsidéré de tuer qu'Enders ne connaissait que trop bien.

Yahzee s'élança soudain sans prévenir et, chargeant comme si les tirs ennemis n'étaient que de vulgaires pétards, il se rua en direction d'un troisième trou de tirailleur un peu plus haut, qu'il avait repéré grâce au tas de rochers empilés servant de protection.

— Yahzee ! hurla Enders. Et merde !

Alors, n'ayant absolument pas d'autre choix, le garde du corps suivit son radio-codeur, qui ne semblait même pas l'entendre. Ce con n'avait-il donc pas compris que s'il se faisait tuer, il emporterait le code avec lui et que leur mission de reconnaissance serait foutue ?

Tandis qu'Enders assurait un tir de couverture nourri sur les traces de cet improbable précurseur de troupe, les autres hommes du Deuxième de Reconnaissance, conduits par Hjelmstad, gravissaient les uns derrière les autres l'impitoyable raidillon couvert de rochers, de terre et de broussailles.

Deux fusiliers nippons tiraient désespérément sur les deux Américains qui fondaient sur eux, mais une fois que Yahzee et Enders furent à leur niveau, les Japs ne purent plus diriger leurs carabines pour viser, et le M-1 et l'implacable Thompson les criblèrent de plomb et firent de leur trou un véritable bain de sang.

Yahzee s'abrita à genoux derrière un rocher à proximité, et Enders le rejoignit, bientôt suivi par le reste de la section. Hjelmstad paraissait perplexe, ne sachant pas s'il devait blâmer Yahzee ou le féliciter, et Enders prit conscience qu'il avait lui-même mis le sergent tirailleur dans cette situation délicate le premier jour où ils s'étaient battus sur l'île.

La pause fut de courte durée et fut interrompue par

une rafale de mitrailleuse les canardant d'un nid dissimulé dans les rochers au-dessus d'eux.

Tandis qu'ils contre-attaquaient, Enders vit Hjelmstad tressaillir comme s'il avait été piqué par une guêpe, et il se dit que le Norvégien devait avoir été touché superficiellement, car ils se remirent à faire feu ensemble, Enders avec sa Thompson et Hjelmstad avec son fusil à pompe.

Mais, quelques instants plus tard, le sergent tirailleur chancela et s'effondra sur Chick.

Le Texan fit taire son puissant calibre et il écarquilla les yeux en voyant du sang sur le treillis du Norvégien.

— Oh, merde ! s'écria-t-il. Le Viking est touché !

Après avoir tiré une rafale sur l'ennemi, Enders plongea aux côtés de Hjelmstad qui, en état de choc, tremblait déjà ; du sang s'écoulait de son ventre. Ne perdant pas une minute, Chick fit une injection de morphine au sergent tirailleur, pendant qu'Enders ouvrait sa veste d'un coup sec. Peu après, il appliquait en appuyant un pansement de campagne sur la blessure du sous-officier, tandis que les tirs de mitrailleuse pleuvaient toujours sur eux.

Enders se risqua à jeter un coup d'œil par-dessus les rochers et localisa la position ennemie : des canons d'armes crachaient des flammes à environ cent mètres de là, provenant de derrière un char Ha-Go calciné. Il se baissa vivement et se remit à exercer de la pression sur la blessure de Hjelmstad qui était à peine conscient. En le regardant, il réalisa que, comme sur la plage de Guadalcanal, il devait prendre le commandement de la section.

Il était sur le point de beugler son premier ordre quand il remarqua que de l'eau s'échappait de la gourde de Chick ; de l'eau rougie, comme du sirop de fraise…

Sauf qu'elle dégouttait d'une blessure qui suintait à la hanche du Texan. Chick, affairé à canarder avec son automatique, ne semblait pas avoir conscience qu'il était blessé ; ou peut-être l'ignorait-il délibérément.

Quoi qu'il en soit, Enders lui ordonna d'un ton sec :

— Chick, tu me colmates ce trou immédiatement !

Pendant que Yahzee faisait feu sur le nid de mitrailleuses, Enders – pressant toujours le ventre du Norvégien – attendit que Chick ouvrît un autre pansement et appliquât la compresse sur sa hanche ensanglantée.

Quand Chick eut terminé, Enders força la voix pour se faire entendre par-dessus le crépitement des tirs ennemis qui arrosaient de balles les rochers autour d'eux, projetant des éclats de pierre et de la poussière.

— Ça va ? demanda-t-il au Texan.

— J'me suis jamais mieux porté.

— Est-ce que ton Browning serait capable de cracher assez de balles pour me donner de l'avance au départ de la course ?

— Je veux, ouais ! Il va te donner le tempo, sergent.

Enders se tourna vers Pappas et brailla pour se faire entendre :

— Pappy, Chick et toi, vous allez me couvrir. Le nid est là-haut derrière la carcasse du Ha-Go... Yahzee, viens par ici, tu vas appuyer sur la blessure de Hjelmstad...

Mais, ignorant l'ordre du nouveau chef de peloton, Yahzee se redressa soudain avec son fusil à la main, sa radio sur le dos et une nouvelle mission en tête. Ayant lui-même été dans cet état d'esprit suicidaire assez peu de temps auparavant, Enders savait exactement ce que le radio-codeur envisageait de faire, et il l'attrapa par la manche et le tira violemment en arrière.

— Tu restes baissé ! lui ordonna-t-il.

Yahzee repoussa le sergent en lui assénant un coup de crosse de fusil. Ce geste d'insubordination explosif stupéfia Enders, qui fut estomaqué tant par l'acte en lui-même que par la violence physique dont il était empreint.

Abasourdi, il vit alors Yahzee bondir par-dessus les rochers qui leur tenaient lieu d'abri et, en dépit du fardeau qu'il portait sur les épaules, grimper la côte à toutes jambes – le terrain accidenté ne le ralentissant pas le moins du monde –, tout en déchargeant son arme sur l'ennemi, se frayant un chemin avec une grêle de balles.

— *Couvrez-le !* hurla Enders en arrachant sa ceinture qu'il attacha autour de la poitrine de Hjelmstad, faisant de son mieux pour contenir l'hémorragie. Va te faire foutre, Yahzee...

Chick faisait tonner son Browning, dont le canon était incandescent, pendant qu'Enders se penchait sur le sergent tirailleur, qui était à deux doigts de perdre connaissance.

— Tu restes éveillé, tu m'entends ? le somma-t-il.

Enders s'empara ensuite de sa Thompson ; son radio-codeur se trouvait à découvert en train de se livrer à une action qui lui vaudrait soit la cour martiale, soit la Médaille d'Honneur – qui sait ? La seule certitude qu'avait Enders était qu'il devait veiller sur le Navajo... C'était quand même ça, la mission de merde qu'on lui avait assignée.

— Pappy, Chick, fit-il. Couvrez-moi du mieux que vous pouvez...

Il était sur le point de sauter de l'autre côté de leur abri quand une main tremblante agrippa le devant de son treillis.

— N'y... n'y va pas, Enders, dit Hjelmstad. (Il avait

le regard trouble.) On peut… on peut tenir jusqu'à ce que les renforts… La Huitième sera bientôt là…

Enders regarda derrière eux. Plusieurs colonnes de marines progressaient effectivement dans les hautes herbes et se dirigeaient vers le champ de mines, que les soldats parviendraient sans aucun doute à traverser… Mais pas assez tôt, pas assez tôt du tout…

— J'ai bien peur que non, répondit Enders en secouant la tête. Et ne m'en donne pas l'ordre. J'ai d'autres ordres, tu te souviens ? Le code qui nous donne une longueur d'avance sur les Japs est en train de se jeter droit dans leurs filets.

Le regard de Hjelmstad s'éclaira momentanément, comme s'il comprenait subitement non seulement ce qu'Enders venait de lui dire, mais aussi le principe même de la mission de garde du corps de radio-codeur, et il lâcha la veste d'Enders. Il parut même hocher légèrement la tête – à moins que cela ne fût l'effet de la morphine ?

Enders se leva, sa mitraillette à la main comme une extension de sa personne. Il regarda Chick et Pappas :

— Je prends désormais le commandement… et vous avez pour ordre de rester avec Hjelmstad. On a suffisamment de héros comme ça sur les bras aujourd'hui ! *Capeesh ?*

Et, sans attendre leur réponse, Enders s'élança sur les traces de son radio-codeur, en canardant sur son chemin.

L'idée de rester à couvert déplaisait à Pappas, dont la respiration était redevenue régulière ; il savait qu'Enders avait besoin de renfort. Chick n'était pas en état de se jeter dans la mêlée mais, armé de son puissant fusil automatique, il pouvait assurer la couverture et tenir compagnie à Hjelmstad, condition indispensable pour que ce dernier s'en sorte.

Le Grec était convaincu que, coincé à l'abri derrière ces rochers, il ne servait à rien.

Il leva légèrement la tête et aperçut Enders qui cavalait, gravissant en courant la pente rocheuse derrière Yahzee… Mais il vit aussi, sur la gauche d'Enders, un Jap qui émergeait de derrière des rochers et visait le sergent. Pappas ne pouvait pas savoir que le soldat ennemi se trouvait du côté de la mauvaise oreille d'Enders, mais il savait que le sergent était dans une situation plus que délicate.

Le Grec se leva, tira un coup, descendit le fumier et enjamba les rochers d'un bond en criant à Chick :

— Il faut que je l'épaule !

— Vas-y ! beugla le Texan. Je m'occupe du Viking.

Pappas se retrouva alors au cœur de la bataille, les balles fusant de toutes parts – et notamment de sa propre arme.

Bien plus haut sur la pente, Yahzee s'était mis à couvert derrière le cadavre métallique d'un half-track détruit par une explosion. Il rechargea son arme en regrettant de ne pouvoir se débarrasser de la fichue radio – dont la lourde charge finissait quand même par lui peser. Puis il prit une profonde inspiration, bondit de son abri et, restant courbé, il courut en zigzag, semant du plomb à tout-va, pendant que des tirs plus nourris fusaient au-dessus de sa tête.

Il se dirigeait vers l'épave d'un camion renversé sur le côté, derrière lequel il comptait s'abriter. Un officier japonais mort était écroulé dans la tôle froissée du véhicule. Fonçant sur le camion sinistré, Yahzee eut à peine le temps de s'arrêter que, revenant subitement à la vie, le Jap brandit vers lui un sabre de samouraï.

L'Indien recula suffisamment pour empêcher le coup d'être fatal. La lame n'entailla que superficiellement sa poitrine, mais elle sectionna les bretelles qui retenaient le poste TBX sur son dos. La radio s'effondra sur le sol mais Yahzee n'y prêta pas attention, ne voyant rien d'autre que l'officier ennemi qu'il tua à bout portant d'un coup de fusil. Abandonnant involontairement l'équipement radio, ainsi que l'idée de se mettre à couvert derrière le camion, il reprit alors sa course effrénée, débraillé sous son uniforme déchiqueté.

Progressant en louvoyant à toute vitesse entre les rochers et en mitraillant Thompson à la hanche, Enders avait réussi à réduire l'écart entre lui et son radiocodeur, et il ne se trouvait plus qu'à environ quarante mètres derrière lui. Mais il avait l'impression que Yahzee courait à présent encore plus vite – dans le feu de l'action, il n'avait pas non plus remarqué que la radio était tombée au champ d'honneur.

Yahzee voyait enfin deux fusiliers et un mitrailleur qui, tapis dans le bunker improvisé derrière le Ha-Go détruit, faisaient désespérément feu sur le marine au pied léger qui avançait en zigzaguant vers eux et ripostait armé de son seul fusil.

Essoufflé, le Navajo se précipita derrière un rocher. Il se trouvait approximativement à quinze mètres du nid. Tout en reprenant son souffle, il s'empara d'une grenade et la dégoupilla. Puis il attendit une trêve dans les coups de feu et lança le projectile en forme d'ananas.

L'explosion ébranla le nid mais la grenade n'atteignit pas sa cible. Les soldats japonais ne se laissèrent pas longtemps décontenancer et arrosèrent le Navajo qui se recroquevilla derrière le rocher que la pluie de balles ébréchait et pulvérisait çà et là.

Se frayant un chemin en suffoquant derrière Enders

au milieu des projectiles qui fusaient, Pappas s'immobilisa pour tirer, mais il fut touché par une balle qui réduisit son coude en miettes et le déséquilibra ; il se retrouva allongé sur le dos à hurler de douleur en jurant.

— Nom de Dieu ! gueula Chick qui, ayant assisté à la scène de sa position à couvert, intensifia son tir de couverture.

A ses côtés, bien qu'étant très affaibli, Hjelmstad s'était tant bien que mal calé contre les rochers et tenait son fusil à pompe dans ses mains sans vigueur ; il ne tirait pas, mais il espérait pouvoir protéger Chick, le cas échéant…

… Et, sur leur gauche, un Jap était précisément en train de se redresser dans l'abri de tranchée nettoyé par Yahzee et Enders. Il était au moins aussi blessé que Hjelmstad mais, ayant l'intention de descendre un dernier Américain avant de mourir, le salopard leva son fusil et le dirigea vers le Texan – qui n'en avait pas conscience, trop occupé à décharger son Browning pour assurer sa mission de couverture.

Epuisant ses dernières forces, le sergent tirailleur arma son fusil et parvint Dieu sait comment à braquer le canon sur le Jap qui, repérant Hjelmstad à son tour, changea de cible.

Les deux soldats agonisants se tenaient à présent mutuellement en joue, chacun exactement dans la ligne de mire de l'autre, et hurlant des jurons et des prières dans leur langue maternelle respective – le Jap célébrant ses ancêtres et le Viking s'en remettant au Walhalla –, ils tirèrent simultanément dans le mille.

Chick fit volte-face et, découvrant Hjelmstad renversé en arrière, une balle logée juste au-dessus de deux yeux morts, il hurla. De rage, il arrosa l'ennemi de rafales de son gros automatique puis, réalisant que –

blessé ou pas – il n'avait plus aucune raison de rester, il extirpa sa carcasse et sa volumineuse arme de derrière les rochers et, laissant son sergent tirailleur défunt, il fonça là où se déroulaient les choses sérieuses. Là où Yahzee et Enders se battaient.

Plus haut sur le raidillon, provisoirement à l'abri derrière un arbre coupé en deux, Enders observait ce fou de Yahzee qui cavalait en direction du Ha-Go brûlé. Alors, secouant la tête, il s'élança à découvert en faisant cracher sa Thompson. Il était enfin sur le point de rattraper l'Indien, quand les hommes dans le nid le repérèrent et firent pivoter les canons de leurs armes pour les braquer sur lui…

Arrêté dans son élan par le tir de barrage qui le visait, Enders plongea derrière des rochers. Pendant ce temps, Yahzee – ayant découvert la présence de son garde du corps – profita de ce que l'attention des soldats du nid fût fixée ailleurs pour dégoupiller sa dernière grenade. Cette fois-ci, il ne rata pas sa cible et le projectile vola au-dessus du Ha-Go éventré avant d'atterrir au beau milieu de la position ennemie. L'explosion ébranla violemment l'épave du char d'assaut.

Enders se releva, et examina le site avec méfiance, cherchant, les yeux plissés, une trace de Yahzee dans la fumée et dans la poussière qui retombait. Les coups de feu avaient cessé, mais ce blockhaus improvisé était situé de telle façon qu'au moins un des Japs pouvait très bien avoir plongé pour échapper à l'explosion et était susceptible d'y avoir survécu…

Et alors même qu'Enders s'interrogeait sur la nécessité de se montrer prudent, Yahzee lui apparut comme par magie dans les tourbillons de poussière, courant à toutes jambes droit sur le Ha-Go.

— Ben ! hurla Enders.

Mais soit Yahzee ne l'entendit pas, soit il l'ignora tout bonnement. Prêt à faire feu, l'Indien pénétra d'un bond dans le nid japonais noyé dans la fumée.

— Et merde ! lâcha Enders, qui repartit en courant.

A l'intérieur du bunker, Yahzee vit le corps inanimé et à moitié déchiqueté de l'un des fusiliers. Le mitrailleur, sanguinolent et proche de la mort, essayait quand même de s'emparer de son pistolet dans son étui ; Yahzee le tua aussi, avec autant de désinvolture que s'il écrasait un cafard.

C'est alors que le troisième soldat ennemi sortit de nulle part et plaqua l'Indien au sol par-derrière. Le radio-codeur essaya de se dégager de l'emprise de cet homme enragé qui était accroché à son dos, mais le Jap parvint à lui passer quelque chose (un câble de radio !) autour du cou, le tenant ainsi littéralement par la gorge. La respiration coupée, Yahzee se débattit et réussit tant bien que mal à se relever et à écraser violemment son adversaire contre la paroi du Ha-Go à plusieurs reprises.

Mais, cramponné à lui comme un démon, le Jap ne capitulait pas, étranglant le Navajo en tirant sur le câble. Yahzee commençait à voir trouble et la tête lui tournait, mais il luttait pour ne pas perdre connaissance. Il tendit le bras vers la gaine de cuir à sa cheville, cherchant à tâtons son couteau de chasse…

Le soldat nippon tira violemment sur le câble et serra de plus en plus fort. Yahzee faiblissait, mais il parvint finalement à dégainer son couteau qu'il trouva la force de planter vigoureusement dans la cuisse du Jap.

Son assaillant poussa un hurlement et relâcha son étreinte. L'Indien pivota en arrachant le câble autour de sa gorge et, d'un brusque mouvement en avant, il enfonça le couteau à manche d'os profondément dans la poitrine de l'homme, lui perçant le cœur et le tuant sur le coup.

Mais quand le petit cadavre s'effondra sur le sol dans les décombres de ce fortin de fortune, Yahzee se mit à califourchon sur lui et, comme un sauvage, il lui asséna d'innombrables coups de couteau, le charcutant avec sa lame ensanglantée.

Il sentit une présence s'approcher de lui par-derrière. Il se releva instantanément du corps du Jap, fit promptement volte-face et darda son couteau…

… que Joe Enders tenta d'esquiver prestement, mais dont la lame laboura tout de même sa poitrine, lacérant de l'étoffe et de la peau.

Le Navajo se recula pour le frapper à nouveau, et Enders agrippa son poignet et le serra si fort que le couteau tomba des doigts du radio-codeur.

— C'est moi, nom de Dieu ! s'écria le sergent.

Pourtant, même désarmé, Yahzee continuait à se débattre. Il donnait l'impression d'être en transe ou d'avoir une putain d'attaque, mais ne sachant pas s'il l'avait reconnu ou non et s'en moquant au point où ils en étaient, Enders lui décocha avec son avant-bras un coup au visage qui fit chanceler Yahzee.

Et alors que son radio-codeur s'écroulait à genoux, la position stratégique du nid offrant un autre point de vue sur le champ de bataille, Enders découvrit qu'à moins de trente mètres en contrebas, un canon antichar était dirigé droit sur eux.

— Reste couché ! cria-t-il à Yahzee pour qu'il l'entende par-dessus le son de l'obus qui arrivait sur eux à la vitesse de l'éclair.

Le projectile explosa dans un tonnerre assourdissant, donnant l'impression d'ébranler la terre entière, mais l'impact ne fit qu'éventrer le Ha-Go, le soulevant de terre dans un tourbillon de poussière et de fumée qui occultait tout.

Enders se releva en titubant et en toussant ; il frotta ses vêtements pour en ôter les débris, tout en cherchant son radio-codeur dans le nuage de fumée noire.

— Ben ? Yahzee ?

Et lorsque la fumée commença à se dissiper, Enders vit que le Ha-Go était maintenant renversé sur le flanc, et que quelque chose, quelqu'un, se tortillait, coincé sous la massive carcasse de métal tordu.

Ben Yahzee.

CHAPITRE XVII

La tourelle du tank, lacérée par l'explosion, s'était affaissée sur la jambe gauche de Yahzee, et son membre prisonnier reposait sur autant de roche que de débris. Cloué au sol et dans l'incapacité totale de bouger, l'Indien affichait une expression qui ne trahissait ni douleur ni inquiétude. Enders aurait sans doute cru que son radio-codeur était en état de choc s'il n'avait pas été trop tôt pour cela et s'il ne connaissait pas aussi bien lui-même cet état de démence obstinée dans lequel le Navajo se complaisait à l'heure qu'il était. Enders avait quand même une solide expérience de cette espèce d'insensibilité ancrée dans l'apitoiement sur soi-même.

Ils baignaient toujours dans le sombre nuage de poussière soulevée par l'obus du canon antichar, et des tirs d'armes légères crépitaient partout autour d'eux. Le garde du corps s'agenouilla devant son protégé prisonnier sous le blindé.

— C'est quoi, ton problème, nom de Dieu ? s'emporta Enders. Tu veux que les Japs t'attrapent et te torturent pour que tu leur livres le code ? Tu veux te faire descendre et nous laisser sans personne pour assurer cette putain de liaison radio ?

Dédaignant la douleur qu'il éprouvait, Yahzee se

contenta de le regarder droit dans les yeux d'un air de défi.

Enders se pencha plus près de lui :

— Espèce de pauvre con, lui dit-il d'une voix basse mais chargée d'émotion, tu peux rien faire pour faire revenir ton copain. Rien !

Yahzee détourna le regard. Il pouvait endurer la souffrance physique, mais ces mots étaient plus qu'il ne pouvait supporter.

Enders l'attrapa par la veste avec ses deux poings et colla quasiment son visage contre le sien :

— Ben, bon Dieu, j'ai essayé… et rien ne les fait revenir. Rien. Et… et rien ne les fait partir non plus.

La fureur dans le regard de Ben s'atténua. On aurait dit qu'il avait lu quelque chose dans les yeux de son garde du corps qu'il n'avait jamais vu auparavant. Et Enders se sentit presque gêné de s'être dévoilé à ce point, mais il fut soulagé de constater que s'évanouissaient en partie cette implacabilité dans l'expression du Navajo et cette nouvelle noirceur dans ses yeux. C'était comme si Yahzee avait été possédé et que le démon en lui avait fini par disparaître.

— Vous, les Blancs, vous parlez trop, fit l'Indien. Aide-moi à sortir de sous ce putain de truc…

— Je croyais que tu ne me le demanderais jamais, répliqua Enders, qui sortit son poignard de combat sur-le-champ.

En un rien de temps, les deux hommes creusaient le sol rocailleux autour de la jambe de Yahzee ; pour tenter de se sauver, l'Indien se servait de la lame ensanglantée du couteau à manche d'os qui avait appartenu à Whitehorse…

En contrebas, Pappas reprenait son souffle à côté du half-track où Yahzee avait abattu l'officier au sabre de samouraï. Assis sur un bout de l'épave, le Grec faisait de son mieux pour prévenir une crise d'hyperventilation mais, sous le bandage qu'il avait improvisé avec les moyens du bord, son coude réduit en miettes par une balle le lançait terriblement et le faisait atrocement souffrir. Les larmes lui montèrent aux yeux et quelques-unes roulèrent sur ses joues. Il jeta un rapide coup d'œil à l'officier mort qui, étalé de tout son long, braquait ses yeux vides sur lui avec, sur le visage, une grimace figée, un masque de mort narquois.

— Qu'est-ce que tu regardes, connard ? lâcha Pappas.

Il détourna alors son regard du cadavre et remarqua quelque chose : la radio de Yahzee ! Le volumineux poste TBX était retourné et juché sur des rochers un peu plus haut à environ trois mètres de là, exposé aux balles qui dansaient, sifflaient et pulvérisaient la roche et la terre. Toutefois, la radio ne semblait pas avoir subi de dommages sérieux et paraissait en bon état, en dehors d'une éraflure ou deux sur son terne revêtement argenté.

Pappas avança en rampant et chercha Yahzee du regard, plus haut sur la pente ; il vit que l'Indien était coincé sous la carcasse du Ha-Go et qu'Enders l'aidait. Le Grec n'aurait su dire exactement ce qu'ils faisaient, mais il était évident que le sergent essayait de dégager son radio-codeur, probablement en creusant sous lui.

Le sifflement des balles incita Pappas à battre en retraite pour se remettre à couvert derrière le half-track. Il regarda à nouveau le Jap mort.

— Va te faire foutre ! dit-il au cadavre grimaçant.

Il resta assis là, conscient qu'il lui faudrait aller récupérer la radio et la remonter là-haut aux deux hommes qui sauraient en faire bon usage.

Au même moment, Enders se baissait prestement pour esquiver des coups de fusil provenant de la montagne et qui faisaient pleuvoir les balles sur le fortin improvisé derrière le Ha-Go. Les projectiles ricochaient sur le métal, rebondissant en cliquetant et en tintant partout autour d'eux. Se retournant vers le dispositif d'artillerie, il découvrit une unité de fusiliers japonais qui passait la crête en dessous d'eux en cavalant et qui dépassait le canon antichar, de la gueule duquel s'échappaient encore des volutes de fumée.

— Continue à creuser, dit-il à Yahzee en se positionnant avec sa Thompson. Nous avons de la visite.

Yahzee labourait avec acharnement le sol pierreux de coups de couteau de chasse, mais sans beaucoup de succès.

— Ils sont combien ? demanda-t-il.

— Peut-être vingt-cinq… Merde !

Les yeux de Yahzee s'enflammèrent :

— Quoi ?

Enders avait vu, derrière l'ennemi qui avançait sur eux, un filet de camouflage se soulever et révéler d'autres pièces d'artillerie lourde, à côté desquelles le canon antichar faisait figure de pistolet à bouchon : trois énormes canons de campagne d'une portée que les forces américaines étaient loin d'avoir prévue.

Et à ce même moment, la Huitième Division de marines progressait sur les talus herbeux, avec fort peu de positions à couvert en vue…

Mais dans l'immédiat, Enders devait s'occuper des deux douzaines de soldats ennemis qui fondaient sur son radio-codeur et lui en les arrosant de balles. Il s'adossa au flanc du tank détruit et les canarda avec sa Thompson, en descendant quelques-uns et ralentissant la progression des autres, qui se dispersèrent pour se mettre à l'abri.

Il posa sa mitraillette et profita de cette piètre trêve pour s'agripper à ce qui restait de la tourelle et qui immobilisait la jambe de Yahzee. Quand il trouva la bonne prise sur cette saloperie, il se glissa en dessous et poussa de toutes ses forces...

La tourelle ne bougea pas d'un pouce.

Derrière la ligne d'avancée ennemie, Enders vit que les gigantesques tubes des canons de campagne japonais se soulevaient et ajustaient leur position de tir avant de s'immobiliser, se préparant à tirer. Le sergent se retourna et regarda en contrebas, tout en bas de la côte... à l'endroit où progressait la Huitième Division, cible toute désignée pour l'impressionnante artillerie nippone.

Les balles ennemies recommencèrent à fuser en crépitant et en ricochant ; Enders s'empara de sa Thompson et resservit une bonne louche de plomb aux Japs, en abattant deux de plus et ralentissant à nouveau les autres, qui s'étaient remis à couvert. Mais les soldats de l'Empire gagnaient du terrain et s'approchaient dangereusement du Ha-Go, et leurs tirs devenaient de plus en plus susceptibles d'atteindre leurs cibles...

— Les Japs sortent l'artillerie lourde, dit Enders. Trois grosses pièces... Faut qu'on prévienne la Huitième !

Yahzee s'arrêta de creuser, Enders le vit froncer les sourcils et il réalisa en même temps que le radio-codeur que la radio avait disparu.

— Putain, où est passé le TBX ? demanda Enders.

Yahzee se tordit le cou pour regarder en contrebas. Enders suivit son regard et découvrit l'engin, sens dessus dessous et coincé sur des rochers... Il vit également, trois mètres plus bas, Pappas qui, à couvert derrière l'épave d'un half-track, lorgnait lui aussi la radio et qui semblait tout à fait conscient de son importance et de l'endroit où il fallait qu'elle aille.

Enders jeta au Grec un regard qui était un ordre, et celui-ci essuya ses larmes et la poussière sur son visage, et s'efforça de calmer sa respiration. Puis il fusa de son abri et courut à toutes jambes vers la radio.

Des artilleurs nippons ouvrirent le feu sur lui des deux côtés, mais Pappas souleva promptement les trente-cinq kilos de la radio de son bras valide, son coude sanguinolent pendant inutilement et, en dépit du poids de son chargement, il zigzagua entre les tirs, esquivant les balles avec une grâce surnaturelle, aidé par Enders qui avait délaissé la protection de leur bunker de fortune pour assurer une couverture au Grec qui leur apportait un cadeau...

... et qui, à un mètre ou deux du Ha-Go, fut abattu par une balle ennemie qui le projeta brutalement en arrière sur le sol pierreux.

Enders se rendit en rampant jusqu'à son compagnon d'armes pour lequel la chute avait été plus rude que pour le poste TBX. Allongé sur le dos, la respiration entrecoupée, ce dernier arracha son sac en papier de la poche de poitrine de sa veste et le colla désespérément devant son visage, dans le but de respirer à l'intérieur.

Mais le sac ne se gonfla pas ; l'air s'en échappait par un trou dans le papier brun, un trou ensanglanté. Et Pappas et Enders virent, en même temps, le sang de sa blessure poindre à travers sa poche de poitrine, comme un bouton mortel.

Ils échangèrent des regards sombres et affolés.

Puis Enders esquissa un sourire et dit :

— T'as fait du bon boulot, Pappy.

Pappas sourit, très légèrement, puis la vie déserta

son visage, son souffle haletant s'apaisa et l'air quitta doucement son corps.

Enders avala sa salive et regarda en bas de la côte. De cette position avantageuse, il voyait la Huitième de marines avancer à ciel ouvert et essuyer des tirs ennemis de toutes parts, les hautes herbes se couchant autour d'eux.

Enders s'empara de la radio, se baissa et retourna au bunker improvisé en détalant avec le lourd appareil.

— Ils ont descendu Pappy, fit Yahzee, comme si Enders ne le savait pas.

— Oui, mais Pappy nous a monté ça, répliqua Enders en donnant sa radio à l'Indien bloqué sous la tourelle du Ha-Go.

— Accroche le fil de l'antenne sur le dessus du char. Enders pendit le fil aussi haut que possible et dit :

— Maintenant, tu t'actives, Ben… la Huitième progresse en bas sur un putain de terrain découvert.

— Merde, fit Yahzee en maniant maladroitement les deux grosses boîtes métalliques.

— Je vais observer ces canons japs et toi tu vas appeler les zincs à la rescousse.

Enders savait qu'il leur fallait tenir cette position le plus longtemps possible et qu'il devait maintenir Yahzee en vie pour transmettre les coordonnées, sans quoi cette pente rocheuse serait inondée de sang de marines…

Tandis qu'il lâchait un tir nourri avec sa Thompson, Enders entendait Yahzee établir la liaison radio sur son poste à piles.

— *Wol-la-chee gah tkin besh-do-tliz a-kha tash be-la-sana… Wol-la-chee gah tkin besh-do-tliz a-kha tash be-la-sana…*

Enders arrosa de plomb l'unité japonaise à l'approche. Il s'accorda une courte pause pour vérifier la position des trois gros canons et leva les yeux vers le ciel afin d'essayer d'apprécier l'angle pour une course de visée efficace.

— Faut qu'on les dirige, Ben, fit-il. Ils vont voir que dalle du haut de leurs coucous.

— Donne-moi les chiffres !

Enders déchargea une autre rafale avant de regarder à nouveau l'artillerie lourde au loin, faisant de son mieux pour évaluer.

— Quadrillage deux deux un sur un six sept, dit-il.

— *Be-al-dosh-tso-lani*, transmit Yahzee sur le TBX — ce qui voulait dire : nombreux gros canons. *Be-al-dosh-tso-lani… jo-kayed-goh nilchi ba-ah-hot-gli.*

Cette dernière phrase, qu'il répéta, signifiait « demandons renforts aériens ».

Enders était stupéfait de la vitesse à laquelle l'Indien relayait les informations codées, et il espérait que le Navajo à l'autre bout sur le porte-avions était aussi efficace et rapide que Yahzee.

Celui-ci débitait les renseignements à toute allure :

— *Ah-tad ah-losz a-chi be : da-h gloe-ih a-kha, da-h gloe-ih a-kha, tlo-chin tsah ah-nah be-gha, tlo-chin tsah ah-nah klesh yes-hes al-na-as-dzoh dibeh dzeh a-keh-di-glini dszh a-chin.*

Enders vit l'éclair provoqué par un tir du canon anti-char et il hurla à Yahzee :

— Couche-toi !

Le Navajo se couvrit la tête et Enders se plaqua au sol à côté de lui, tandis que l'obus explosait à quelques mètres de là, provoquant une violente secousse et projetant des éclats de shrapnel et de pierres.

Enders se redressa dans les débris avec une idée en tête. Il s'empara du M-1 de Yahzee en lui confiant la Thompson en échange, et il se positionna au bord de la paroi métallique du Ha-Go. Il pointa soigneusement le fusil sur les artilleurs du canon antichar qui se préparaient à lancer un autre obus dans leur direction, et il déchargea promptement une demi-douzaine de cartouches, truffant les quatre artilleurs de plomb. L'un d'eux s'effondra sur ses manettes, ce qui eut pour effet de baisser la gueule du canon qui tira sauvagement à leurs pieds et les expédia tous avec leur canon droit en enfer !

— Putain, que ça fait du bien ! reconnut Enders avec un sourire crispé en permutant les armes avec Yahzee, qui continuait à transmettre les coordonnées en code.

Le trio de gros canons n'était pas, en revanche, à portée de tir et de la puissance de feu d'Enders. Les trois pièces d'artillerie tirèrent d'affilée, produisant trois détonations assourdissantes, le contrecoup des explosions faisant trembler la barricade de sacs de sable. Les énormes obus passèrent au-dessus du bunker de fortune, dans un sifflement strident, retentissant et terrible…

… et la salve de projectiles atterrit sur l'avant-garde de la Huitième Division qui avançait dans les hautes herbes, les déflagrations décimant, oblitérant, pulvérisant les marines et leur équipement.

— Nom de Dieu, mais que foutent les renforts aériens ? s'exclama Enders en s'adressant au ciel.

Le ciel lui répondit. Un Hellcat émergea des nuages en effectuant un virage sur l'aile, propulsé à toute allure en direction des canons ennemis. Ces petits avions de chasse rapides pouvaient transporter des charges incroyablement lourdes, ainsi que des roquettes. C'est d'ailleurs une roquette hurlante que ce chasseur lâcha sur la position transmise par Enders et Yahzee.

Les explosions multiples qui en résultèrent entamèrent la façade rocheuse en plusieurs endroits, mais les pièces d'artillerie des Japonais furent épargnées.

— Ils ont vu un peu juste ! brailla Enders à Yahzee. C'est tout ce qu'ils ont à nous proposer, des pauvres roquettes de merde ? Où sont les putain de bombes ?

— Donne-moi de meilleures coordonnées, fit Yahzee.

Coiffé du casque à écouteurs et manipulant sa radio, l'Indien à demi écrasé par la tourelle attendit qu'Enders réévalue la position.

Le garde du corps finit par dire :

— Tir à quatre-vingt-dix, gauche cent !

Pendant qu'Enders retardait l'approche des soldats japs par de brèves rafales de mitraillette, Yahzee relaya les coordonnées de tir codées :

— *Be gah-a-kha bi-so-di a-kha tash dzeh lin shi-da tsh be gah ah-jah chindi…*

— Merde ! s'exclama Enders.

La chambre de sa Thompson était vide. Il délogea le chargeur vide d'un coup sec, ses doigts cherchèrent des munitions, mais sa cartouchière était vide également.

Yahzee lança sa carabine au sergent ; les deux hommes échangèrent un signe de tête et Yahzee se remit à la tâche :

— … *Nish-cla-jih-goh d-ah gloe-ih ne-ahs-jah lin shi-da tsah be gah ah-jah chindi.*

Enders avait à peine le fusil en main qu'il élimina des soldats ennemis, en prenant toutefois soin d'économiser ses munitions. Lorsqu'il entendit le grondement d'un deuxième Hellcat dans le ciel, il se dit que ce n'était pas trop tôt.

Ce chasseur-ci ne transportait pas de roquettes, et il largua en deux temps une charge de neuf cents kilos sur l'emplacement ennemi. Le premier tir ne fut pas une réussite totale mais parvint à détruire l'un des canons ;

la deuxième bombe tomba en plein dans le mille et transforma deux des énormes pièces d'artillerie en un entrepôt de ferrailleur volant, l'explosion soufflant l'équipe d'artilleurs nippons aux quatre vents.

Enders laissa échapper un cri de guerre qui fit légèrement froncer les sourcils à Yahzee – qui s'était remis à creuser avec son couteau. Son garde du corps descendit l'un des fusiliers japonais les plus proches d'eux, ce qui leur valut une riposte de ses compatriotes qui obligea Enders à se plaquer au sol. Puis il se redressa, visa un autre soldat ennemi mais le déclic de sa détente lui indiqua que la chambre était vide.

Se remettant à couvert, Enders sortit son pistolet de son étui et commença à tirer ses dernières balles parcimonieusement. Les fusiliers qui avaient survécu à ses rafales de Thompson et à ses coups de fusil restaient pour le moment à couvert, n'ayant manifestement pas conscience qu'il ne lui restait quasiment plus de munitions.

C'est alors qu'il remarqua le dernier gros canon, dont la gueule pivotait dans leur direction, l'artilleur et son équipe ajustant le tir droit sur le Ha-Go…

— Salopard, fit Enders avant de se jeter sur Yahzee qu'il recouvrit de son corps.

Un autre Hellcat apparut dans le ciel en vrombissant, mais Enders ne l'entendit pas car sa bonne oreille était collée au sol. Yahzee l'entendit, lui, et l'avion de chasse monta en chandelle pour lâcher une autre charge sur le dernier gros canon. L'artilleur jap repéra le chasseur au dernier moment et il fit feu sur-le-champ, mais la bombe américaine piquait déjà vers le sol en sifflant, droit sur sa cible, un largage prodigieux de quatre cent cinquante kilos de TNT, le tir absolu du bombardement en piqué : la bombe s'abîma en plein sur la gueule du gros canon au moment même où celui-ci tirait son obus et les deux projectiles explosifs se percutèrent, provoquant une déflagration cataclys-mique et générant une monumentale boule de feu qui dévora les obus à proximité et les fit tous péter. La vague d'explosions qui s'ensuivit décima quasiment la paroi rocheuse transformée en un brasier orange, rouge jaune et noir.

Cela, Enders l'entendit bel et bien : il se dégagea de sur Yahzee et, rampant pour jeter un coup d'œil à la scène, il découvrit les flammes et la fumée noire des ravages que lui, Yahzee et le Hellcat avaient provoqués, les canons n'étant plus désormais qu'un mauvais sou-venir. Il leva les yeux vers le ciel. L'avion de chasse inclinait ses ailes vers eux.

Le garde du corps se laissait aller à sourire quand il fut touché par une balle.

CHAPITRE XVIII

Enders leva son 45 en grimaçant sous l'effet de la douleur – la balle lui avait déchiré le biceps – et il descendit d'une balle dans la tête le fusilier à l'approche qui l'avait touché. Le Jap fut projeté en arrière et s'effondra sur le sol dur en laissant une fine pluie sanglante à l'endroit où il s'était tenu.

Toujours affairé à creuser la terre striée de schiste pour essayer de dégager sa jambe gauche de sous la tourelle du tank, Yahzee n'avait pas vu que son garde du corps avait été superficiellement blessé. S'échinant à racler le sol pierreux, l'Indien n'arrivait pas à croire qu'il avait si peu avancé ; dépité, il s'attela alors à la tâche un peu plus vigoureusement, et la pointe du couteau de chasse se brisa net.

— Merde ! s'exclama-t-il.

Enders aurait pu dire la même chose au même moment. Les balles pleuvaient dans leur direction, et il avait dû se baisser promptement pour esquiver les tirs. Il vérifia les munitions dans son colt : il lui restait trois cartouches. Il leva furtivement la tête pour jeter un coup d'œil à l'extérieur de leur abri et il vit l'un des soldats ennemis tirer trois rafales de fusil sur lui, comme si le Jap se moquait de ses trois pauvres balles restantes. Il se remit à couvert.

Putain, pensa-t-il. *Il devait y avoir au bas mot une douzaine de flingues qui tiraient là-bas…*

Recroquevillé contre la paroi métallique du char d'assaut, il demanda à Yahzee :

— Alors, ça avance ton trou ?

— Pas formidable… Joe !

Enders se retourna prestement et il vit deux soldats nippons fondre droit sur lui, juste de l'autre côté du Ha-Go. L'un d'eux courait en vociférant *banzaï* ou quelque chose dans ce goût-là. Enders visa soigneusement et les abattit l'un et l'autre.

Pendant le court répit qui s'ensuivit, Yahzee demanda :

— Il en reste combien ?

— Pas beaucoup, répondit Enders, debout contre la paroi de tôle froissée.

Et il était vrai qu'il ne voyait plus aucun Jap à présent. Mais il savait qu'ils étaient tapis derrière les nombreux amas rocheux et les grosses pierres.

— Et dans ton 45 ? s'enquit le radio-codeur en labourant le sol rocailleux avec son couteau cassé. Il te reste combien de balles ?

Dos à l'Indien, Enders ne lui répondit pas.

— Je crois savoir ce qu'il faut en déduire, fit Yahzee.

— Tu n'en déduis rien du tout tant que t'as pas sorti ton cul de là-dessous, répliqua Enders.

On n'entendit plus que le bruit continu de la lame grattant le sol.

Puis Yahzee dit :

— Je suppose qu'il te reste au moins une balle… compte tenu de tes ordres.

Enders lâcha en grimaçant :

— Ferme ta gueule, Ben.

Le couteau continua à creuser.

— C'est plutôt calme de l'autre côté, fit remarquer l'Indien.

En général, c'est à ce moment-là que, dans les films de guerre, l'autre héros répond : « *Trop calme.* » Mais Enders espérait en dépit de tout que le silence signifiait que l'ennemi s'était replié, ayant interprété que la résistance qu'il leur opposait impliquait une puissance de feu bien plus importante que la seule et unique balle de 45 qui lui restait.

Si ce n'est qu'il y avait du mouvement derrière les rochers ; se rapprochant toujours plus, les Japs manœuvraient pour se placer avantageusement. Et, tandis qu'Enders regardait fixement sur sa droite, son oreille gauche lui jouant un énième mauvais tour, un soldat nippon surgit soudain et s'élança sur le bunker en bondissant…

Enders se recula et tira – un coup – logeant sa dernière balle dans la tête du Jap, que le choc précipita en arrière et qui s'étala de tout son long.

Mais la seule chose à laquelle Enders pensa à ce moment-là fut :

Nom de Dieu ! J'aurais dû le laisser s'approcher et j'aurais peut-être pu lui piquer son fusil…

Parce que, désormais, Joe Enders n'avait plus d'arme ; il lâcha le 45 qui tomba avec un bruit sourd sur le sol.

Des deux marines, seul Yahzee était véritablement armé : il lui restait son couteau avec sa pointe émoussée et poussiéreuse à force de buriner et de charcuter le sol pierreux.

— Joe, dit Yahzee.

Enders regarda son ami, qui avait momentanément interrompu sa besogne.

— Tu ne peux pas les laisser s'emparer du code, fit

l'Indien. J'ai merdé… A jouer les putain de héros. Je devrais pas me trouver ici, où ils peuvent me capturer…

— Je t'ai demandé de fermer ta gueule.

— Tu suis tes ordres, Joe. Compris ?

Et Yahzee lança son couteau à Enders. L'arme fendit l'air en tournoyant avant d'aller se planter entre les bottes du garde du corps dans un petit nuage de poussière.

— Promets-moi juste une chose, poursuivit l'Indien. (Et les doigts qui tenaient le couteau quelques instants auparavant tapèrent sur son casque.) Le gosse qui m'accompagne partout là-dedans… George… Tu lui diras que son papa est mort en guerrier. Qu'il était un bon marine.

Mais Enders ne bougea pas. Les épaules rentrées et les yeux hébétés, il regarda tour à tour le couteau à ses pieds et Yahzee. Dissimulés derrière les rochers, les Japs étaient à deux pas de là, de l'autre côté de leur bunker de fortune. Cela serait bientôt fini… Et les fumiers ne se rendraient peut-être pas compte que Yahzee pouvait leur être utile et que sa vie avait du prix. Et ils pourraient tous les deux mourir en guerriers…

— Nom de Dieu, Joe ! Fais-le !

Enders savait pertinemment que Yahzee avait raison et que les secondes comptaient. Il déglutit avec peine, se baissa et ramassa d'une main tremblante l'arme blanche de Charlie Whitehorse, dont la lame était maculée de terre et de sang et saccagée par les pierres et le schiste.

Etait-ce son audition bousillée ? Etait-ce le stress ? Toujours est-il que le monde se mit à tourner au ralenti pour Joe Enders. De la fumée s'éleva en volutes comme un étrange rideau drapant leur univers sur ce champ de bataille ; une brume occultant quasiment les bruits de la guerre qu'il n'entendait presque plus, percevant seulement le souffle du vent, la voix de la nature ou de Dieu, ou – qui sait ? – des dieux navajos, s'efforçant de transmettre des messages.

Il jeta un bref regard par-dessus son épaule de l'autre côté de la paroi du Ha-Go : les Japs arrivaient, mais d'un peu plus loin qu'il ne s'y était attendu... Il avait dû zigouiller tous ceux qui se cachaient derrière les rochers à proximité... Mais les autres approchaient, tels les Mexicains avançant sur Alamo.

Enders se retourna et, serrant puis desserrant la mâchoire, il avança vers le Navajo. Yahzee baissa les yeux et, attrapant la bourse pleine de pollen de maïs qui était attachée autour de son cou, il murmura une prière catholique, se préservant et rassemblant son courage pour affronter l'inévitable.

Enders se laissa tomber à genoux et leva la lame cassée mais toujours dangereuse, puis il l'abattit de toutes ses forces et l'enfonça profondément...

... dans le sol, à cinq centimètres de la poitrine de Yahzee. Ne comprenant pas ce qui se passait, ce dernier cligna des yeux en bégayant :

— Joe ? Mais qu'est-ce que... ?

— Nom de nom, soldat, quand un sergent t'ordonne de creuser, tu creuses, putain de merde ! Allez, creuse !

Ebranlé, Yahzee s'exécuta. Il extirpa la lame du sol rocailleux qu'il recommença à frapper, stupéfait d'être toujours en vie.

Pendant ce temps, Enders, agenouillé, passait les mains sous la tourelle tordue, bandant ses muscles au maximum et puisant toutes les forces qui lui restaient pour essayer à nouveau de soulever le maudit habitacle du blindé. Il ignora la douleur fulgurante qui, provenant de sa blessure au biceps, parcourut son bras ainsi

que la sensation de brûlure à l'endroit où Yahzee avait
tailladé son torse, en dépit du sang qui se propageait
sur sa chemise kaki, la tachant de rouge noirâtre.

Alors, tel Atlas, les articulations des doigts blanches,
les biceps bandés, suant sang et eau, il poussa... Et la
tourelle bougea d'à peine un demi-centimètre.

Il lâcha à la fois un grognement et l'épave, ferma les
yeux en respirant fort et il fit appel à quelque chose en
lui, quelque chose qui n'avait rien à voir avec la reli-
gion mais qui tenait entièrement de la spiritualité ; des
visages flottaient devant ses yeux clos : Nells, Anderson, Harrigan, Whitehorse, Pappas... Et les gars des
Salomon, Mertens, Hasby et Kittring...

*Il avait vu assez de putain de marines mourir comme
ça !*

Il plaça ses pieds à la manière d'un haltérophile, puis
il poussa un rugissement et tira sur la tourelle, dont la
pesanteur finit par ne plus faire le poids face à la détermination de Joe Enders. Elle se souleva... de quelques
centimètres, puis encore un peu plus haut, pendant que
Ben Yahzee creusait frénétiquement avec son couteau...

— La vache, Joe ! T'es un sacré phénomène ! s'exclama Yahzee en raclant le sol avec acharnement.

La blessure qu'Enders avait au bras le lançait terriblement, le muscle touché se déchirant, mais il persé-
véra et, y mettant toute la vigueur qu'il avait encore, il
poussa, les veines saillant sur ses bras et sur son cou.

Il fournit un tel effort que, bien qu'il ne s'en rendît
pas compte, un filet de liquide sanguinolent s'écoula de
son oreille gauche. Il tira plus fort encore jusqu'à ce
que, miraculeusement, la tourelle au poids accablant fût
juste assez haute pour que Yahzee parvienne à extraire

sa jambe de sous la tôle, un quart de seconde avant qu'Enders ne lâche prise.

Les sensations revenant dans la jambe broyée de Yahzee le firent grimacer, mais il se laissa remettre sur pied par Enders. Les deux hommes, qui faisaient un excellent marine à eux deux – l'un avec une jambe abîmée, l'autre avec un bras blessé et une oreille gauche fichue –, s'éloignèrent en clopinant du Ha-Go, qui avait été leur abri et leur salut.

Le temps que les fusiliers japonais parvinssent au bunker de fortune abandonné, Enders et Yahzee avaient pris une avance convenable, et le garde du corps traînait son radio-codeur dans la descente en s'efforçant de maintenir la distance entre les Japs et eux. Ils se déplaçaient comme des concurrents d'une course en sac, et ils progressaient de telle manière qu'on aurait presque pu dire qu'ils couraient, sillonnant le terrain escarpé en baissant la tête pour esquiver les salves de balles qui fusaient.

Mais, associé à son problème d'oreille interne, ce terrain abrupt donnait l'impression à Enders que le monde autour de lui oscillait, tournait et chavirait. Pourtant, il continua à avancer en chancelant, ne sachant pas que du sang et d'autres fluides s'écoulaient de son oreille détériorée, mais bien conscient en revanche de l'effort que lui demandait le simple fait de mettre un pied devant l'autre.

Soudain le paysage se mit à tourbillonner de manière incontrôlable, et Enders échappa à l'étreinte de Yahzee et s'effondra sur le sol pierreux.

Clignant des yeux et vacillant, même à genoux, Enders essayait de reprendre son souffle et de retrouver son équilibre quand il fut touché par une autre balle. Il s'arc-bouta et son visage se crispa mais Yahzee, qui luttait pour surmonter la douleur dévastatrice que lui infligeait son membre broyé, ne remarqua pas l'état critique dans lequel se trouvait à présent son garde du corps.

Toutefois, en dépit de sa jambe estropiée, l'Indien réussit tout de même à remettre Enders debout et, titubant, ils reprirent leur course en naviguant entre les rochers. Les Japonais se rapprochaient inexorablement et les deux Américains blessés perdaient peu à peu l'avance qu'ils avaient prise au départ.

Ni les marines en déroute, ni les soldats de l'Empire à leurs trousses ne virent Chick Rogers se lever de son abri derrière un tas de gros rochers. Bien que blessé, il reprenait sa place dans la partie de chasse. Il poussa un cri de guerre texan et ouvrit le feu avec son puissant Browning. Les soldats ennemis tombèrent comme des cibles de fête foraine sous ses tirs nourris, Chick accordant à ces Japs une mort rapide et involontairement clémente.

Yahzee finit par repérer le Texan et, boitant et souffrant le martyre, il traîna Enders à couvert derrière l'amas rocheux dont Chick avait fait sa forteresse personnelle.

Si sonné qu'il ne réalisait pas qu'il venait d'être sauvé, Enders gueula à Chick :

— Je t'avais dit de rester avec Hjelmstad.

— Hjelmstad est mort, répliqua le Texan entre deux rafales de son arme qui continuait à descendre les Japs. Comme ces salopards…

Pendant que Chick, une unité de fusiliers à lui tout seul, continuait à les couvrir, Yahzee examina sa jambe gauche. Elle était disloquée de telle façon qu'il était évident qu'il souffrait de fractures multiples et que certains de ses os étaient littéralement en miettes. Le radiocodeur réalisa qu'il se trouvait en état de choc car la douleur restait curieusement supportable, et il porta alors son attention sur son garde du corps.

— Ça va, Joe ?

— Oh ! Tu sais… (Blanc comme un linge, Enders grimaçait de douleur.) Toujours cette même saloperie d'oreille…

Mais Yahzee voyait bien que l'oreille de son ami n'était pas seule à saigner : le devant de la veste d'Enders était imbibé de sang, une tache d'un rouge noir profond s'étalant sur sa poitrine. De plus, Enders se tenait le dos d'une main qu'il plaquait sur sa toute récente blessure.

— Qui s'en serait douté, fit Enders sur un ton désinvolte. Il a suffi que je sois de dos une seule putain de fois…

— Oh, Joe…

Enders sourit :

— T'aurais dû voir ça, Ben… Ce que nos Hellcat ont fait à ce canon. Jamais vu un truc plus beau de toute ma vie…

Le sergent toussa alors et du sang sortit de sa bouche en gargouillant.

Yahzee lâcha le couteau cassé qu'il avait tenu pendant toute leur équipée et, prenant la tête de son ami dans ses mains, il le réconforta.

— Ne t'agite surtout pas, dit-il. Le toubib sera là en un clin d'œil.

Chick étant parvenu à refouler les Japs, les tirs du Browning se faisaient plus sporadiques.

— File-moi mes sèches, tu veux ? demanda Enders à Yahzee.

Yahzee sortit de la poche de poitrine de la veste d'Enders l'étui à cigarettes terni et sur lequel était gravé l'emblème du corps des marines. Il l'ouvrit d'un coup sec ; il ne restait plus qu'une cigarette. Le Navajo remarqua pour la première fois le cliché inséré dans le couvercle.

Après avoir examiné Enders et ses copains sur cette photo remontant à des jours meilleurs, Yahzee prit la dernière roulée dans l'étui et la plaça entre les lèvres de son garde du corps.

— Le Zip… le Zippo est dans ma poche, fit celui-ci.

Yahzee y trouva en effet le briquet, qu'il approcha d'Enders, et il lui alluma sa cigarette.

Enders tira une profonde bouffée – tout du moins aussi profonde que son corps meurtri le lui permettait – et il savoura le goût du tabac.

— T'as vu la photo à l'intérieur ?

— Ouais, je l'ai vue, Joe.

— Ce sont les gars dont je t'ai parlé… Montre-la-moi, s'il te plaît.

— Bien sûr, Joe, répondit Yahzee.

D'une main tremblante, le Navajo sortit la photo en noir et blanc cornée du couvercle et il la tendit à son ami.

Enders regarda les visages, chaque visage, et les sourires immortalisés sur la photo le réconfortèrent.

— Ce type qui a son bras autour de moi, Bill Mertens, c'était un déconneur de première. Il aurait pu faire concurrence à Bob Hope… Tu vois le beau petit gars au milieu ? C'est Al Hasby, un vrai tombeur ; il s'est envoyé plus de filles que Sinatra… Le petit maigre là, c'est Tom Kittring. Tommy était sérieux comme un pape, mais pas toujours aussi sobre, et c'était un putain de joueur de poker… m'a appris tout ce que je sais…

— Ça devait être des gars extra.

Les tirs de Chick étaient peu fréquents à présent, et

ponctuaient de temps à autre leur conversation douce-amère.

Enders toussa encore du sang, puis il tira une autre bouffée de cigarette. Le sang sur le mégot ressemblait à du rouge à lèvres.

— C'étaient des chouettes gars, des gars fantastiques... mes amis. Les types avec qui tu te bats, Ben... enfin quoi, on est humains... On va devenir amis, pas vrai ?

— Oui.

— Il n'y a pas de mal à cela.

— Bien au contraire, Joe.

— En tout cas... (Il toussa à nouveau de la salive sanguinolente.) Tu... tu m'as demandé de te parler d'eux, l'autre jour. Voilà, c'étaient eux.

— Je suis content que tu l'aies fait, Joe.

Le vent se leva et une bourrasque arracha la photo des doigts d'Enders. Il la suivit du regard, mais quand Yahzee tendit le bras pour la récupérer, Enders secoua la tête, apaisé de laisser ses fantômes s'envoler, emportés par le vent.

— Ben... pourrais-tu... dire à Rita que j'ai lu toutes ses lettres ?

— Bien sûr... Sans problème...

Le vent leur murmura quelque chose dans son propre langage ; d'une façon ou d'une autre, ils le comprirent tous les deux.

Enders regarda Yahzee droit dans les yeux :

— Ben... Est-ce que nous avons fait des erreurs ?

— Pas que je me souvienne, Joe. (Alors le Navajo lui sourit, très légèrement, d'un air rassurant.) Tu as fait du bon boulot.

— On a fait du bon boulot.

Yahzee hocha la tête :

— On a fait du bon boulot.

A chaque fois qu'il essayait de respirer à présent, Enders devait fournir un gros effort. Yahzee desserra le col de son ami pour qu'il se sente le plus possible à son aise.

Ils voyaient l'océan du haut de cette crête et, dardant ses rayons entre les nuages, le soleil teintait les flots de filets rouges et dorés. La mauvaise oreille d'Enders était tournée du côté de Chick, de sorte que les rares salves du Browning n'altéraient pas la beauté pure et naturelle qui s'offrait à la vue du sergent.

Yahzee vit alors un petit miracle se produire : la détermination belliqueuse, la souffrance de Guadalcanal et le carnage sur cette île semblèrent s'effacer de l'expression d'Enders. Yahzee entrevit furtivement l'homme, l'âme au cœur tendre qu'il aurait pu rencontrer en temps de paix.

Enders balbutia quelque chose à propos d'amis, « mes amis », puis la roulée tomba de ses doigts.

Ainsi mourut Joseph F. Enders, en admirant l'océan, à couvert derrière des rochers sur le flanc d'une montagne de Saipan, dans les bras de son radio-codeur.

Chick tira une autre rafale, jeta un coup d'œil sur le désert rocheux alentour et, ne voyant aucune raison de continuer à gaspiller des munitions, il interpella les deux hommes qu'il protégeait.

— Sergent, fit-il, j'crois bien qu'il n'y en a plus un seul. Sergent… ?

Et, lorsqu'il se retourna, le jeune Texan découvrit le jeune Indien d'Arizona qui tenait dans ses bras le corps sans vie du jeune homme de Philadelphie.

Yahzee remarqua qu'il s'était mis à bruiner. Serrant toujours Enders contre lui, il leva les yeux vers le ciel, pour sentir l'humidité sur son visage, laissant la pluie fine le calmer, et peut-être même lui pardonner… Leur pardonner à tous.

Puis il prit conscience de la présence de Chick à ses côtés, qui, penché sur Enders, contemplait l'expression paisible sur le visage de ce dernier.

— Il dort maintenant, dit le Texan. Il dort enfin… Il n'aura plus à supporter ces cauchemars.

Yahzee leva les yeux, surpris de la sensibilité dont Chick faisait preuve.

— Il est parti pour un monde meilleur, Ben, lui dit celui-ci. Ne t'en fais pas. Ne t'en fais pas.

Et le Navajo sut que le Texan avait raison, et il desserra son étreinte et allongea le corps de son ami sur le sol entre les rochers, en espérant que l'âme de Joe Enders s'élevait peut-être à cet instant au-dessus d'eux, flottant par-delà la montagne, attirée vers les cieux à travers la pluie et les nuages, quittant ce bas monde et ses stupides guerres de mortels.

CHAPITRE XIX

A la fin de la Seconde Guerre mondiale, les dirigeants de haut rang de l'armée classèrent top secret tous les renseignements liés au Code Navajo – et donc l'existence même des radio-codeurs. Les Japonais n'étant jamais parvenus à casser le code, il restait ainsi valide pour une utilisation ultérieure. On donna l'ordre à Ben Yahzee et à plusieurs centaines d'autres radio-codeurs de garder le silence sur cette opération et, en dépit de quelques articles dans les journaux qui divulguèrent l'histoire des marines navajos, le code en lui-même resta secret.

Ces ordres ne posèrent aucun problème aux pacifiques Dinehs. Ainsi que le déclara plus tard le radio-codeur Albert Smith : « *Parler de la guerre contamine l'esprit de ceux qui ne devraient pas entendre parler d'effusions de sang.* » Ben Yahzee était du même avis : les histoires d'héroïsme de guerre étaient dangereuses parce qu'elles pouvaient pousser les jeunes à croire que la guerre était autre chose qu'un enfer.

En raison de l'atmosphère de secret enveloppant leur mission, rares furent les Navajos qui rentrèrent chez eux avec des galons supplémentaires – pas même Yahzee, qui s'était livré à des actes de bravoure extrême sur le champ de bataille et qui retourna aux Etats-Unis en simple deuxième classe, avec pour seule récompense un *Purple Heart*[1]. Aucun hommage ne fut rendu non plus aux vingt-neuf Navajos qui avaient élaboré le code.

De nombreux Navajos restèrent dans l'armée – et certains servirent plus tard leur pays en Corée –, mais la plupart embarquèrent à San Diego et à San Francisco dans des trains à destination de l'Est pour rejoindre leurs foyers et leurs familles dans les réserves. Bien qu'ils ne fussent accueillis par aucun défilé ni aucunes festivités – ce type de fanfaronnade étant contraire à la culture Dineh –, les radio-codeurs furent célébrés par les leurs avec le respect traditionnellement dû aux guerriers navajos.

Beaucoup d'entre eux retournèrent à la vie qu'ils menaient avant de s'engager. Ceux qui avaient menti sur leurs dates de naissance pour correspondre aux critères d'âge des marines réintégrèrent le lycée, tandis que bon nombre d'autres, dont Ben Yahzee, utilisèrent leur pension d'ancien combattant pour suivre des cours à l'université. Et, comme tous les vétérans, ils s'efforcèrent d'effacer de leur mémoire les horreurs de la guerre.

Cependant, même des Navajos non traditionalistes comme Ben Yahzee eurent fréquemment recours à des rites de purification et se soumirent à la cérémonie de la Voie de l'Ennemi ; les cauchemars de Yahzee ne cessèrent pas tant que sa femme ne fût parvenue à le convaincre de s'en remettre à un guérisseur navajo.

En 1969, avec l'avènement de l'informatique, le Code Navajo devint obsolète et le gouvernement américain finit par lever le secret sur le code et sur l'existence des

---

1. Rappel : Décoration militaire décernée aux blessés de guerre américains. *(N.d.T.)*

radio-codeurs. Les Navajos eurent enfin droit à une reconnaissance publique au cours de deux réunions annuelles de marines qui se tinrent en mai 1969. L'une d'elles, pour la Quatrième Division de marines, eut lieu à Chicago, et l'autre, la vingt-cinquième réunion annuelle de la Deuxième Division, à Hawaï.

Lors de cette dernière, environ mille marines se retrouvèrent avec leurs familles sous un ciel bleu radieux parcouru de traînées de nuages qui semblaient destinées à tempérer l'ardent soleil d'après-midi, sous lequel miroitait Pearl Harbor, dont la baie bleue prenait un éclat doré qui faisait presque mal aux yeux. Ils étaient rassemblés en haut d'une verte colline qui donnait sur le monument aux morts blanc et moderniste en plein air du navire *USS Arizona* – la dernière demeure de mille cent deux membres d'équipage qui avaient péri le 7 décembre 1941.

Debout à un pupitre sur une estrade érigée pour l'occasion, le commandant Charles Rogers – dont les traits burinés ne parvenaient pas à masquer le jeune homme intrépide qu'il avait jadis été et que ses amis appelaient toujours Chick – s'adressa à l'assistance :

— Nous ne rendons pas seulement hommage aujourd'hui à nos morts, déclara le commandant d'une voix traînante, paisible et confiante, mais également à tous ces hommes qui sont toujours parmi nous et dont le courage et l'héroïsme ont contribué à préserver la liberté de l'Amérique et de son peuple.

Derrière le commandant Rogers se tenait une douzaine d'hommes d'une cinquantaine d'années ; la plupart avaient belle allure dans leurs uniformes de marines, mais certains avaient manifestement dû forcer un peu pour les enfiler. Ces marines étaient des guerriers Dinehs, des radio-codeurs.

— Cette année, poursuivit le commandant Rogers, nous avons enfin la possibilité d'honorer un groupe de marines qui ont fait la fierté de leur pays à Guadalcanal, à Saipan, à Okinawa et à Iwo Jima. Ils sont debout derrière moi. Leur code ne fut jamais cassé par les Japonais et c'est, du reste, le seul code de l'histoire des guerres à n'avoir jamais été déchiffré. Jusqu'à ce jour, leurs victoires, leurs sacrifices n'ont pas été reconnus…

Chick Rogers prit un objet sur le pupitre et montra à l'assistance une assez grosse médaille de bronze qui renvoya la lumière éblouissante du soleil. La décoration faisait entre sept et huit centimètres de diamètre et plus d'un demi-centimètre d'épaisseur ; elle représentait, à droite, le drapeau américain brandi par des marines sur le mont Surabachi à Iwo Jima – l'un des hommes portant la bannière étoilée avait d'ailleurs été un Indien Pima du nom d'Ira Hayes. Sur la gauche, figurait en relief un guerrier Dineh à dos de cheval, vêtu de ses plus beaux atours et porté par le vent. Il était gravé sur la médaille : EN HOMMAGE AUX MARINES INDIENS D'AMÉRIQUE.

Le commandant se tourna vers le groupe de radio-codeurs en faisant un geste dans leur direction :

— J'ai maintenant l'honneur et le plaisir de vous présenter un homme auprès duquel je suis fier d'avoir servi à Saipan. Il était alors radio-codeur et il est aujourd'hui professeur… titulaire d'une chaire d'histoire américaine à l'Université d'Arizona : le professeur Ben Yahzee !

Tandis que les applaudissements retentissaient dans cet après-midi paisible, Ben Yahzee – toujours juvénile en dépit des années et boitillant légèrement à cause de sa blessure de guerre – s'approcha du pupitre. Même si Chick souriait, c'était un moment vraiment solennel. La médaille – attachée à des lanières de cuir vert de quarante-cinq centimètres de long sur lesquelles étaient enfilées des perles indiennes rouges, blanches et bleues – fut passée autour du cou de Ben, auquel était déjà accrochée une bourse de pollen.

— Félicitations, Ben, le complimenta Chick.

Le Texan fit alors un clin d'œil à son copain et s'écarta du pupitre pour laisser la parole à Yahzee qui méritait depuis longtemps qu'on lui accorde cette heure de gloire.

Yahzee parcourut des yeux l'assemblée de marines accompagnés de leurs familles ; tous les regards et les visages étaient dirigés vers lui, solennels, respectueux, attendant d'entendre ce que l'homme qui avait été choisi pour parler au nom des radio-codeurs avait à dire. Son épouse – toujours aussi jolie qu'une adolescente – et son fils, George Washington Yahzee – âgé de presque trente ans à présent, et le portrait craché de son père bien qu'il fût plus grand que lui –, lui souriaient, visiblement fiers. George lui adressa un signe de tête, comme pour donner la permission à son père de commencer.

Yahzee déplia une feuille de papier – le discours qu'il avait préparé –, mais il la repoussa sur le côté du pupitre. Il n'avait pas besoin d'une antisèche pour savoir ce qu'il devait dire ; les mots étaient dans son cœur.

— Je suis fier d'être un marine, commença Yahzee, et je suis fier d'appartenir au peuple Dineh, d'être un Navajo. Mais je suis également fier d'être américain.

Il serra la médaille à son cou, dont la fraîcheur était étrangement apaisante.

— Nous porterons cette décoration avec fierté, reprit-il, en hommage à ceux qui ont donné leurs vies pour nous – et qui continuent à vivre en nous.

Yahzee ferma les yeux pour refouler ses larmes. Il

aurait juré les entendre ; Whitehorse et Anderson, har-
monisant leur flûte et leur harmonica sur le vent...

… Et quand Ben Yahzee rouvrit les yeux et les promena sur la foule silencieuse et révérencieuse, présente
pour honorer les vivants et les morts, il vit, il en fut
absolument certain, un visage qui n'avait pas changé –
pas changé du tout.

Le temps se figea pendant quelques instants – était-
ce le soleil ? – et Yahzee vit une image en noir et blanc,
comme dans les actualités filmées ; et pourtant, se
tenant de l'autre côté de la ligne spirituelle entre la vie
et la mort, aussi réel, aussi vivant que tous les hommes
présents... le sergent Joseph F. Enders en grande tenue,
droit comme un piquet, fier de se trouver au milieu des
autres marines, salua son radio-codeur, son ami.

Et la réponse fut spontanée : Ben Yahzee lui rendit
son salut.

Mais quand l'Indien battit des paupières et refoula
ses larmes, Joe avait disparu, et il ne restait que le vent.

SALVE D'APPLAUDISSEMENTS

J'aimerais remercier les directeurs de publication Caitlin Blasdell, April Benavides et Josh Behar, qui, en plus de m'avoir formidablement soutenu, m'ont donné l'opportunité d'écrire ce roman.

Je fus l'un des premiers en Amérique à défendre le réalisateur John Woo après que, il y a de nombreuses années, Ric Meyers, spécialiste du cinéma asiatique, me fit découvrir le film *Le syndicat du crime* (1986). Par la suite, j'ai souvent évoqué John Woo dans ma chronique cinéma du magazine *Mystery Scene*, et j'espère avoir, à ma modeste façon, apporté un peu de son style « épique sanglant » à ce roman.

Le passionnant postulat de départ concernant les radio-codeurs et leurs gardes du corps est bien sûr ancré dans l'histoire, et je suis ravi d'avoir été encouragé à enrichir de mes propres recherches le formidable scénario de John Rice et Joe Bateer.

Les ouvrages traitant de la contribution des Navajos pendant la Seconde Guerre mondiale que j'ai compulsés sont les suivants :

— *The Navajo Code Talkers* (1973) de Doris A. Paul
— *Unsung Heroes of World War II : The Story of the Navajo Code Talkers* (1998) de Deanne Durrett

— *Warriors – Navajo Code Talkers* (1990) de Kenji Kawano

— *Winds of Freedom* (1992) de Margaret T. Bixler

Je me suis également aidé de nombreux documents trouvés sur Internet dont *The Navajo Code Talkers* de L.C. Kukral, membre du Comité de commémoration des Corps de Marine et des marines de la Seconde Guerre mondiale, *The Navajo Code Talkers* de Gerald Knowles et *Camp Tarawa Monument Honors Vets* du sergent Melinda M. Weathers, ainsi que de portraits des radiocodeurs William Dean Wilson et Harrison Lapahie. Par ailleurs, *Navajo Code Talkers : The Epic Story* (1995), le documentaire fascinant réalisé par Allan Silliphant, a représenté pour moi une aide particulièrement précieuse. Quant aux références d'ordre plus général sur les Navajos, je les ai trouvées dans les ouvrages suivants :

— *Navajos* (1956) de Ruth M. Underhill

— *The Native Americans : Navajos* (1978) de Richard Erdoes

— Le guide *WPA* de l'Arizona (1940)

J'ai élaboré moi-même le langage codé qui figure dans ce roman en m'appuyant sur un grand nombre de dictionnaires et de glossaires inclus dans les sources mentionnées ci-dessus. Je ne garantis pas son authenticité, l'ayant surtout utilisé pour rendre la narration, je l'espère, plus pittoresque. De même, mes sources ne doivent pas être incriminées pour les possibles inexactitudes qui seraient de mon fait.

Deux des thrillers historiques de ma série *Nathan Heller – The Million Dollar Wound* (1986) et *Flying Blind* (1998) – traitaient respectivement en partie de Guadalcanal et de Saipan, et les références bibliographiques citées à la fin de ces deux romans contiennent de nombreuses sources que j'ai également utilisées pour celui-ci. Quelques ouvrages clés méritent toutefois d'être cités :

— *Nanyo : The Rise and Fall of the Japanese in Micronesia, 1885-1945* (1988) de Mark P. Peattie
— *The Great Battles of World War II, Volume 1 : The Pacific Island Battles* (1985) de Charles E. Pfannes et Victor A. Salamone
— *Semper Fi, Mac* (1982) d'Henry Berry

De même, les bibliographies de mon roman *Damned in Paradise* (1996) de la série *Nathan Heller* et de mon roman à énigmes « catastrophe » *The Pearl Harbor Murders* (2001) incluent les ouvrages de référence dont je me suis servi pour Hawaï et Pearl Harbor. Les plus importants sont :

— *When You Go to Hawaii* (1930) de Townsend Griffiss
— *Roaming in Hawaii* (1937) d'Harry A. Franck
— *Pearl Harbor Ghosts* (1991) de Thurston Clarke

J'ai trouvé sur Internet de nombreuses informations concernant les armes, le matériel de guerre, les chars d'assaut, les batailles et des détails d'ordre général sur la Seconde Guerre mondiale. Les articles les plus utiles furent incontestablement, d'une part, *The Invasion of Saipan* de Brian Blodgett et, d'autre part, *Breaching the Marianas : the Battle for Saipan* du capitaine John C. Chapin de l'U.S. Marine Corps Reserve – aujourd'hui à la retraite. Je tiens à remercier ces deux auteurs.

J'aimerais également remercier mon ami et agent, Dominick Abel, ainsi que Susan McMurray et M.J. Miller de la Metro-Goldwyn-Mayer, pour m'avoir fourni des photos, des documents de référence et le scénario finalisé du film. Et enfin mon épouse, l'écrivain Barbara Collins, qui m'a aidé dans mes recherches pour ce roman, m'a prodigué ses traditionnels conseils d'auteur et m'a, de façon générale, servi de garde du corps sans jamais avoir cherché à me tuer.

Imprimé en France sur Presse Offset par

BRODARD & TAUPIN

GROUPE CPI

La Flèche (Sarthe), en juillet 2002

FLEUVE NOIR – 12, avenue d'Italie
75627 PARIS – CEDEX 13.
Tél. 01.44.16.05.00

Dépôt légal : août 2002
N° d'impression : 13993